U0127813

陆炯 主编

FORTUNE TIME

财富风云30年

上海文化出版社

叶蓉

上海文广新闻传媒集团

电视新闻中心首席主播

第一财经《财富人生》主持人

东方卫视《东方新闻》主播

荣获 2006 年中国电视播音主持人金话筒奖

　　节目开播以来,几乎每周都会有一个下午在《财富人生》的摄影棚里和我的嘉宾度过。他们都有着跌宕起伏的人生,又在各自的领域里从事着一份波澜壮阔的事业。然而,在我们的摄影棚里,他们都很安静,仿佛这也是他们难得的一段光阴,可以静静怀想,细细回味。有时候我甚至觉得他们很享受这刻的时光,可以跌落在时光的隧道里,沉湎于往事的回忆中。

　　人生可以创造财富,财富可以改变人生。在《财富人生》的访谈中,财经巨子、业界精英,讲述着他们与改革开放一起成长的创富历程。个人经历与我们伟大时代激越碰撞,抒写着激情与梦想、创造与飞越,《财富人生》见证企业家的成长,也见证中国经济风云激荡的 30 年燃情岁月。

　　有一种动力是企业家给我的,每一次有深度,真正心灵与心灵的谈话,于我而言,都是一场思想的盛宴。他们把他们认为最有价值的东西,通过和我的交谈传递给观众。

——叶蓉

【轨 迹】

2002 年　SMG 首档大型财经访谈节目《财富人生》开播。

2003 年　同名书籍《财富人生》首发,迄今总销量突破 35 万册。

2004 年　《财富人生》当选中国十大财经电视栏目,是上海唯一一档入选的电视栏目。

2005 年　《财富人生》举行开播 200 期庆典。在 70 位企业家的共同倡议下,中国第一家以电视栏目命名的慈善基金——上海市慈善基金会财富人生慈善公益发展基金成立。当年,本基金募集企业家捐赠过百万元。同年,《财富人生》发行到深圳、广州、重庆、杭州、宁波、无锡等三十余座经济中心城市。

2006 年　财富人生慈善公益发展基金捐赠六十余万元,资助三十余位先天性心脏病患儿进行了手术。同年,叶蓉以在《财富人生》中的出色主持荣获广播电视节目主持人最高荣誉——"金话筒奖"。同年底,《财富人生》成功举办中国财富领袖 2007 年商机论坛,超过 200 位企业家云集上海。

2007 年　发起"财富人生西部行",组织十余位企业家深入中国最贫困的西海固地区,考察当地教育情况,并捐助四十余万元资助二百余位西部代课教师一年的生活费用,援助甘肃省会宁县修建两所小学校舍。同年底,《财富人生》成功举办"国学与商道"暨"企业公民"论坛,金庸、余秋雨两位国学大师与马云、刘永行、江南春、南存辉、曹国伟等知名企业家近三百人齐集一堂,畅谈企业家社会责任。

2008 年　财富人生基金向四川地震灾区捐款 120 万元,用于当地校舍重建。同年 9 月,财富人生联合国际慈善组织——奥比斯,举行"看得见的希望"公益行动,率领十余位企业家代表远赴云南昭通贫困地区,帮助当地医疗机构援建眼科医院,并帮助 500 位白内障老人实施复明手术。

我们也准备好了吗？

联想控股总裁　柳传志

前几天，我在出差的途中获知了联想进入世界500强的消息，感到非常振奋。那趟行程中，我正在读一本书，书名叫做《崛起的四大国》，讲的是中国等四个新兴国家的发展可能给未来世界格局带来的变化。这两件事情碰在一起，让我很有感触。

今年是改革开放30周年。联想在这个当口，跨进世界500强的门槛，很有纪念意义。这些来之不易的发展，正是置于改革开放30年的宏大背景之下。

1984年，我还是一名普通的科研人员。但从创办企业的第一天起，要做点事情出来的强烈冲动，一直持续到今天。回头看看走过的路，我感慨很深。中国的企业家需要鼓励和鞭策，也需要批评和引导。和《财富人生》的谈话，给了我很多这方面的启迪，谢谢《财富人生》！

本书选取了30年中30个中国企业家的代表人物，每个人都有着自己不同的故事，但共同点是在这段波澜壮阔的历史中，都有着矢志不渝的追求。企业家群体是中国改革开放的探路者之一，这样一大批历尽艰辛但志向高远的企业家，对中国的经济和社会发展起到了应有的推动作用，并且充满了潜力和后劲。

在30年的大历史中，中国企业取得了长足发展；更重要的是，企业与环境的关系也日益和谐。在市场经济中，企业与政府各自应该做些什么，角色定位越来越清晰。这些，为下一个30年的发展打下了非常好的基础。

一些变化已经发生，另一些变化将要发生。虽然前进的路上还可能会遇到各种各样的困难，但我们对下一个30年还是充满了期待。

《崛起的四大国》的作者，是美国华盛顿经济战略研究所的所长，曾担任过里根政府的商务部长顾问。在书中，他描绘了这样一幅图景：在新一波全球化的浪潮中，中国、印度、俄罗斯和巴西等新兴国家的30亿人正融入全球大市场。不远的将来，它们将在世界格局中担当更加举足轻重的角色。面对这种可能的巨变，他不无担忧地问道，美国做好准备了吗？

上一个30年，中国已借改革开放之力不可阻挡地迈向了世界，并发挥着越来越重要的影响；下一个30年，中国必将沿着良好的趋势继续发展。世界还会发生什么？中国如何与这个全球化的世界互动？中国企业会抵达一个怎样的高度？

我们也准备好了吗？

是为序。

2008年7月22日

目 录

奔向大海：2002 年—2008 年

1978—1986

冰破江开是春的到来。带来春天的，就是 1978 年召开的中国共产党十一届三中全会。多少年来治国的纲，由"阶级斗争"换为"经济建设"。依然是纲举目张，但诸多的变化将从根本发生。

人说"春江水暖鸭先知"，最先感受到的：有身处改革开放前沿的；有一直怀有强烈翻身欲望的；也有对气候十分敏感的……虽然他们的动机和目的各有不同，却都勇敢地跳入初春寒冷刺骨的江水中，中流击水、浪遏飞舟。他们的目光、机智和胆识，叫人心生敬意。

抑或是冰封太久的缘故，迈出的每一步都显得那么的艰难和吃力。他们没有退缩，没有上岸；他们以自己的实践，让冰融化更快，与一江春水飞速向前。

1977 年　恢复高考
　　寂落 10 年的高考再度复苏,这是一个国家和时代的拐点,也是千百万人命运的转折点。从此,"知识改变命运"的呼唤响彻在每个角落,与改革潮流竞相呼应。

1978 年　十一届三中全会召开
　　停止使用"以阶级斗争为纲"的口号,做出工作重点转移的决策。中国开始了从"以阶级斗争为纲"到以经济建设为中心、从僵化半僵化到全面改革、从封闭半封闭到对外开放的历史性转变。

1978 年　真理标准大讨论
　　《光明日报》刊登了特约评论员文章《实践是检验真理的唯一标准》,引发了一场全国性的大论战,为第一次思想解放拉开序幕,也为改革开放事业的成功突围掘开第一个思想豁口。

1978 年　小岗村农民包产到户
　　小岗村 18 户农民以敢为天下先的胆识,按下了 18 个手印,搞起生产责任制,揭开了中国农村改革的序幕。

1979 年　中美建交
　　外交关系正常化,为东西方全面交流奠定了基础;国际大企业蜂拥而至,争抢中国这块庞大的市场;这是中国经济融入世界的开始,也是中国经济史上不可忽略的转折。

1979 年　建立经济特区
　　一位伟人在南中国海边画下的"一个圈"显示了中国向封闭与落后彻底说再见的决心,为新中国对外开放、融入世界打开了第一扇窗。

1981 年　国债恢复发行
　　告别"既无外债,也无内债"的物质匮乏时期,向"百姓借钱"搞建设,由此开始塑造一种新的国与民的关系,重振信心与团结,尝试在"经济建设为中心"中重建新的互信关系。

1982 年　家庭联产承包责任制确立
　　"交够国家的、留足集体的、剩下全是自己的",突破了"大锅饭"的旧体制。个人付出与收入挂钩,解放了农村生产力,在最短的时间内奇迹般的解决了困扰中国上千年的吃饭问题。

1984 年　有计划的商品经济提出
　　突破了把计划经济同商品经济对立起来的传统观念。商品经济的充分发展,是社会经济发展不可逾越的阶段,是实现我国经济现代化的必要条件,为打破计划经济体制创造了条件。

1986 年　全民所有企业改革启动
　　痛苦而卓绝的漫长探索起步,国有企业从计划经济下的行政附庸,走向市场经济下的现代企业制。开辟了全世界独一无二的道路。

出生年月：1948 年 6 月（左）
出生年月：1951 年 9 月
籍　　贯：四川新津县
创业时间：1982 年
创立企业：希望集团
　　　　　新希望集团
　　　　　东方希望集团

中华饲料王

我们有过好日子的权利 │ 刘永行　刘永好

1982 年　大学毕业的刘永行、刘永好等四兄弟筹资 1000 元，相继辞去公职共同创业，从孵鸡、养鹌鹑
　　　　　开始走上致富之路。

1986 年　刘氏兄弟创办专门研究饲料的希望科学研究所。两年后，刘氏"希望"饲料试验成功。

1991 年　短短几年，刘氏兄弟完成了 1000 万的原始积累，在成都组建希望集团。

1995 年　刘永行四兄弟明晰产权，进行资产重组。老大刘永言创立大陆希望集团；老二刘永行成立
　　　　　东方希望集团；老三刘永美建立华西希望集团；老四刘永好成立新希望集团，各自在相关领
　　　　　域发展。

1995 年　《福布斯全球富豪龙虎榜》，共有 10 位中国民营企业家进入榜单，其中刘永言、刘永行、刘永
　　　　　美和刘永好四兄弟以 6 亿元领头。

1999 年　希望集团已发展成为以饲料为主，涉足食品、高科技、金融、房地产、生物化工等行业，拥有
　　　　　一百四十多个工厂的全国性集团公司，是国内最大的民营企业之一。

2001 年　刘氏兄弟再次成为《福布斯》中国大陆富豪榜第一名，拥有财富 83 亿元。

2005 年　《福布斯》中国大陆富豪榜，刘永行以 11.6 亿美元排在第五位，刘永好以 11.24 美元排在
　　　　　第六位。

2008 年　10 月，《福布斯》中国富豪排行榜，刘永行排名第一，净资产达 204 亿人民币，七年内两次成
　　　　　为首富。刘永好以资产 149 亿排名第四。

就像水泥块被打开了一些裂缝，有了裂缝，有了发展的空间

　　1994年4月，刘永行率希望集团总部从四川迁至上海浦东。短短三年时间里，在全国范围建立起120个饲料厂……

叶　蓉：在您创业之初，中国的经济对于创业的政策和环境并不像现在这样开放和宽松。您当时遇到的最大困难是什么？

刘永行：当时什么问题都有，创业资金没有、配套政策没有、社会上的不理解，总之举步维艰。80年代以后，中国的计划经济体制开始松动，就像水泥块被打开了一些裂缝。既然有了裂缝，有了发展的空间，就可以接受雨水的滋润、阳光的照耀。我们的企业就是在这样艰难困苦的条件下，从石缝中成长起来，我们也赢得了宽松的竞争空间。

叶　蓉：当企业碰到大波折的时候，您有没有想过退出？

刘永行：想过。创业初期我们只有1000块钱的固定资产，签的第一个合同就被骗了。不光自己的钱全赔进去，还欠了很多农民的钱。虽然最后解决了这个危机，但是觉得太累，创业太辛苦了。先后一共放弃过三次，第三次是1990年，那时我们的饲料厂已经赚了几千万，自己的生活完全没有问题，但是当时的社会环境对于私营企业的压力非常大，我们觉得既然不用为生活担心，不如把这个厂交给国家。县委知道我们的想法后非常重视，连夜召开常委会讨论。第二天县委书记对我们说：无论社会上怎么议论和评价，政府始终坚定的支持你们。你们掌管企业比政府掌管对社会和百姓更有利。有了政府对我们支持，我们坚持做了下来，从此以后就没想过退却。

叶　蓉：希望集团有一个非常著名的"三让"理念：让农民致富、让市民满意、让政府放心，提出这个理念的初衷是什么？

刘永行：企业是否能够发展，决定权在企业的服务对象，也就是消费者。如果我们生产的饲料能帮助农民致富，那我们的产品就会受到拥护，所以第一就要帮助农民富裕。其次用我们的饲料喂养的肉食品能降低菜篮子的价格，扩大百姓选择范围，保证产品质量安全，此后还可以扩大产业的发展。第三，我们的国家正经历着激烈的改革，很多领域都在经历着巨大的变革。我们认真做事，政府就会支持，让政府放心就是我们第三个理念。其中最关键的还是帮助农民富裕。

叶　蓉：您觉得成功和财富给您的生活带来了什么变化？

刘永行：生活艰难的时候，为了依靠自己的力量改变现状，我们选择了创业。恰逢改革开放的契机，才能让我们做到现在的规模。我们开创这个产业，创造了财富，究竟是为了什么？如果不搞清楚这个，那就没有动力。实际上现在我们拥有的财富，已经跟我们自己的生活没有太大的关系了。它更是社会的财富，可以创造更多的就业机会，帮助我们的员工不断提升能力、挖掘潜能、更好地成长。只有这样，你才能感觉到自己工作的价值和意义，否则就会失去努力工作下去的动力和方向。

叶　蓉：您觉得财富的内涵是什么？

刘永行：对我而言，财富是一种可以再创造财富的生产资料。更多的财富可以作用于社会，作用于我们的员工，是展示我们企业能力的一种手段。

没有良心的企业做不长

　　面对新世纪和中国加入 WTO 的机遇，被誉为"中华饲料王"的刘永行提出将希望集团建成"百年老店，百年名店"，成为世界优秀企业的目标。

叶　蓉：您经常说一个人要有良心。一个企业家更要有良心，您觉得良心与财富之间是一种什么关系？

刘永行：良心是做人的根本出发点，也是企业家为人的下限。没有良心的企业是绝对做不长的。

叶　蓉：在您创业之初有许多人下海，当时好多人的知名度比您还高，比如年广九、牟其中等等。但现在都消失在这个舞台上，您却做到现在，您觉得成功的秘诀在哪儿？

刘永行：我们的成功，首先要感谢改革开放，这改变了我们的人生。其次就是我们有良好的心态，踏实的作风。另外我们进入的比较早，对社会的认识相对深一点，采取的措施往往超前一些。这赢得了相对宽松的空间，我们的成功也是机遇给我们的。

叶　蓉：请您对您的创业经历做一个评价。

刘永行：创业非常不容易，一句话很难全面评价。但是我们始终认真努力，提拔了一批优秀的干部，帮助他们成长，带动了千千万万的农民富裕。我们通过自己的努力向世界展示中国改革开放的成果，这不仅是自豪，更是骄傲。创业当老板，既主宰自己的命运，也可以改变他人的生活。如果有志于创业，最重要的是能力、心态和做好打持久战的准备。做好规划之后从小事做起，多向其他企业学习、掌握商业运作技巧、积累资金的同时也磨练自己的能力，关键是要有平和的心态，心态好才是一切成功的基础。

叶　蓉：您的事业做这么大，一定离不开家人的支持，这也是一笔巨大的精神财富。

刘永行：亲人的支持至关重要。我们在创业之初非常困窘，拿出全部的积蓄，家当全部卖掉凑钱。一开始我的太太没有太大的意见，比较支持。然后我不断从家里拿东西，连家里所有的棉絮都卖了，床单下面就是草。这时她有点意见，觉得这样折腾什么时候才能有结果。创业的时候总是没有时间陪伴家人，她感觉非常失望，为了克服心理上的压力，她自学哲学、心理学方面的知识，进行自我调整，还开导我。我总会面临着很大的压力，企业经营、社会交往等各方面都有，脾气比较急燥。她感到这样不行，经常写一些文章对我的状态进行分析，有哪些地方做得不怎么好。她能够从旁边帮助我成长，端正我的心态，缓解我的压力。有时我对某些员工可能粗糙一点，或者得罪了一些员工，她会下去做些细致的工作。她在我们集团里，没担任什么职务，但是她做的这一些细致的工作，对我的帮助是很大的，所以我的成功有她的一半。

叶　蓉：希望集团是一个家族式的企业，您希望您的儿子将来继承您的事业吗？

刘永行：如果他很优秀，能够带领我们的集团前进，他就可以继承。但是我想这要看他自己的造化，必须是他自己努力的结果。我们会提供一些好的条件，让他从具体的事情做起，让他锻炼成长。如果一下就在很高的位置上，他的操作可能不能适应这个市场，得不到员工的支持。这些问题处理不好，企业就非常危险。这个岗位对能力的要求非常高，有能力又足够优秀，才有可能坐在最高的位置。

苦难是终身的财富

半个世纪前，四川新津县的一户普通贫民家庭，刘永好以及他的三个哥哥、一个妹妹共同体味了童年生活带给他们的过于深沉的人生感悟。

叶　蓉：您还记得小时侯的生活吗？

刘永好：小时候家里确实很穷。当时全家七口人全靠父亲一个人的工资，妈妈身体不好，病退在家休息，生活确实比较艰难。我是家里兄弟里最小的一个，小时侯的衣服都是哥哥剩下的，几乎没穿过新衣服，鞋子就更没有了，基本赤脚。所以我们从农村的土地上开始创业反而更踏实、更适应。

叶　蓉：您的哥哥刘永好先生在我们的节目中说您对水有特殊感情，那段往事您还有记忆吗？

刘永好：记忆非常深刻。我们兄弟一块儿创业，我是兄弟里身体最好、最年轻，书念的比较差的。所以待在家里的时间多些，挑水、买菜、捡柴、捡煤渣都做得比较多。就是现在，碰到下雨、打雷天，我就特别的兴奋。小时候，家里确实困难，特别希望雨大风大。这样会吹掉很多的树枝，我们就背着箩筐捡回来，晒干后就可以卖了贴补家用。另外就是希望涨水，越大越好，岷江发大水会冲下很多树枝，我就游过去捞回来，我就是这样长大的。所以我对水，对河都很有感情，因为这是我成长的一部分。

叶　蓉：您父亲去世的时候，你们兄弟还没有下海经商。老人家没能看到你们的成就，遗憾吗？

刘永好：虽然他没能看见，但是他相信我们以后会很好。父亲教给我们许多东西，他要求我们认真学习、热爱科学，让我们说真话、刻苦勤奋，培养了我们最基本的情操。虽然没能见证我们创业，但是他培养了我们今后事业的可能。我们兄弟几个性格不完全一样，但都从父母身上继承了一些优点，比如：勤奋、肯学习、敢拼搏。我们兄弟有学计算机的、学数学的、学机械的。开始创业的时候我们并没有选择现在的道路，我们都爱好无线电，我们家是成都最早装电视机的一批人。80年代我们设计出了音响，还跟我们下乡的生产队商量好合资，我们出技术和管理，他们出钱，共同组建一个企业。结果报到公社被毙，当时没有集体跟个体合作的先例，也不可能合作。

叶　蓉：如果那个项目批了，没准就是另外一条路了。

刘永好：是的。这种选择是随着时代而变，不能事先设计和预期。1982年的时候，国家鼓励农村搞专业户，我们是以专业户的名义开始创业的。因为下乡当过知青，所以帮助养鸡、种菜，称为科技兴农。首先还是大哥提出来养鹌鹑，我们兄弟几个都觉得挺好。当时我们的基本想法一致，觉得自己正年轻，而且身体、精力也蛮好。国家在变革，我们应该抓住这样的机会闯一闯。即使不成功我们什么都没有丢，假设成功了不仅我们自己会有比较好的收益，也会对种植业、养殖业有帮助。选择创业丢掉的是个枷锁，得到的可能是无法想象的成果。

叶　蓉：创业开始后，卖鹌鹑、鹌鹑蛋的时候心理上有障碍吗？

刘永好：下海后，我们有个大体的分工。我主要做销售跟采购，要把那么多鹌鹑、鹌鹑蛋卖出去，仅成都市、四川省是不够的，要面向全国。我们在成都的一个农贸市场设了销售点，我总负责，我妈守在那个店里做"店司令"。我妈人缘特别好，很勤奋，账也算得特清楚。我就负责联络各个市场、销售点、餐厅。首先收购成都周边良种鸡的种蛋，然后孵化。这是没有先例的，所以要一家一家去跟人家商量，订合同，收购回来再自己孵化。有一天晚上，我用自行车载了二百个种蛋，回去的时候被农民家养的一条大狼狗盯上了，种蛋全部摔碎，就剩两个好的。当时真是感觉心疼，心疼那二百个种蛋。这样的事情总是特别让人伤心的，因为这些蛋都是一家一家三个五个的收来的。

叶　蓉：碰到这样的事情想过放弃吗？

刘永好：想过，相当长的时间我们都在想，我们为什么要那么累。在学校里边当教师，月薪38块不仅有保证，还能够得到社会的尊重。确实有过打退堂鼓的想法，但既然我们走上这条路，再退回去没意思。

叶　蓉：您事业的成功，除了兄弟齐心协力，也有您夫人对您的帮助？

刘永好：她对我也蛮支持的。当初为了家里面凑齐1000元本金，她把最珍贵的嫁妆也拿出来了。在很长时间里，我们上街卖鸡蛋、鹌鹑蛋是被有些人瞧不起的，但是她始终都非常支持。她觉得你这样做是对的，没有必要迎合世俗的偏见。这是她伟大之处，我对她也始终充满感激。

叶　蓉：当初创业时候四兄弟的媳妇都帮着做事情。突然有一天你们兄弟几个让自己的媳妇都退出来了，为什么？

刘永好：我们本来就是比较家族式的企业，兄弟几个共同做事，几个媳妇也为公司的发展做了不少的努力。但是家里需要人照料，另一方面我们认为企业太家族化也不好。我们就决定亲属原则上都不要参与，这样有利于吸收优秀的人才。这样的决定现在看来还是明智的，尽管她们有能力，也为公司的发展做了很多事情。但是这样的决定对事业长久的发展有好处。

叶　蓉：我们知道您的夫人在1996年女儿出国后开始打拼自己的事业，而且跟您完全不在一个事业范畴。现在她是四川省女企业家协会的副会长。我们特别提到您的夫人，这是因为她让我们看到了企业家夫人的另外一种全新的形象，这可能更契合今天这个时代新女性的形象。您怎么评价您的夫人？

刘永好：我觉得她是非常了不起的。首先她在很早的时候就有比较开放的意识，以发展、革新、创造这样的思想帮助支持我们的发展。同时在相当长时间里把家庭料理好，处理好家庭、公司各方面的关系。当她下决心要做事的时候，能在那么短的时间内取得相当不错的成绩，这都是非常不容易的。她是一个乐观的人，对很多问题都有自己的看法。我在外面可能表现得相对强势一些，她能够冷静地给我分析，调整，用一个柔软的、女性的心态来看待，支持我帮助我，我觉得她很伟大。

我们有过好日子的权利

从希望集团到新希望集团,从新津到成都到全国,从小小的家族企业到净资产超过40亿、福步斯排行榜位居前列的国际化集团公司。刘永好一路走来,带着一个中国最地道的农民企业家的憨厚、坦诚和对生活的感恩。

叶　蓉:不久前,冯仑先生说到您坐的是普通桑塔纳,您真的一直用普桑吗?

刘永好:是的,桑塔纳出来以后,我就买了第一批桑塔纳。多的时候我们公司买了一百多辆,性价比蛮好的。汽车能够代步就够了,没有必要特别去炫耀。我们从农村起家,做的是农业的事情,坐桑塔纳能够保持朴实的本质,和农民没有距离感。我们的企业现在也不全是桑塔纳,而是根据需要选择最合适的车。随着时代发展,坐什么车都是小事情,更重要的是怎么做才能适应我们的发展。我们应该走哪条路,怎么样去做,对我们的事业最有利。

叶　蓉:您不太会去掩饰自己,您选择了一种最适合、最舒服的生活方式,似乎不太在乎别人的评价。

刘永好:我一个朋友对我说,永好,你现在要是每天用一万块,对你跟对你的公司都有好处。强迫自己每天用一万块的时候,你就会有一种新的思维方式。我不太同意,我也试过几天,一天用一万块。我买一个手机,买了二套衣服还是不到一万块,为凑数请客吃顿饭,终于花了一万。但是我不可能天天买手机、买衣服,我喜欢回家吃饭,所以我放弃了这种消费方式,用我感觉最舒服的、最自在的。

叶　蓉:王石先生曾经评价您是一个赚钱机器。这评价不大好听,您同意他的说法吗?

刘永好:他说现在很多年轻人都很崇拜我,想学习我。他说我不能给别人是个只会赚钱的怪物的印象。我想了好久没想通,我虽然丑了一点,但也不是怪物吧。所以他就建议我做点事,我说我会摄影。60年代开始我就练摄影,现在应该是我们一万四五千人的集团摄影的第一。他说你可以跟摄影师一块出去,让别人知道刘永好不但会赚钱而且还会摄影,还是高手。其实我的爱好蛮广泛的,除了会照像,我还会游泳、乒乓球,羽毛球打得也挺好,我也喜欢登山,也愿意跟年轻的朋友一块跳啊、唱啊、闹啊,应该不是除了赚钱什么都不会。

叶　蓉:您是一个非常热爱生活的人,这种精神面貌是不是对您的事业也会有很大帮助?

刘永好：是的，做企业会遇到方方面面的问题。当你做成一件事，得到社会的认同，多赚一笔钱或者占了什么便宜，你会特别高兴。有时候尽管你做的是对社会有利的事情，但是别人不买账，还总有这个问题那个问题，就会心理特别烦。这时候就需要自我的调节；需要良好的心态和开阔的心情。我这个人最大的优点就是很能吃饭，睡觉特别好，不太可能出现辗转反侧、难以入眠的情况。我觉得这是一个企业家需要的心态，要拿得起放得下，无论什么事情都有解决的办法。所谓企业家精神包括吃苦、勤奋，还包括心态。困难的时候站直了，别趴下，不打退堂鼓；取得成就的时候，面对鲜花、荣誉、掌声应该照样觉得自己是个普通人；第三要能承受，无论好事坏事，都能承受，该做什么就做什么。

叶　蓉：这两年福布斯富豪排行颇受关注，2001 年你们兄弟是排在第一的位置。现在分开，您还是排在第六的位置，能做到今天的成绩真的是非常不容易。

刘永好：现在回头看看，我们觉得心里比较踏实，或者是比较骄傲。因为我们走过的每一步都是坚实的，或许是因为我们从事的是农产业，或许是我们本身比较勤奋，我们的企业养成了良好的习惯，靠诚信、拼搏、奋斗走到今天。我们会格外的珍惜，会在以后的道路上更加勤奋更加努力。

叶　蓉：王石先生曾开玩笑说您是八十万奶牛教头，您要进军中国的乳品市场了吗？中国的乳品市场目前是地方品牌割据，全国大小乳品公司有三百多家。随着经济的发展，这个局面会打破。这个领域的竞争对手大多是一些国有企业，你觉得新希望介入后的优势在哪里？

刘永好：我和光明乳业的王佳芬是好朋友，她统帅的光明乳业这个团队是非常优秀，非常勤奋的。他们注重管理，同时在技术创新上做得不错。光明说过要统帅全国，让全国都光明起来。有这样的豪情壮志是对的，企业家就应该有这样的豪情壮志。我们做乳业时间还不久，没有光明乳业的历史，也没有王佳芬这样的领军人物。在乳业这方面，光明是值得我们学习的大哥。另一方面我们也有自己的优势，经过 20 年的发展，我们有一定的资本积累。同时我们始终从事农业产业，有丰富的养殖经验，我们熟悉从养殖业到加工业整个环节。另外，新希望在全国各地都有工厂，我们知道如何处理工厂的管理跟市场品牌的建立。最重要的是，我们有一个良好的机制。我们有上市公司、有资金融通的渠道、有现代管理的体系和制度、有良好的股权结构跟激励的办法，我相信这些都会帮助我们在乳业方面取得成长。虽然我们缺少乳业的经验，但正因为是一张白纸，我们就能够画最新最美的图画。最近我们也在吸纳这方面的优秀人才，包括海外合作伙伴。人才的汇聚就会产生效益，再加我们的经验、我们的诚信、社会对我们的认同，我们相信在这方面是能够有所发展的。作为民营企业乳业团队中的一员，我希望我们能够跟以国有企业为主导的乳业企业共同为中国乳业的发展贡献力量。

叶　蓉：我能够感觉到您对自己身处的这片土地，对我们的国家是满含着感情的。您曾经在美国的一个留学生联谊会上做了一番颇具鼓动性的谈话，能给我们描述一下吗？

刘永好：那是我到美国参加《财富论坛》期间，在耶鲁大学做的演讲。我说我们中国人有过好日子的权利，虽然这几百年我们是落后的，但是我们曾经富强过，曾经屹立于世界民族之林。落后首先是我们经济没搞上去，因为我们闭关自守。在党的领导下，改革开放二十多年以来，我们的国家迅速地发展，人们的生活水准、国际地位极大地提高，这就是我们国家的成长。另一方面我们也有过更好日子的权利，中国有13亿人的巨大市场；有那么稳定的政治经济环境，作为中国人，作为炎黄子孙是不是应该把学到的本领知识为我们的国家所用，为自己所用。我们应该有这样的骨气，靠我、靠你、靠大家、靠我们自己的精英，也靠党和政府的领导，我们一定能够开辟崭新的天地。作为一个中国的企业家我非常愿意看到这一天的到来，这一天的到来要靠我们集体的智慧和努力。

叶　蓉：我想国外的留学生听到这番热血沸腾的话，一定会好好考虑自己能够为国家做些什么。一个企业家走上今天世界经济的舞台，并说出了中国人也有富裕的权利这样的话，这个人一定来自我们身边最熟悉的人群。

【点 评】

先行者

　　要在人生的路上先行是不容易的，更不容易的是又走在了先行者的前列。

　　在《福布斯》首排中国大陆百位富豪的2001年，1980年下海的刘永行排在了第一位。于是，他成了走进《财富人生》节目的第一位嘉宾。巧的是，他是我的老乡。

　　交谈中，我看到泪光在他眼中闪过，那是说到他下海前的那个大年夜。

要过年了，刘永行的兜里只有两块多钱。本想将就过个素年，可儿子说要吃肉，他借钱买来一只鹅。看儿子和鹅玩得高兴，想乘孩子不注意时再杀鹅，没想到鹅却跑丢了，儿子哭得很伤心。那时，事情已经过去了二十多年，可他记得还是那么的清楚。我想是贫穷刺痛了他，使他要为之改变自己的命运。

　　经过19年的艰苦奋斗，刘家四兄弟打造起中国最大的民营企业——希望集团。作为中国私营业的先行者，他们走过的道路，不仅是中国民营经济艰难成长的缩影，也向世界展示了中国改革开放的成果。

　　在刘家四兄弟中，刘永好排行老四，是老小。2002年来我们演播室的，是二哥刘永行。2003年，在刘永行坐过的这个位置上，坐的是刘永好。

　　与刘永行相比，刘永好的出名最早。因为他是刘家的发言人，负责整个集团的宣传。有了这样的锻炼，他就显得比刘永行健谈；但也显得比刘永行圆滑和善于作秀，而刘永行给人的感觉是本色。

　　刘永好和刘永行是截然不同的两种色彩。小的思维活跃，灵活和性格外向，有时代色彩；大的内敛传统，忍辱负重。做节目的那天，年过半百的刘永好，穿的是一件肉红色的衬衫；而刘永行的风格，是不想用外在的东西来证明什么。

　　先行需要眼光、需要勇气，同样也需要智慧。当然，先行也是有优势的。如刘永行所说，"我们进入的早，对社会的看法认识就比较深一点；所以，我们采取的措施往往走在社会变革的前面一点。那么，就赢得了相对宽松的空间。我们的成功也是机遇给我们的。"

　　先行是不容易的，更不容易的是要永久保持你的先行。

出生年月：1963 年　　籍　　贯：浙江台州
创业时间：1982 年　　创建企业：吉利集团

吉利控股集团董事长
中国民营汽车第一人 ｜ 李书福

19 岁	高中毕业,拿着父亲给的 120 元钱开始做照相生意,半年后用赚到的 1000 元开起照相馆。
20 岁	李书福迈出办企业的第一步。投资一万元,从废弃物中分离、提取金银,背到杭州出售,并为此关了照相馆。
1984 年	开办电冰箱厂。1989 年,这个 26 岁的北极花冰箱厂厂长,已经是一个十足的千万富翁。
1991 年	李书福瞄准建材高端市场,中国第一张美铝曲板和第一张铝塑板就此问世。建材至今仍然是吉利集团的主要利润来源之一。
……	李书福的摩托车厂生产了中国第一辆踏板式摩托车,1998 年产量最高时达 65 万台,产值连续几年高达 20 亿—30 亿元,出口到 22 个国家,跻身全国民营企业前四强。
2000 年	投资 10 亿人民币进入汽车制造行业,发誓要为中国人造最便宜的车,自嘲为"汽车疯子"。"吉利"汽车,是中国首家民营汽车企业。
2002 年	吉利汽车登陆世界级车展。李书福成为中国商界最具争议性的企业家之一,有人把他神化为中国汽车业的"颠覆者",也有人把他妖魔化是当今的"汽车疯子",更多的人说,他就像中国汽车业的一条鲶鱼,总是能够带来活力和惊奇。
……	"汽车四个轮子,一个方向盘,一个发动机,一个车壳,里面两个沙发,简单地讲就是这样。"李书福的这段著名言论,后来成为外界证明其"疯"的代表之一。
……	现在的李书福说:"造汽车其实很不简单,不然世界上为什么就剩下这几家,汽车集成性非常强。"

每次投资都是"闯红灯"

叶　蓉：您是浙江人,浙江人以会做生意出名。据说,您创业以来从事的行业非常多?

李书福：我是农民出身,创业就是因为穷。17岁时我最大的愿望是拥有一辆自行车;21岁的时候当照相馆小老板,已经是当时的万元户了;23岁的时候我才真正开始办企业,做电冰箱厂,做装潢材料;27岁的时候已经被称为百万富翁了。这些都是以前的历史,直到我进入汽车行业,才感觉这是我真正喜爱的行业。

叶　蓉：您的奋斗历程比较坎坷和引人注目,有人说您是浙江草根经济的代表,有人说您是中国汽车行业的"颠覆者",有人说您始终都在闯红灯。

李书福：可以这么说,创业快二十年了,几乎每次投资都是"闯红灯"。第一次是开办冰箱厂,由于国家产业政策不允许,下马了。第二次"闯红灯"是造摩托车,当时政策不许私营企业经营,没想到我成功了。第三次"闯红灯"是未经许可创办了"浙江经济管理学院",不过很幸运的是后来取得了合法化。造汽车是第四次"闯红灯",吉利轿车1995年开始制造,直到去年年底才获得合法身份。

叶　蓉：当时国家并不允许私营企业造车,您去年才拿到许可证,那您第一辆车是什么时候下线的呢?

李书福：第一辆车1998年8月8号下线。当初我们要造车,那是不允许的。我向有关部门请示,说我们要造车可以不可以,他们说不可以。我就问我们搞研究可以不可以?他说搞研究可以。那好,我们就搞研究。研究了几年以后,我们认为这东西可以干,可以生产。所以,要想办法拿到一个生产的通行证,这样走了比较曲折的道路——很艰难。

叶　蓉：您的新车为什么取名"优利欧"?

李书福：吉利,总有人说这个名字很土。我们用这个名字是抱着美好的理想,希望大家买车称心如意,开车大吉大利。事实上,我们有五六万辆汽车已经在祖国的大江南北到处在跑了。可是人们还是认为吉利这两个字比较土,所以要起一个洋的。为什么叫桑塔纳,为什么叫奥迪,人家也讲不明白;这个优利欧也是讲不明白,就是比较好听、比较洋气。

叶　蓉：您的优利欧出来以后,会对夏利和赛欧的市场形成冲击吗?

李书福：其实同档次的车很多。桑塔纳普通型、富康、奇瑞、夏利2000、赛欧,基本上是同一个档次的。相比同类型产品，我们的汽车档次不低，价格不高，我们宁愿少赚点钱，所以非常受市场的欢迎和顾客的关注。

叶　蓉：您曾经提出要造两万块左右的车。您这只是一句口号还是向同行提出挑战？这两万块的车，我们什么时候能在市场上看到？

李书福：总有一天能见到的，这绝不是一句口号。根据汽车工业发展的规律、基本价格构成，一个人一年的收入应该能买两辆汽车，目前发达国家就是这样的水平。在中国，大多数人的年收入不可能买得起两辆汽车。而事实上，汽车作为普通的交通工具，功能是代步，给你的生活工作带来方便。它的价格应该是你年收入的一半，这是科学的也是合理的。

叶　蓉：然而比你更早进入汽车行业的人可能会觉得您没有按国际汽车市场的惯例操作，可能会对您和您的企业有看法？

李书福：如果没有吉利的出现，六七万的夏利、奥托卖得很好。但是，我们以三五万进入这个市场，必然影响了同类产品的销售。一个产品要把价格做得很低，质量做得很高、用户喜欢、有竞争力，不是那么简单的。我这样做，他们有意见，这是一方面。第二，有些人总是把汽车说的很复杂，很难。我总是这样讲：汽车四个轮子、一个方向盘、一个发动机、一个车壳，里面两个沙发，简单地讲就是这样。当然，复杂的你可以讲，动力系统、转向系统、自动系统、前后桥、仪表，可以讲得很复杂。但是我们要把复杂的问题简单化；简单的问题要去好好研究、分析，而不是把问题搞得神秘化。

叶　蓉：这两年吉利汽车的确发生了很多的改变，现在已经拥有自有品牌的发动机，有自我创新的一个整车系列。可是，如果吉利进入中高档汽车的竞争行列，可能它的竞争对手就要翻倍了，您认为呢？

李书福：竞争是非常残酷、非常激烈的，你死我活。但是我们还是充满信心，我们产品的档次会不断提高，我们的竞争水平和竞争能力也会不断提升。

叶　蓉：那么，利润是不是会越来越薄？您能跟我们透露一部吉利轿车，最后的利润是多少？

李书福：那要看哪一款车了，比方说我们最便宜的三万多块钱的汽车，利润就非常小，可能只有几百块钱；好一点的十几万块钱的车，肯定利润也会比较多。

叶　蓉：这是不是促使您进军中档车的一个原因呢？

李书福：进军中高档汽车跟利润有关系，更重要的是跟企业的形象、企业的持续发展的战略有关系。现在我们给人家的感觉好像吉利就造不出一辆好车，吉利汽车就是最便宜的经济型小车。吉利有能力造出中、高档的轿车,造出高水平轿车,我们要改变企业形象。第二点也是持续发展的需要,一个企业如果没有持续良好的经济效应,没有持续的发展后劲,那么这个企业就变得走到哪里就是哪里了。我们要在战略上有一个长久的考虑,所以要进入中档轿车和高档轿车的研究和制造。现在我们的中档轿车已经投产了,竞争力是很强的。

特殊"赌徒"的内心世界

时间到底能多大程度地改变一个人,答案似乎无从得知。但可以确定的是:李书福没有被改变的,他一直在用行动回应围绕着他和吉利汽车的各种质疑。

叶　蓉:您在投资上的胆量为什么会这么大,您的这种冒险精神跟您的童年是否有关? 您这种冒险精神所付出的代价是什么?

李书福:我不知道你赌博过没有? 我小时候赌博,人家赌不过我,都是我赢他们。

叶　蓉:赌什么呢?

李书福:小时候,七八岁的时候。比方说我赢了一块钱,押上,变二块了;再押上,变四块了;再全押上,变八块了;再押上,十六块……有些人他赢了一块钱,他押五毛钱,再赢了押两毛,再赢了押一毛。他赢的钱明显比我少得多。但是我这种赌法,最后很可能一分钱也没有了,而他们还有。你问我付出的是什么,付出的就是这些。现在看看我们吉利汽车,这个产业那个产业,我全押上去了。可能五年以后,我就是一个穷光蛋,也可能不是穷光蛋,而是翻倍了。

叶　蓉:有人说性格决定命运,像您这样不计后果、全部身家扑在一个项目上,你的团队、那些跟着你的人,他们有忧虑吗? 我的老板可能这一次赚大了,也可能全体倒闭,大家下岗。

李书福:不愿赌的,就走啊。你愿意的,大家就一块来。

叶　蓉:那你的团队留得住人吗?

李书福:万里长征,去走的人就可能走出去,可能成功;也可能全部被围剿,那就是失败。人在旅途,谁能知道前方有多少条路。春夏秋冬,阳光星光,为我引路;清晨日暮,希望就在不远处。所以要不低头、不流泪,坚持朝前走,这才有成功。碰到一点困难,碰到一点问题,就瞻前顾后,那你怎么做事情啊。世界本来就是很复杂的,你不知道未来会怎么样。所以，我们要认准一个方向朝前走，走到什么时候、什么状态没有关系。人追求的是过程，而不是结果。无限的风采、无限的美丽都在成功与失败之间。当你知道失败了也没意思，当你知道成功了也没有意思，成功与失败之间那才有意思。

把130万辆吉利卖到国外去

在号称汽车"奥运会"的法兰克福车展上，李书福带来了吉利自主研发的五款车型。作为首次在这一车展亮相的中国汽车，吉利车实现了近百年来中国汽车自主品牌参加世界顶级车展的历史性突破。

叶　蓉：从2005年开始，陆陆续续可以看到很多有关于吉利轿车参加国外的顶级汽车展览会的消息。比如法兰克福汽车展、底特律的车展，这是不是意味着吉利现在已经把目光投向了国际市场？

李书福：我们的计划是三分之二的汽车要卖到中国以外的市场。就是说最终我们要实现200万辆的年产销量，其中130万辆要卖到国外去，其余的在中国卖。中国市场和国际市场比起来，是一个很小的部分，所以必须要把三分之二的汽车卖到国外去。为此我们制订了一套国际市场布局的战略。

叶　蓉：一般来讲，如果要进军国际市场，应该是先在国内市场占有相当的份额，把基础踩实了才能进军国际市场。现在吉利在国内的市场份额，您觉得已经成熟到了应该向国外进军的阶段了吗？

李书福：吉利现在在1.5升以下的车型里是占到30%多的市场份额，全部的轿车里面是占5%。当然我们会不断地提高我们的市场份额，在国内市场我们想要占到10%的份额。估计到2015年中国的轿车年销售量会超过700万辆，10%的份额就是70万辆。那么国外市场，估计到2015年轿车年销售量会达到5000万辆到5500万辆，如果我们占2%～2.5%的份额，就是130万辆左右，这两个市场加起来是200万辆。所以我说吉利汽车到2015年要实现200万辆的年产销量。这是我们的计划，当然这个计划我们会滚动地修正，根据实际情况不断地调整。

叶　蓉：像吉利参加的这种车展是一定要获得它的邀请，拥有自主品牌才能去呢？还是只要付一定的费用，拥有自主品牌就可以去参加？

李书福：费用是肯定要付的。但是你光付费用人家也不一定让你去，这个是有前提条件的。

叶　蓉：很多国内的同业说：吉利并不是中国最大的汽车制造商，它也不是市场份额最大的，也不是我们国家造车水准最高的，它凭什么能够参加这样的车展？

李书福：因为这些世界汽车顶级的展览会，非常注意形象。吉利汽车的自主创新、自主研发、自主产权，在中国汽车公司里面是独一无二的，它不是简单地去拷贝和抄袭哪一个汽车公司的产品，所以吉利汽车的汽车产品，是有自尊、有尊严的。我们从发动机、变速器、前后桥、电子电器到内部所有的零部件都浸泡着我们每一个科技人员的心血。吉利汽车是完全自主的产品，到德国也好，到美国也好，都不会受到任何企业的质疑，不会带来任何的麻烦。

叶　蓉：国内同业质疑说，吉利之所以要到国外去参加这样的顶级车展，实际上是要打响在国内的知名度，让它在国内的汽车销量上去，您觉得呢？

李书福：这是人家的看法，我们有自己的战略。我们的战略如果简单地被人家看清楚了，那我们的战略就太苍白了。

叶　蓉：那您觉得吉利产品能吸引外国消费者关注的目光，让外国人掏钱购买吉利的理由是什么？我们都知道日本的车省油经济，吉利车的优势呢？

李书福：中国的其他汽车厂我不去评论，最起码吉利最近投产的几款新的产品，无论是省油、技术、品质，都完全可以跟世界上的同类同档产品比较和较量。比方讲省油，我们也省油，我们 1.8 升的发动机，功率达到 102～103 个千瓦，这是世界最领先的水平。

规律之商场无兄弟

与兄弟分家，还意味着另外一层含义：让吉利集团逐渐脱离家族企业的行列，向现代管理型企业转型。

叶　蓉：从您最开始产生造汽车的梦想，到第一台整车下线，到今天要把吉利品牌打到国外去，整整用了九年的时间。九年过去了，当初跟您一起创业的哥哥、弟弟们都离开了您，这是为什么？

李书福：家族企业有时候就会碰到这些问题。因为哥哥弟弟们有他们的想法，有的时候他们认为我的想法不对，觉得他们自己的想法更好，这也很正常。

叶　蓉：我们想跟您探讨一下这个话题。在商界起步初期兄弟一起打拼的还真不少，但是有所成就之后，往往是选择了分开。比如像刘永行、刘永好兄弟、张跃和张剑兄弟。有句话老百姓都听说过，叫"上阵父子兵，打仗亲兄弟"，为什么在商场却是无兄弟？您个人有些什么样的体会？

李书福：我觉得这可能是人类发展的一个规律，也是经济发展的一个规律，这个规律可能谁也无法改变，这不是某一个或两个人的问题。兄弟姐妹之间有一种亲情，这种亲情不可能因此而消散掉。但是，对工作、对事业，大家都有自己不同的追求。比方说造车，我说要造200万辆，我哥哥说干什么造这么多？我弟弟说不够，要400万辆。我说要造高级轿车；我弟弟说不要造高级的，现在大家不是很富裕，造稍微便宜一点的；我哥哥可能会说造更高级的。大家的看法、理想、追求都不一样，最后的结果就是大家都走不同的路了，我想这个很正常。

为自己的理想痴狂

叶　蓉：外界对您有一段评语是这样说的，说您是中国最年轻的亿万富豪之一，但今天仍保持着穿着工作服在食堂跟大伙儿一起吃饭的生活习惯。生活上没有太多追求，但是对公益事业却一掷千金。您觉得这是您真实的写照吗？

李书福：这个是真实的，我生活上没有什么大的追求。人不能追求太多，我们追求造老百姓买得起好车，让中国汽车走遍全世界。有这么一个大的追求了，就没有其他的追求了。

叶　蓉：很多富豪会打打高尔夫、买买别墅、旅游旅游，这些跟您的生活离的很远吗？

李书福：高尔夫到现在我都不会打，我们到处走这也算是旅游了，其他的东西不是我的理想。我的理想就是造老百姓买得起的好车，让吉利汽车走遍全世界，或者说让中国汽车走遍全世界。

叶　蓉：您是为汽车痴狂呢，还是因为我的汽车跑遍全世界，所以我能赚到很多钱？

李书福：也不是说为汽车痴狂，就是为自己的理想痴狂。跑遍全世界也不是为了赚多少钱，是为跑遍全世界而赚钱，是为了理想而赚钱。天天亏损不可能实现我们的理想。

叶　蓉：您认为财富对您最大的改变是什么？

李书福：是一种责任。怎么更好地使用财富，更好地发挥它的作用，对这个社会、这个行业、这个世界怎么能够起到一种好的方向性的作用，这个很重要。

叶　蓉：在您的价值观里，您最珍视的财富是什么？

李书福：对我本人来讲，如果能让吉利汽车走遍全世界，能够把造老百姓买得起的好车这个愿望真的实现了，这就是一个非常巨大的财富。

叶　蓉：有人说您痴、有人说您狂、还有人说您疯，您怎么概括您的个性？

李书福：我觉得追求理想，肯定要痴、要疯、要狂，否则的话不可能到达理想的彼岸。人家怎么讲其实不重要，关键是你自己怎么去正确地把握未来，这个非常重要。为了实现理想，为了把握这个未来，该痴的就要痴，该狂的就要狂。

叶　蓉：创业路上前进的同时，您也改变着自己的处事方式。您似乎比以往更加内敛，是承受的东西太多了吗？

李书福：要包容、要理解、要更深地了解摆在我们的面前的一切，这是我必须要做的事情。岁月可以冲淡人的个性，我的个性其实也在不断的冲撞当中、修炼当中。

叶　蓉：您觉得自己最大的改变是什么？

李书福：现在大家对我们企业的要求跟以前不一样了，企业自身的要求和情况也不一样了。我现在不是那么自由了，以前可以什么都不顾，现在考虑的问题很多。

叶　蓉：您觉得这四年来学到的最有用的东西是什么？

李书福：就是社会主义市场经济有它的特点。这种特点要求我们在讲话在表达方面要稍微认真一点，不能怎么想就怎么说。

【点 评】

血，总是热的

　　李书福的血是热的，而且是热得滚烫，热得炙人。正因如此，他总是那个跨越雷池的第一人。从第一个做电冰箱、做摩托车的民企，到做汽车。

　　第一次进演播室的李书福，给人留下的印象实在是太深了。他的相貌，活脱脱就是张乐平笔下那个三毛长大的模样。说话又是那么的率真，几乎是赤裸裸地展现他的观点。接触了不少的嘉宾，像他那样不戴面具地交谈，还是不多的。那天，本来他是不愿谈足球的。刚涉及时还打打"太极"，说些事先有备的套话。后来一戳到点上，就显出了他的真性情。他不回避问题，开口就直奔主题要点。

热的血，不仅点燃了我们，还沸腾了一个行业。生逢其时的他是幸运的。在这个世界上，仅有一腔热血是无用的。

第二次上节目，我感到他仿佛变了一个人似的：他低调了。面前的李书福，瞪眼和直言是看不到了。笑脸和嘿嘿嘿多了起来……

他怎么也会沉默寡言起来了？就是拿出些刺激的话题，也不见什么反应。想来是这些年吉利太多的变化。今天的沉默，是不是因为现实的残酷？一个活生生的个性被抹杀了？这就是李书福的成长和成熟？

人说是性格决定命运，人又说江山易改秉性难移。现在连性格都能改了，一是叫人生出害怕，二是不知道这是不是也算是一种进化？他的这种改变是否值得？我不知道。

但我能够感受到这样的一点：多少人说责任，往往是放在嘴上；又有多少人说了，又放在了心里。可是，李书福做到了。企业的生存和发展，需要他担负不一样的责任，担负就要修正自己，包括自己的个性。

我坚信：血，总是热的。因为李书福依然带着自己的光荣与梦想在攀登，因为时代没有停下前进的步伐。

出生年月：1963 年	籍　贯：浙江温州乐清县
创业时间：1984 年	创建企业：正泰集团

正泰集团董事长

鞋匠出身的国际电气巨头 ｜ 南存辉

1978 年　初中时，父亲受伤骨折，南存辉担当养家糊口的责任，15 岁成了一名修鞋匠。

1984 年　把自家的房屋折价 5 万元作为投资，与几个朋友一起创办乐清县求精开关厂，从事低压电器开关的生产。

1989 年　开关厂的产值达到了一百多万元。那些年，有关部门曾对柳市低压电器市场进行了三次拉网式的清理整顿，求精开关厂每次都因质量过硬而受到褒奖，也使南存辉完成了最初的资本积累。

1991 年　通过与美国一个亲戚合作，引进外资，成立中美合资温州正泰电器有限公司，并招入 9 位家族成员入股。投入 1000 万元，更新了全部生产和检测设备，建造生产、办公大楼，并实现了企业内部管理的现代化。

1994 年　投资 400 万元，购置了当代最先进的设备，建立了一个产品检测试验站，其规模列全国第三、全国乡镇企业之首。

1995 年　"正泰集团公司"正式成立，32 岁的南存辉出任集团公司董事长。正泰集团，是中国规模最大的低压电器制造企业，名列全国民营企业综合实力 500 强的第四位。

2001 年　荣获"中国十大杰出青年"称号。在 2001 年《福布斯》推出的民营企业纳税 50 强中，南存辉成为仅有的同时上榜的四位"福布斯富豪"之一。

2003 年　销售收入 101 亿元，稳居中国低压电器行业产销之冠。

2005 年　2 月 14 日，经过两年的谈判，跨国巨头通用电气(GE)与正泰成立的合资公司正式挂牌，GE 控股 51%，正泰持股 49%。

2005 年　5 月 23 日，南存辉被第八届科博会"创业中国"高峰论坛授予"中国十大创业领袖"称号，浙江企业家仅此一人。

2008 年　入选"中国改革开放 30 年经济百人榜"，正泰集团的年销售额已达 150 亿元，在低压电器产业中排名世界第三，并成为中国乃至亚洲低压电器产业的龙头老大。

修鞋匠办起开关厂

1984 年,南存辉放下了修鞋的家事,与同学联合注册了乐清县求精开关厂。在创业之初,这家企业只不过是个皮包公司,靠着一张执照,一个公章,到处招揽生意。

叶　蓉：我知道您的家乡是在温州的柳市,从小在家里务农,您的童年和少年时代是不是吃了很多苦?

南存辉：那时候的生活真的非常辛苦,我家里的房子在整个乐清县可能是最破的。房子的大梁,门都是毛竹做的,刮台风,瓦会被风吹走,下雨房子里面都进水。可能就是童年的磨难使我受到很多的教育,所以很珍惜创业的机会。改革开放春风一吹,大家拼命去做生意,我也开始做电器、做贸易,什么都做。

叶　蓉：什么赚钱就做什么?

南存辉：改革开放初期机会很多,因为商品比较短缺,做什么都能卖掉。所以皮鞋、服装、纽扣,包括我们柳市的电器,温州很多特色产品就出来了。每个村、每个乡、每个镇都有不同的特色产品,产业就形成了。

叶　蓉：您还记得自己做的第一笔生意是什么吗?

南存辉：那个时候我在柳市镇上修鞋,我的几个同学在一起议论,别人都在那里搞电器,是不是我们可以一起来做电器的生意? 后来我们四个人合伙摆了一个柜台,就做电器了,第一个月我们就接了一些订单。那个时候有人专门订业务,有人专门做配件,我是专门负责装配。第一个月我们赚了 35 块钱,四个人一共赚了 35 块。

叶　蓉：那会儿的 35 块相当现在的几百块钱。

南存辉：我们看重的并不是钱多钱少,我们非常高兴,主要是因为对这个行业的探索取得了一些初步的成功。虽然那个时候我们每天晚上都干到三点钟,同时还要修鞋。这样一直做了四五年,后来我们开了开关厂。

叶　蓉：办开关厂的时候还是这四个合伙人吗?

南存辉：没有。有些人觉得钱太少不干了,剩下的两个人干了四五年。后来国家打击假冒伪劣商品的时候到了,1990 年,国务院办公厅专门为柳市镇发了一个国办二十几号文件。那个时候是非常严格的,国家八部委联合工作署进驻温州,进驻柳市,进行打击堵截,然后再疏导扶持,把有条件的扶上去。那个时候由于我们做正品,抓质量,走正道,所以我们得到了国家的支持。

要借,就借脑袋

当时的低压电器为柳市人带来了滚滚财富,但前店后工厂的作坊式生产,也潜藏着巨大的危机。大量的次品开始出现,导致全国各地的电力工程事故不断,柳市制造一下子成了假冒伪劣的代名词。

叶　蓉:在创业之初的阶段您觉得艰苦吗?

南存辉:非常艰苦,没有技术,没有钱,没有人,当时可以说是举步维艰,真是伤透脑筋。后来我们就决定做好这个"借"字的文章,要借,就借脑袋。

叶　蓉:借脑袋?

南存辉:借脑袋给你出主意,借梯子登高,借船出海,借人家的鸡来生蛋。我们那个时候就去了上海,找到上海人民电器厂的几个老专家,找到上海电器科学研究所里面的专家、工程师。当时他们都不敢帮助温州人,因为温州人那个时候名气很不好。大家听到质量差的就是温州的,讲话不溜的是温州的,所以我们一提温州大家就怕。然后我们就千方百计、千辛万苦、千言万语地告诉专家,我们是想做好的产品,我们想做质量,所以才来取经,才来请你们帮助我们。

叶　蓉:您觉得您是靠什么打动这些专家的呢?

南存辉:我觉得是真诚吧。那个时候他们基本处于帮忙的状态,一个月拿个几百块钱了不起了。我们那个时候到上海来,都住在退休的工程师家里,他们不来我们就住在他家里,不肯走,赖在他家里。当时我记得上海电器科学研究所的杨工,是一个很热情的专家,他自己不好出面,就介绍了上海人民电器厂的退休工程师,叫王中江,后来王工又帮我找了几个老师傅。那会儿我就住在王工家里,我睡地铺。

叶　蓉:半夜起来跑步是怎么回事?

南存辉:因为我们有时候不方便住在人家家里,又住不起宾馆,只能住招待所、地下室。地下室还好一些,冬天很暖和,招待所那个时候是没有空调的,外面下着大雪。我们小时候在家里虽然穷一点,但是洗澡天天洗的,结果到上海下雪,洗澡怎么办呢?就拿热水倒在脸盆里洗,脱了衣服就在房间里跑,跑热了以后开始洗澡,洗了以后睡觉。那个时候应该说非常艰苦,但这些苦我觉得不算苦,最苦的是那个时候国家派了专家组培训,跟你讲了一遍以后,专家走了。走了以后我们这帮人不懂,包括很多的标准、管理制度、工艺工序的编码要求等等。我们都是农民,那个时候是没有地方学的,温州那个时候没有人拿过许可证。我们那几年累得不得了,这张证发了以后,我们长长地透了一口气,第一句话就是吩咐儿孙以后千万不要拿许可证了,这太严格了。

叶　蓉：您刚刚谈到人家都不拿许可证,您为什么想到一定要拿这个许可证?

南存辉：我们平时跟一些购销员打交道,他们拿着订单来了,发了一批货,第二次他来的时候,再跟你拿一批货,我们就觉得很高兴;但如果他第二次来的时候说,上次发出的货有质量问题,那我们就麻烦了,心惊肉跳。所以那个时候我们觉得假如不把质量做好,我们自己吃都吃不安稳,睡都睡不安稳。

叶　蓉：我们知道,上世纪八九十年代的时候,温州产品是假冒伪劣的代名词。那我想您身边很多同业的企业,它们不见得一定要想方设法拿这个许可证,也照样有钱赚。

南存辉：是的,我们也经历过这个阶段。开始的时候大家都没有证,我们也没有证,大家赚钱我们也赚钱,但是我们总觉得心不安。后来我们赚了一笔钱,就想要拿许可证,必备的条件就是你的最后一道工序,出厂的试验条件,也就是要有一个实验室。这需要五万还是八万块钱,在当时这是非常大的一笔数目,我们自己钱不够,只好到亲戚那里去借。很多人劝我们,你办什么工厂,买什么设备,你把这几万块钱存到银行里去拿利息多好。你花了那么多代价,买了设备,假如没生意,怎么办?

叶　蓉：对啊。

南存辉：很多的亲戚、很多的长辈都劝,你年纪轻不要这么愣干、猛干,你一定要稳一点。那个时候我们就想,假如我们不买这个设备,不投入,我们就拿不到许可证;假如我们不搞正规的,都搞这些低端的或者我们自己都不知道合格不合格的产品,风险太大了。而且每次人家来找你的时候,他到底想干什么,我心里没有底。大家都说难的事情假如我们把它做成了,一定能够获取更大的市场份额,我相信我们的投入一定会有更大的回报。再说以前修皮鞋的时候,那么艰苦也过来了,真的这几万块钱赔进去,大不了再回去修皮鞋。我们都是农民,最差我们回到农村种地也可以,所以那个时候我们没后顾之忧。

不吃苦，不知天高地厚

叶　蓉：我采访过很多优秀的企业家，发现好多企业家都做过其他的行当，像王振滔以前是木匠，楼忠福以前是泥水匠，任正非喂过三年的猪。刚才您说大不了再回去修皮鞋，是不是年少的时候吃一些苦，会对一个人的成长道路产生影响？

南存辉：对啊，少年时候的磨难，是人生最大的一笔财富。假如我们那个时候没吃过这个苦，真不知道天高地厚。可能有许多的年轻人，在成长中没有吃过苦头，总是有父母亲、长辈、兄长姐妹给你帮着罩着，一帆风顺上来了，不知道头撞到墙上会痛的。对我来讲，磨难是非常可贵的一笔财富，使我懂得了好日子来之不易，也懂得了如何去尊重别人，如何尊重知识，而不是赚了钱以后就忘乎所以，姓什么都不知道了。

叶　蓉：对温州商人也好，浙江商人也好，有一种评价，叫"睡得了地板，也当得了老板"。还有一种评价是说，温州人这样一个群体是身在苦中不知苦的。您对此有什么感想？

南存辉：是的。我们温州人可能把创业当作一种乐趣，在创业当中享受快乐。像我们当时根本连普通话都说不准的，英语根本就不会说，温州人就这样走南闯北，走遍全世界。全国各地有180万温州人，国外有50万温州人。温州人就是善于经营，敢于创业、敢于拼搏。

叶　蓉：您从事的低压电器行业，好像跟我们老百姓的日常生活距离蛮远的。您的产品主要针对的是什么样的市场？

南存辉：我们主要是面向发电厂。电发出来之后要把电送出去，就需要送电设备，送电过程中需要变压，这样又需要变电设备，变电之后还有配电，分配各路电路，分配之后电到了家庭、到了工厂的时候，也要用设备。我们现在的产品是从低压转换到高压的电器。

叶　蓉：现在正泰集团的销售怎么样？

南存辉：2006年比上一年增幅在24%～25%左右，大概150个亿的人民币。市场份额大概28%左右，在这个行业里从数量上来讲是最多的。

叶　蓉：目前中小企业都碰到了一个看不见的天花板，就是国际化。现在正泰面临的对手可能是像GE、西门子这样的国际巨头，跟他们进行国际竞争的时候，正泰的生存空间在哪里呢？

南存辉：现在无论是国际市场，还是国内高档的主配套市场，唯一的标准就是质量水准、技术水平、工艺和整个管理制造的能力,是竞争能力的集成。比如说,我们有一个小开关的产品,日产量 30 万台,一年可以做上亿台的量,规模是全国最大也可能是全球最大的。光是意大利的一家客户,我们就做了 1.5 亿人民币。就是因为我们完全是自己的技术、专利,所有的质量标准全部符合国际上最严格的要求,拿到了证书,然后我们派出最优良的团队点对点进行服务。我们的价格也很高,但是跨国公司更高,高得简直没办法想象,因为那时候是他们垄断的。我们进来以后,他们就觉得没有办法跟我们竞争,竞争力就不如我们强。所以,无论是国内还是国际,只要我们的技术、质量、成本和服务四个优势能够在一个产品上集中地体现出来,那这个产品的优势竞争力就非常强了。

上帝叫我们爱敌人

当年携手创业的伙伴,如今是竞争对手。南存辉与胡成中从配合默契,经营得法,到现在的各自单干。是什么让这两个昔日的搭档分道扬镳?

叶　蓉:有一个话题我们可能还是绕不过去,就是您最初创业时候的伙伴,胡成中。

南存辉:对,他现在有他自己的一些思路,我们应该说各走各的了。

叶　蓉:我采访过另外一对创业搭档,也是后来分家的,冯仑和潘石屹。他们俩分家的时候,说那叫商业离婚,据说两人都分别大哭了一场。你们商业离婚的时候是什么样的情绪?

南存辉:我觉得朋友也好,亲戚也好,要好聚好散。大家走到一起是缘分,不能走到一起也是缘分。有些东西不能勉强的,尤其是价值观,利益多点少点无所谓,关键就是价值观。观念不一样硬要在一起,是非常痛苦的。而且价值观也没有什么对错,怎么想都可以,最后是成败论英雄。所以那个时候我提出来分开干比较好。

叶　蓉:现在您的正泰和胡成中的德力西的同业竞争非常白热化,正泰和德力西永远在同一个商场里出现,甚至连广告牌也是,这里有您的广告牌,附近必定有他的广告牌。您怎么看待当初两个合作伙伴到今天剑拔弩张的竞争态势?

南存辉:上帝叫我们爱敌人,我是这样看待这个竞争对手的。我们分开以后他有他的事业,他也要生存也要发展,而且就在我们边上,这不挺好吗?我觉得正是因为有一个对手天天盯牢你,使你不敢睡觉,正泰才有今天的发展。我们现在面临的竞争对手不仅仅是德力西一家,还有很多跟我们一样出身的小企业,也面临着国际大公司的挤压。洋军压境了,后面又有乡兵团勇,再加上那些现在正在改制的国有企业,这三股力量团团围着你。我们该怎么办?我是乐观派,但是有一点,竞争分友好的和不友好的,只要是友好的,正常的竞争,没有关系,但是千万不要恶意竞争。作为走在前排的企业,理所当然要肩负起社会责任,我们不能够光顾自己,不顾行业,也不顾别人。所以我们现在就提出来如何推进整个行业技术的创新,如何把我们整个产业的科技含量提高上去,优化产业结构。

【点 评】

方 圆

没有规矩,不成方圆。这话儿是传了千年,说了万代;但要真正做到凡事如此,确实是不容易的。可南存辉,就是这样一个能够做到的人。

来《财富人生》录节目前,我们就已打过照面。回想起来,还是蛮有趣的。

那回,我应邀主持浙商大会。会议规定:每个发言人的讲话时间不能超过15分钟,但会议开始后,上台的每个人发言都是超时的。这样下去,势必要缩短后面发言者的时间。

一个中年男子对我说:"你去跟他们说,要讲快点。不能再超时了。"

"要说,也应该你去说呀。"我以为他是大会组委会的。

"你是主持人,你去说。"说着,他看了看手表。

没想到,后来他也走上了讲台发言,他就是南存辉。

南存辉是个注重规则的人。凡做有规则要求的事情,他一丝不苟地照章办事。就是没人对他提规则要求,他也会自觉去参照规则。当初,生产低压电器都无许可证。唯有他向人借了一笔数目不小的资金,办实验室买设备,就是为了这张证。

他明白:只有按规则做,才会拥有大市场,才会做得长久。之后的发展,证明了南存辉的眼光。同时,也展现了一个新浙商的形象。

经营企业的要心态平和,你不一定要去紧追死赶。抓住你能够控制的,然后把你的事情做好。把每一个朴实和平凡的事情做好,一天做好,一年做好,二十年做好,五十年做好。这对凡人也好,对人生也好,对一个企业也好,都是非常伟大的事情。

有人说,市场经济就是法制经济。法制经济,其实就是讲规则、重规则、守规则。这样,就有了你我向往的方圆。

出生年月：1951年1月	籍　贯：广西省柳州市
创业时间：1983年	创建企业：万科集团

万科集团董事长

成为最高的那座山 ｜ 王 石

17 岁	参军，服役于空军汽车三团；22 岁转业，就职于郑州铁路水电段；23 至 27 岁就读于兰州铁道学院给排水专业。
……	大学毕业后，先后供职于广州铁路局、广东省外经贸委、深圳市特区发展公司。第一桶金是靠做饲料中介商赚得的 300 万元。
1984 年	创建深圳现代科教仪器展销中心，经营从日本进口的电器、仪器产品，同时还经营服装厂、手表厂、饮料厂、印刷厂等等。
1988 年	中心着手股份制改造，更名为"深圳万科企业股份有限公司"。
1988 年	11 月，万科参加深圳威登别墅地块的土地拍卖，经过白热化争夺，万科以"瞎胡闹"式的高价胜出，懵懂地闯入了房地产行业。这一年王石 37 岁。
1988 年	12 月，万科发行中国大陆第一份《招股通函》，发行股票 2800 万股，集资 2800 万元。这是万科发展史上的重要一步，奠定了今日地产龙头的基石。
1991 年	1 月，公司在深圳证券交易所正式挂牌上市交易，代码 0002。由此拉开了万科万亿市值的征程。这保证了万科在资金密集型的地产业发展过程中，有一条宝贵的资金渠道。万科是中国大陆首批公开上市的企业之一，也是该批企业中唯一连续 15 年保持盈利增长的企业。
2000 年	到 2001 年，万科连续两年被福布斯评为"世界最佳小企业"。
2000 年	到 2002 年，万科连续三年当选"中国最具发展潜力上市公司"，被誉为"中国房地产业领跑者"。万科是目前中国最大的房地产上市公司。
2000 年	49 岁的王石放弃总经理的职务，并宣誓 58 岁以前离开万科。
2005 年	在 54 岁的时候，王石完成了他的"7＋2 探险计划"，即攀登世界上最高的 7 座山峰，穿越南北两极。在全世界完成此壮举的 10 个人中，他是年龄最大的一个。

高于 25% 的利润不赚

叶　蓉：在人们的印象当中，王石跟万科是不能分开的。但是您早期创业的故事并不为我们熟知，能说说您早年创业的经历吗？

王　石：1983 年我从广州到了深圳，1984 年成立万科。最早我们做过很多种业务，贩卖日本电器，像索尼、松下、JVC 这些；也搞过服装厂、手表厂、饮料厂、印刷厂、K 金手饰厂，除了黄、赌、军火这样的业务不能做也做不来以外，别的万科基本都涉及过了。80 年代是计划经济向市场经济过渡的时期，基本上是做什么赚什么。当时在深圳我的外号叫金手指，意思是干什么都能赚钱。那个时候我就非常清醒地认识到这是一个特殊的时期，赚钱容易但不意味着你的企业具有核心竞争力。1992 年的时候我们就作出一个决定，从众多行业中选择一个项目来经营，最终我们选择了房地产。实际上 1988 年我们已经进入了地产业，决定只经营地产业是 1992 年。

叶　蓉：万科有个很著名的经营理念：不赚 25% 以上的利润。这好像和商业的本质有所违背，为什么万科会有这样的理念呢？

王　石：这个说法是 1992 年在深圳一次房地产研讨会上提出来的。当时房地产市场非常热，非常好赚钱。房地产行业有一个说法，利润低于 40% 的不做，我是针对这句话说的，万科高于 25% 不做。

叶　蓉：大家都说利润低于 40% 就不做，您说高于 25% 的利润不赚，您当时是在给您的楼盘打广告吗？

王　石：当时这样的说法绝不是一个广告，而是基于万科自身经营的经验教训的总结。万科是搞贸易出身，八九十年代我们的贸易也经历过暴利阶段。当时的利润甚至是百分之两三百，但这样的利润空间只是暂时的，终归会回归理性状态。1992 年我给公司的贸易算了个账，最后得出的是赤字。市场是非常公平的，你投机赚的钱，市场最终会让你吐出来，而且比你投机赚的还多。当时的地产业和八十年代的贸易何其相似，如此疯狂的市场一定会受到惩罚。基于这样的经验教训，万科制定不赚超过 25% 利润的政策。并不是我们能赚却不赚，是始终警觉这个市场可能的变化，所以更多地选择比较便宜的土地。比如我们 1991 年进入上海，就选择了土地比较便宜的城郊结合部。当时提出的 25% 这个数值也是经过测算的，这样会让万科的商业行为变得更加理性。

叶　蓉：在当时的市场状态下说出这个话，会有人认为万科是在为自己做广告，是宣传上的一个策略吗？

王　石：直到现在还是有人认为万科的这个理念是唱高调，说好听话。实际上，在我说了这个话的半年之后，房产市场有了非常戏剧化的变化。1993 年的 6 月份宏观调控，房地产市场立刻变得非常严峻。由于万科的发展模式不是暴利型，从 1993 年到 1997年万科房地产年平均增长 70%。在大部分房地产发展商艰难度日之时，万科非常顺利地完成了企业的转型。

叶　蓉：万科在股份改制的时候，您把个人持有的 40% 万科股份转化成了职工股，为什么要做这样一个决定？

王　石：1988 年，股份制改造的时候，万科先把原来财产四六分，60% 归国家所有，40% 归职工所有，不是归我个人所有。当然这个 40% 可以分，我可以分到 10%、15% 或20%，40% 全部给我那是不可能的。当时我没有要，主要是和我的价值取向有关系。我对钱始终认为是，不是我不爱钱，我不愿意是暴发户的形象。

叶　蓉：但是靠自己努力打拼出来的实业家，这不也是一个很好的形象吗

王　石：不是说形象好不好，暴发户表现在什么地方呢？他不是形象的问题，就是你没钱突然有钱，他一定就是暴发户。突然有钱了之后，你的社会生活链条就断掉了。你会结交完全不同的圈子，你和原来的大学同学、部队战友、你的亲戚，你和他们的关系都发生非常微妙的变化，你不知道你能不能处理。

叶　蓉：你看人的眼光和人看你的眼光都变了。

王　石：绝对是这样的。我希望成功，但我不愿打破我生活的链条。你会看到你的有钱的朋友，突然他们生活很不方便，他们要雇保镖，不但他要，他的太太、小孩都要雇保镖，这个生活就相当不方便了，这是我个人的因素。另外，从公司角度考虑，80 年代，要挣钱并不是很难，刚才讲的 40% 不仅是我有，当时公司所在职工也有。当时公司人员不是很多，就七十多个人。但是我还是蛮有野心，希望把公司搞大，让更多的人到万科来。如果我们把这笔钱分了，我担心会形成一个特权阶层。你可以拿着股票，不干活也生活得很好。但你又是职工，这很难让新来的人平衡。当然你说这个担心对不对是另外的问题，我当时就是这样担心的。所以我说，钱来的容易，我们把它分掉；如果来钱不容易了，没得可分了，我靠什么激励他们呢？基于对公司的考虑，所以我没要，你们谁也别要，就把它搞成职工基金。职工基金，用来解决职工的福利，只要是万科的员工都有份。当时就是这样处理的。

叶　蓉：到现在为止您还是没有万科股份吗？

王　石：有啊。1988 年万科股份改造的时候，我买了两万股。当时我的存款一共不到三万块钱，基本是倾囊来买，现在有 13 万股。

欲走还留情难却

1999 年，王石辞去总经理职务，2001 年年仅 33 岁的郁亮从万科的新生代中脱颖而出，成为成为万科的第三任总经理。44 岁的王石主动退出经营核心。

叶　蓉：您为什么会在自己和万科如日中天的时候选择退出呢？

王　石：我把总经理辞掉，是从公司长远发展的角度考虑的。一个人再能干，他的生命年龄很有限，工作年龄更有限。但是企业可以超越人的生命年龄延续下去。所以它不应该是以某一个人的能干不能干、专业不专业、有没有人格魅力为前提，一定要靠现代企业制度来维系。我辞去总经理职务，但是我给万科留下什么呢？我选择了一个行业、选择了做城市住宅、建立现代企业制度、培养这个团队、树立这个品牌。于是我选择退远点，1999 年我就辞了总经理职务。2001 年郁亮正式接任总经理。

叶　蓉：您为什么最终选择了郁亮呢？

王　石：郁亮虽然年纪轻，但是他 80 年代末就从北大毕业了。接任万科老总的时候，他已经在万科做了 10 年，而且在万科之前又在外贸部门做过。他们这一代不像我们这样起步得比较晚，他们没有受过过去那种传统计划经济的影响。所以他们的思路没有什么包袱，操作模式没有什么毛病，他可以完全按照现代企业制度去管理、去操作。而我们，因为经历过各种运动，承受力特别强，但是没有受过什么专业训练，所以操作当中很容易出毛病。尽管你承受力很好，但是毛病多了企业形象就不好，企业就损害了。所以，让第二代接班这是个必然趋势，必须按照现代企业制度建设万科。

叶　蓉：您辞去总经理职务的时候才 44 岁，正是要经验有经验，要精力有精力的时候。当时您对这样的变化能适应吗？

王　石：一般来讲你是受不了的。我记得我辞去总经理职务的第二天，我进办公室第一个反应是人呢，怎么没人了？秘书说开总经理办公室会议去了，我第一个反应是总经理开会怎么没叫我？然后就意识到我现在已经不是总经理了，这时候就抓耳挠腮，不知道干什么好。在办公室里走来走去，特别想冲出去，到他们开会的会议室去，我就坐旁边我不说话还不成吗？但我心里知道,刚辞去总经理职位,第一天总经理会议,你是董事长,你坐人家旁边,人家怎么主持？还是打消这个念头,虽然真的很难受。两天之后,总经理向我汇报工作。汇报他们开什么会,一共研究了七个问题,第一个问题,他们决定怎么怎么样;第二个决定怎么样;第三个决定怎么样;第四个决定怎么样,说到第四个,我已经忍不住了,我说打住,不要说了,你这第四个决定错了,而且我也知道你第五个是什么,第六个是什么,第七个是什么,第六个也是有问题的……还没汇报呢,我已经知道他问题是什么了,因为我刚辞职,对工作还是很了解,对他的想法也很了解,我说的不会有错。第二次还这样,第三次我就发现不对了,他们汇报不像第一次第二次那么有积极性、有激情了。从表情上就看得出来他们的想法:你董事长是很高明的,虽然不参加开会,但你什么都知道;我们研究得再多,我们也想不过你……这显然和我辞去总经理职务的初衷是相违背的。到了第四次,他来汇报的时候,我就想我要强制我自己,征服我自己,就是不要说话。他汇报的时候,真想打断他,真想说你哪里错了,很难受。终于忍到他汇报完了,我说我没意见。我知道里面已经是有错误的,但我不就这样过来的吗？我不也在犯错吗？只要他们犯的错误对公司大方向不产生影响,你让他犯去。他自己犯他自己会改正,你要是老打击他,他永远成长不起来。

叶　蓉：我听人说过,说宇航员怕什么,宇航员最怕失速,所以我估计高速运行后突然的静止,就有点像您说的难受的感觉。

王　石：对。

叶　蓉：那您去滑伞、去爬山是不是也算是一种强制自己。我离你远点,我干脆看不见。

王　石：当然也不是看不见,就是你梳理他们嘛。梳理他们是有好处的,但别干预太多。正好自己喜欢登山运动,折腾他们倒不如折腾自己。我觉得这不挺好嘛。

叶　蓉：人们习惯了有王石在的万科,您离开后万科会失去您带来的光环吗？

王　石：对于今天的万科,王石不是完全没有价值。但是我的离开会让万科的今后发展得更好,可能会发展到五年之后王石对万科是多余的。

房子的刚性需求

叶　蓉：房地产行业是这两年媒体、老百姓、政府都特别关注的一个行业。依您的看法,目前中国的房价发展是健康的吗？很多人想买房却不敢买,还在等。现在可以买房了吗？

王　石：确实 2002 年以来房价过高，我们不能说这个问题和我们没有关系。房价过高，这里有供求关系，也有泡沫成分，所以这几年的一些政策……

叶　蓉：宏观调控？

王　石：我觉得是非常必要的，对房地产市场健康发展非常必要。我觉得我们有两个问题，一个就是从行业的责任来讲，我们的自律性是不够的。企业追求利润最大化从某种角度来讲是没有错，但如果你没有自律，对市场造成伤害，最后的结果你也会跟着倒霉，这是我们的一大问题。第二个问题就是这个行业的建筑水平、开发的水平还是粗放的，一方面大量地浪费资源；另一方面建房的质量，因为施工方法有问题，还是有缺陷的。

叶　蓉：但我还是想问出一个老百姓想知道的答案：泡沫挤干净了吗？ 我可以去买了吗？

王　石：我的态度是这样，不是买不买的问题。比如你要结婚了，不能说你不确定有没有泡沫就不买房了。

叶　蓉：您说的是刚性需求？

王　石：当然，而且就算你说我不买，我租，但只要有租就有人买房子。你看现在住房的需求还这么旺盛，包括上海，房价已经那么蓬勃上涨了，需求还是在。所以现在你说我是等一等再买呢，还是现在就买呢？ 我觉得这不是要点，要点是你要不要住，除非你说住到街上去。

叶　蓉：您说的是刚性需求，还有一部分需求是投资需求。很多人除了刚性需求之外，有实物在，有固定资产，总是保值的，也许还能够增值。2006 年股市开始很红火，你看到这报纸上也说，这温州炒房团房子都卖了套现炒股去了。如果投资客很多人不买房去炒股，会不会对你们的行业有比较大的影响？

王　石：这种影响是健康的。这就提到另外一个问题，现在很多中国人很有钱，他们需要投资品，加入 WTO 之后，国际资本也大量地涌入。如果我们民间的投资品不多，房地产很容易形成泡沫。我希望不仅有股市，还有其他更多的投资品让老百姓去选择。

在中国你要做大事情，名和利只能占一头

叶　蓉：我们看到国内出现了很多富豪榜，而您在另外一个榜单上屹立不倒，就是影响力榜。应该说这两个榜单一个是利，一个是名。您在影响力榜单上的岿然不动和在

另外一个榜单上的不见踪迹,是您的主观选择呢,还是被动的结果?

王　石：应该是主观的选择吧。在中国你要做大事情,名和利只能占一头,同时占两头你有没有那种驾驭的能力。我绝不是说名利双收就一定不好,而是我放弃一头,放弃了利。放弃利我觉得是自信心的表现,是不需要在创业当中为自己的积累做考虑,基本不考虑后路。

叶　蓉：很多人一听说您要退休就急了,说王石我给你出出主意,退休以后怎么赚钱。您嗤之以鼻,说我? 我就是摇钱树,我还愁这个吗?

王　石：这个故事不是这样的。这个故事是1985年,很多匿名信说我怎么把公司的钱转到香港去,我在香港存款,在香港买了房子。纪检处的两个处长找到我,问有没有这事。我就很气愤,我说我是个摇钱树,一晃掉下来的都是钱,我用得着偷偷摸摸? 当时匿名信说我存了30万,1985年30万是不小的数字,当时万元户都是不得了的。我说谁写的这封信我不知道,你回去告诉这个人,他再给你们写信说我偷存了多少钱,后面应该再加两个零,三千万,我说这才符合我的身份。说30万,根本是侮辱我,就为了30万我偷偷摸摸去犯法? 我要犯法就犯出个天文数字,这就是能力标志。

叶　蓉：这就是王石风格。

王　石：我是个公众人物,毫不隐型,但是如何来看待财富,看待自己的社会地位呢? 举个简单例子,两年前我参加过一个研讨会。我说给我安排一个商务间就可以了,因为空间尺度太大我睡不着觉。但是主办方给安排了一个豪华总统套间。果不其然晚上睡不着觉,我半夜下到二楼,到我司机住的房间跟他换房间睡。从某种角度来讲这反映了我对财富的一个感受。我不是贵族出身,对这种豪华的享受没什么感觉。在富起来,有地位之后,我要过我感觉舒服的生活,这个非常重要。如果财富给你带来了不方便,甚至很别扭,财富就开始起负作用了。钱不能没有,有了之后你如何处理它? 我认为我个人非常成功,但是2005年有件事给我一个很大的改变。这个改变就是懂得什么叫企业家成熟,什么叫企业成熟。那年我去北极的时候,一位老教授给我送行,他是搞生物多样性的。我很意外,因为他从来不参加这种商业性活动。他给了我一封信,大意就是我的这种探险行为和关心地球、关心环保、关心社会的意义是一样的。我从没有往这个方向想过,但是我知道他的言外之意,就说你可以那样做,因为你是成功人士,是公众人物。如果你往这方面号召,一定会起到非常好的作用。这时我才意识到,一位成功的企业家、一个成功的企业本身就应该有这份责任,就应该做公益活动。如果没有这个责任,就说明它不成熟,就说明它没有尽到责任。意识到这一点之后,我觉得现在比以前开心得多,甚至觉得有点伟大。你不仅仅是一个企业的董事长；关心企业的事情，更多的关心社会的事情，关心公益活动。

曾经最害怕的就是死亡

1995 年，王石发现腰椎上有个血管瘤，医生的诊断是下肢可能会瘫痪。10 年之后，王石不仅成功地完成了登顶珠峰的夙愿，还缔造了他生命中另一段荣耀的辉煌，那就是 7 + 2 探险计划，即攀登全世界最高的 7 座山峰，并且穿越南北两极。2005 年 12 月 28 日，当 54 岁的王石抵达南极极点的那一刻，他提前完成了这令他无比自豪的计划。在全世界完成此壮举的 10 个人中，王石是年龄最大的一个。

叶　蓉：您最害怕的是什么？

王　石：曾经最害怕的就是死亡。我想对死亡的恐惧是人类的共性吧。所以我觉得这几年登山，最大的收获就是可以比较平和地面对死亡。

叶　蓉：您说您最初登山的原因是发现腰椎有血管瘤，可能会导致下半身的瘫痪。现在这个危险还存在吗？

王　石：存在，它们不会消失。如果明年瘫痪了我觉得无憾，我不但珠峰上去了，我还去了七大洲、南北极。如果到 60 岁还没瘫痪，我准备再去一次珠峰。

叶　蓉：征服了高山之后的那种满足感一定很棒。很少有人有您这种经历，能不能跟我们形容一下？

王　石：登珠峰的时候，我们七个队员，上去四个，三个没有上去，无论上去的没上去的都受了伤，只有我没受伤，而且我年纪最大。你知道上去之后基本脸都会冻伤；要不就是防晒油没有抹灼伤；要不就是眼底破裂整个变成雪盲；要不就是手上来个截肢。我不但毫发无损，而且下去的第二天我就请假连续飞了四天伞。背着伞包，从珠峰到拉萨的路上，遇到山就飞……我明显感到，我体力保存得不错。我们最后有几个队员上不去，有各种原因，有的已经精疲力尽，还有的提前兴奋，把体力消耗掉了，还没上去体力消耗就完了。我从珠峰下来还有体力，这说明什么呢？显然是很多登山以外的经历起到了作用，人生的经历，让我学会了把握节奏。

踩 点

《财富人生》第一次做王石的节目是在深圳,面对面的访谈是在室外。第二回则在上海,进了正儿八经的演播室。

万科的名气和光荣,都在房地产上。之前的万科,用王石的话来说,"除了黄、赌、毒、军火不做之外,基本万科都涉及到了。"之所以能够在房地产这一战场大获成功,一个重要的原因,就是踩准了中国改革进程的点。

自上个世纪80年代后期,中国的房地产业逐渐成为国民经济一个重要的增长点。王石和他的万科,可以说是与中国的经济改革如影相随、荣辱与共。他既是亲历者、见证人,也是受益非浅的企业家。因而,"改革开放20年20人"有他;到了30年,自然又是非他莫属。

成熟是每个人都向往的。王石、万科与中国的经济改革共同走向了成熟。既能成为一个成熟的人、成熟的企业家,同时还造就了一个成熟的企业;这是企业家们梦寐以求的。要想实现这一切,谈何容易!王石做到了,因而他就成了不少公众与企业家心中的偶像。

判定企业成熟的标准是什么?

王石说,这要看描述一个企业所花费的时间,时间用得越少,这个企业就越成熟。

但在人们眼里,王石和万科的成熟,一是看他又是登珠峰又是走南极闯北极;二是他的企业在这二十余年里,长盛不衰,愈走愈强。

出生年月：1964 年 12 月　　籍　　贯：四川眉山
创业时间：1984 年　　　　创建企业：通威集团

中国"鱼霸王"

要做全球水产霸主 | 刘汉元

1981 年　16 岁的刘汉元在眉山县水电局两河口水库渔场当技术员。

1983 年　建起了一个 64 平方米的金属网箱，投入了 185 公斤鱼苗。

1984 年　刘氏网箱创造了四川历史上单位面积养鱼的最高纪录，并盈利 1950 元。

1986 年　22 岁的他建起了西南第一家集约化的鱼饲料加工厂，"科力牌"鱼饲料成为抢手货。

1992 年　成立"眉山通威饲料公司"。

1995 年　通威集团以兼并和控股的形式发展了八家分公司。

2002 年　美国《福布斯》杂志公布位列中国大陆百富榜第九，并被美国《财富》杂志评为"全球 40 岁以下最成功的商人之一"。他生产的鱼饲料占全国总销量的 15%，连续 10 年坐上市场占有率的头把交椅。

2003 年　位列《财富》杂志全球 40 岁以下大陆富豪榜第二。

2004 年　2 月 16 日，通威股份有限公司 6000 万 A 股公开发行，成功挂牌上市。

四川来的鱼霸王

叶　蓉：您为什么会选择这个行业创业呢？

刘汉元：以前四川的鱼很少。春节期间成都普通鲤鱼的价格，是猪肉价格的 7 到 12 倍，就是
　　　　这么高的价钱也是很难买到的。上世纪 80 年代末，随着集约化养鱼方式的出现，
　　　　网箱流水养鱼，加上传统的池塘养鱼在当地的普及，鱼产量逐年上升。现在很多家
　　　　庭都可以经常吃到鱼

叶　蓉：据说您有一个小发明，带来了很高的亩产提升？

刘汉元：原来国内的亩产比较低，我听说德国和日本采用了网箱养鱼、流水养鱼。德国的工
　　　　厂化养鱼装置，每立方米的年产量达几百公斤。好奇之余就想如何在我们这里实
　　　　现这样的养殖方式，于是就产生了金属网箱的构想。鱼在里面水可以流进流出，既
　　　　可以投放人工饲料，又可以排出箱体代谢废物。设备验收前，领导们也心里没底，
　　　　当时的水电局局长，星期天跑到那去数鱼，数了一上午也数不清楚。他又派人潜水
　　　　下去看，才放心地请专家来验收。估重下来，一平方米达二三十公斤，差不多三万
　　　　斤一亩。四川省当时亩产最多不到两万斤。

叶　蓉：网箱式养鱼发明之后，您就在自己的家乡开始创业了。听说那会儿您是动员爸爸
　　　　妈妈把家里仅有的 500 块钱全部拿出来了？

刘汉元：全部拿出来投到第一只网箱里面去了，第二年又修了两只网箱。最后带动了整个
　　　　周边的农户，养殖的积极性和热情都非常高。但是养鱼怎么降低成本、提高成活
　　　　率、提高养成的品质？实际上最大的限制因素是饲料这个环节，要营养又平衡，还
　　　　要安全。所以 1986 年我就建了所谓全西南地区第一家鱼用饲料厂。最早我们是用
　　　　小搅肉机来搅拌；第二年买了一个四百多元的机器，可以供给 15 只网箱来用；1986
　　　　年的时候，我用一亩一分地修了个小工厂，买了两三万块钱的设备。当时人们说这
　　　　是西南地区最早的集约化鱼用饲料专业工厂。

叶　蓉：网箱养殖，这是一个新的方法，大家都可以去学。但是家家户户可能养鱼的方法都
　　　　不相同，为什么一定要吃你的饲料呢？

刘汉元：还是饲料本身的科技含量。你用什么样的方式，采用什么样的原料，才能够达到它
　　　　的营养需求。

叶　蓉：听说您那会儿跟家乡的一个鱼农打过一个赌，各吃各的饲料看大家的鱼长得怎

么样。

刘汉元：实际上这个比较一直有。从 1986 年开始，就有很多人用小机器生产鱼饲料自用或供应周边。但是时间一长，效果比下来，大家还是认为某一个产品才最靠得住。

叶　蓉：1983 年的时候，您在自己家里面，带有点半试验性的就开始了一个小作坊式的企业。到了 1992 年，您才完全下海了。这 10 年，您都在两条腿走路，当时您的同事理解吗？

刘汉元：大家对搞科研还是可以接受的。一说到你在赚钱，就觉得铜臭味很重。在这种情况下，我也拼命地证明自己是在搞科研。从 1985 年到 1991 年，我一直都埋头科研方面的事情，也确实在技术方面取得了一些成绩。1990 年还得到业界这样一个评价：国内领先水平，接近国际先进水平。1992 年的时候，明显觉得这样下去不行，时间、精力不能兼顾，加上市场的需求量很大。最后也想通了，天天证明自己不是为了钱，为什么啊？别去计较了，科研、技术、经营同时抓，干脆下海算了，1992 年元月从水电局辞职，正式下海了。

叶　蓉：经过这么多年的艰苦创业，在中国的鱼类养殖饲料领域，您被称为"鱼霸王"。有多少鱼是吃了您的鱼饲料长大的？

刘汉元：我们大概占全国总量的 15%，连续 10 年在这个行业市场占有率为全国第一。原来说我们是全中国最大的水产饲料生产企业，后来一些国际上的专家和协会考察以后说，毫无疑问我们也是全世界最大的。我们查了一些资料，通过交流，真正产量超过我们的确实也没有。所以，就成为中国和世界上最大的水产饲料生产工厂。

抓住你能控制的一切

叶　蓉：我们采访过刘永行和刘永好先生。你们都是四川籍，都是做饲料出身，还都姓刘，你们这两家有什么关系和渊源？

刘汉元：1983 年我们养鱼的时候，永好他们几兄弟正在做鹌鹑饲料，我们一个是做鸟的，一个是做水产的。所以什么样的环境、什么样的机遇，就可能成长出一批什么样的企业和企业家，这可能和当时的省情有很大关系。

叶　蓉：刘永行先生说饲料业现在的利润越来越薄了。可能也是这个原因，他开始进军"电解铝"这样一个全新的领域。刘永好先生现在在金融、房地产，甚至乳业都有涉足。但是您还是在饲料这个领域继续坚守，你有没有考虑过企业走多元化呢？

刘汉元：其实多元化我们也做一些,但是我们对多元化的调子总体比较低。我们认为一个企业应该把自己有空间的商业机会做精、做专、做强,这是首选的经营方式。样样都行,样样都能,常常在竞争过程当中并不一定能够处于强势。你在某一个领域真正能精、专、强;行业里面你能够处于前三甲;才能真正地支撑你公司未来长治久安的发展。水产这个行业,我们经常说是从人家买鸡蛋盐巴的钱里去赚钱,确实赚得很辛苦。但是从行业发展的角度,想一想过去20年你做了什么? 从没有鱼吃,到鱼很多吃不完,到最后又节约了很多的粮食,解决了很多就业机会,增加了很多农民的收入。公司里面几千人,从原来几百块钱一个月的工资,到现在可能几千上万块钱一个月工资。看到这些,你会感到很欣慰。

叶　蓉：您最珍视的财富是什么?

刘汉元：这个事业因你的参与变得更快了,发展得更好了,这种无形的财富会让你感到非常地愉悦。成功感、成就感、被认同感有时候比拥有金钱还要富有。尤其是在这个行业里面你处在前列,在世界范围内也是屈指可数,很值得自傲。江南春曾经来过我们企业,他以前对我们这个行业不了解,看了之后很羡慕,因为我们有机会把这个行业做成全球老大。现在欧美人面临着什么问题? 个子越来越高、腰围越来越粗、营养越来越过剩,但是健康指数普遍存在一些问题,面临着食物结构的调整。未来我们对欧美的水产出口,将会形成一个巨大的国际贸易市场;日韩现在对中国渔业市场的依赖也非常大,占了他们消费量的百分之三十四十。

叶　蓉：恍惚之间好像坐在我对面的不是一个企业家,又是当初那个带着一股钻劲的科研人,他总有一种精神上的追求。

刘汉元：我经常对员工和同事说,我是误入歧途,这辈子没喜欢过这个行业。但是干了20年,还准备干30年。想想又觉得蛮有意思,不仅仅过去的20年没白干,未来的20年30年你还可以做到更大。这个市场空间更大,国际上的贸易,每年你做到500亿、1000亿人民币一点问题也没有。

叶　蓉：我知道您跟江南春、马云这样新经济的代表人物是好朋友,可能就用了三五年时间,他们的财富积累就达到甚至超过了您20年的积累。跟这样的朋友坐在一起,您内心会不会有点不平衡啊?

刘汉元：社会总有热点,60亿人有时盯住这儿,有时候盯住那儿。你要抓住这个机遇,当然可以人家眼球看哪儿,你就干哪儿。但是从另外一种角度看,企业经营者要心态平和,你不一定要去追要去赶,抓住你能够控制的,把你的事情做好。把每一件朴实和平凡的事情做好,一天做好,一年做好,20年做好,50年做好,我觉得对人生也好,对一个企业也好,都是非常伟大的事情。

叶　蓉: 有时候您不能跑得太快,又不能慢了半拍,始终要保持领先半步的这种状态。面对诱惑的时候把持得住,碰到挫折的时候不灰心丧气,这如何来掌握?

刘汉元: 要做到这点也不容易。企业家的精神,很多时候是莫名其妙想往前冲的精神。关起门来有可能想不通,然后打开门来又加油干。在这种快节奏、积极向上的过程当中,只有平和的心态,才能使企业发展得更好。在平和的心态和积极进取的心态平衡下,维持企业长治久安,稳定、持续的发展,可能比单纯地追求速度更重要。

家族企业,未尝不是一种很高效的组织方式

叶　蓉: "通威"的管理层当中也有不少是您家族成员,应该说"通威"带有一定的家族企业色彩,您怎么看待家族式企业?

刘汉元: 整个中国以及亚洲文化圈里,普遍有这个家族情结。在这样一个文化背景下,家族企业在中国,尤其是对中小型规模的企业来讲未尝不是一种很高效的组织方式;是运行效率比较高,监督管理成本比较低的一种方式。但是,对现代大规模生产和信息化时代来说,它也有一些局限。今天"通威",基本上管理层都是社会化的。以通威股份为例,几十个公司的总经理没有一个是亲戚;财务体系里,从财务总监到几十家公司的财务经理没有一个是亲戚。

叶　蓉: 您认为一个民营企业和一家公众公司最根本的不同是什么?

刘汉元: 决策的时候,你可能会牺牲一部分效益,因为你要兼顾一部分公众的要求。除此以外,对一个正统的公司来讲本质没有区别。

叶　蓉: "通威"在上市之前就已经拥有了很雄厚的资金基础,那么"通威"的上市目的在哪里? 是为了融到更多的资金吗?

刘汉元: 有这个因素。一部分增量资金对公司的发展会产生助推作用。整体来讲,我们认为上市还是一举多得、兼顾各方的一件好事。

杠子敲得越响,结束得越快

叶　蓉: 我们注意到《华西都市报》有一则新闻标题很吸引眼球,就是"刘汉元称鱼饲料成本

价格上涨,外国人不能够欺负我们!"从这个标题上看,您的底气还是很足的。

刘汉元:鱼粉的资源总是越来越少,而且集中在以南美有限的几个国家为主的区域。他们的渔业协会、政府,很大程度上把它作为国民经济的一个支柱产业。所以调控它的生产配额;控制它的贸易节奏;提高它的价格;增加它的垄断效应,这是他们政府、协会和行业人员的共识。2000年秘鲁所有鱼粉生产的企业都一蹶不振,价格低迷,很多厂濒临倒闭。当时我们很多人,台湾的、香港的,秘鲁政府鼓动大家收购。那个时候和五年之后牛气冲天、一涨再涨形成鲜明的对比。他们现在控制好了资源,垄断了这个市场百分之七八十以上的份额。而我们中国采购了世界鱼粉贸易量的60%,所以刚好是一个买方一个卖方的角色,现在进行的国际贸易的博弈,我们处于一个非常被动的局面。

叶　蓉:我知道我们国家在铁矿砂出产方面处于一个劣势,这两年应该说成本价格的涨幅都很大,您在跟鱼粉供应商的谈判中是不是也是处于这样一个形势?

刘汉元:是。现在我们中国的企业面临着很大的问题,就是如何改变我们各自为政的局面。通过我们的行业协会,或者资产重组、行业并购,能够尽快形成几个大个联盟。不是垄断我们的市场,而是增加我们跟人家谈判的话语权。中国饲料行业有一万多家企业,大家都在张嘴,大家都在伸手,人家不敲你的竹杠,敲谁的竹杠?以一种超脱的心境来看,关起门来我们被敲了竹杠;打开门来一想,世界上哪一个国家没有分享中国改革发展的成果。这实际上都提高了他们的经济收入,促进了他们的经济发展。

叶　蓉:您的奔走呼号现在有效果了吗?

刘汉元:首先大家有这种认识比没有这种认识好。我们相信无论是政府层面还是行业层面,总有一部分人,会为大家的共同利益而努力。然后我们在国内的行业可能会整合得更好;在国际上的话语权会发挥得更好,未来毫无疑问会逐渐对我们整个行业产生很大的好处。

叶　蓉:我们水产养殖的鱼粉主要靠进口,有没有可能靠我们自己研发找到一种替代品,减少进口量呢?

刘汉元:这个工作一直都有人在做。部分和大部分地取代,从技术上来讲已经不成问题。价格涨得越高,这个过程完成得越快,这就叫物极必反。

叶　蓉:"通威"在这方面有投入吗?

刘汉元:我们过去很多年,在这方面投入很多。所以去年在鱼粉大会上我说:不要只看你们的供应量,一定要想到这种需求在一定程度上的弹性。很多大的企业从技术上来讲,可以部分或者大部分甚至全部不用这样的一个有限产品。所以他们过度地敲竹杠,事实上将会提早结束他们在今天和未来的市场空间。

叶　蓉:告诉他们这是一个短视行为。

刘汉元:杠子敲得越响;价钱抬得越高;结束得越快。

【点 评】

海阔凭鱼跃

天下还有这么有趣的巧事。

一巧:《福布斯》中国大陆富豪榜的两个常客都姓刘,一个是我们毫不陌生的刘永行(刘氏兄弟);另一个就是我们不是很熟悉的刘汉元。二巧:二刘都是来自天府之国。三巧:令他们致富的都是饲料,稍有区别的是一个做猪饲料;一个做鱼饲料。四巧:他们都是在改革开放中成长壮大起来的。二十余年奋斗,创造辉煌。五巧:他们相聚在本辑中,一个列首,一个居尾。

其实,刘汉元的出道和成名并不晚。早在2002年,著名的《财富》杂志就把刘汉元评为"全球40岁以下最成功的商人之一"。在国内,他连续三次入选《福布斯》中国富豪榜,身价30个亿。他生产的鱼饲料,占据全国总量的15％,连续10年坐上市场占有率的第一把交椅。刘汉元的产品,不但有"通威"鱼饲料,还有"通威"生态鱼。他要为中国人的多吃鱼和吃好鱼,贡献自己的力量。

那天,我在节目的结语中说:刘汉元没有那种一夜暴富的民营企业家的传奇色彩,但能够令人感受到作为商界常青树的那种豁达和风范。

今天,我还有一个感受是:海阔凭鱼跃。在市场经济的海洋里,刘汉元学到了比以往更多的东西,才干的增长也是如此。他发起首届"水产动物饲料及营养科技论坛",他召集全国200多家同行和专家共商大事等。他的眼光,望得更远。

峰回路转

1987—1991

虽然坚冰已被打破,前方的目标也了然于胸;航行却是艰难万分。

前行的航道是峰回路转,明有险滩急流,暗有礁石旋涡,还不时有风浪扑来。更何况,过河要摸石头,行船缺乏航标灯。

但是,这一时期的中国,呈现了一派百花齐放、百家争鸣景象。多少英雄好汉,就此写下了自己改革开放 30 年里威武雄壮华彩篇章的第一笔。那年月,不怕做不到,就怕你想不到。

不管是小草露头的民营企业还是伸足试水的外来资本,包括从旧体制中破茧欲出的国有企业,他们的"一个中心",就是脚步不停地直奔自己的目的地;他们的"两个基本点"就是审时度势的,趁势而为。

峰再回路再转,气定神闲。就这样,看见了柳暗花明。

1987 年 **"一个中心　两个基本点"**

10 月 25 日—11 月 1 日,中国共产党第十三次全国代表大会举行。提出了社会主义初级阶段以经济建设为中心,坚持四项基本原则,坚持改革开放的基本路线,"一个中心,两个基本点"始终是随后二十多年深化改革的航标灯。

1988 年 **"科学技术是第一生产力"**

9 月 5 日邓小平在会见捷克斯洛伐克总统胡萨克时,正式提出了"科学技术是第一生产力"的著名论断,揭示了科学技术在现代社会中的重要作用,为社会主义市场经济中科学技术的发展指明了方向。

1990 年 **浦东大开发**

18 年前,浦东不是中国改革开放的第一个开发区,比深圳晚了 10 年;开发时,中国正逢经济的重大转折,国际舆论对它投怀疑票;它基础差,与大上海繁荣的外滩一江之隔,却是农田遍布。18 年后,浦东成为"上海现代化建设的缩影"和"改革开放的窗口",成为中国"改革开放的象征"。

1990 年 **中国股市开锣**

上海证券交易所于 1990 年 11 月 26 日正式成立,并于同年 12 月 19 日在上海开张营业。这是中华人民共和国成立以来在大陆开业的第一家证券交易所。我国第二家证券交易所——深圳证券交易所也于 1991 年 7 月 3 日正式开业。

出生年月：1944 年 4 月　　籍　　贯：江苏镇江
创业时间：1984 年　　　　创建企业：联想控股集团

联想控股集团总裁

寻找企业家的精神 | 柳传志

1966 年　毕业于西安军事工程技术学院雷达系统专业。文革前后，曾在国防科工委十院四所和中科院计算机所从事科学研究工作，做了 13 年磁电路记录。

1984 年　40 岁的柳传志得到了创业的机会。以 20 万元人民币投资，与其他 10 名计算所员工共同创办中科院计算所新技术发展公司。

1988 年　以 30 万元港币合资创办香港联想电脑有限公司。

1989 年　成立联想集团。1997 年整合成立联想集团有限公司，任集团总裁。

2000 年　联想集团销售收入达 284 亿元人民币，名列全国高新技术百强第一名、全国计算机行业第一名，被评为全国优秀企业、国家 120 家试点大型企业集团之一。联想集团被《商业周刊》评选为"全球最佳科技企业"第八名；柳传志 2000 年 1 月被《财富》杂志评选为"亚洲最佳商业人士"，2000 年 6 月被《商业周刊》评选为"亚洲之星"。

2003 年　联想控股以 20 亿元买下 200 万平方米的土地，在北京、武汉、长沙、重庆等地完成了布局。同年联想成立投资事业部，并在此后更名为弘毅投资。

……　　　经过二十多年的努力，联想已经从中关村一间普通的国有民营小企业，成长为国家重点支持的旗舰型企业集团。联想控股有限公司下辖联想集团有限公司、神州数码控股有限公司两家香港上市公司，总资产 179 亿元人民币。2003 年营业收入 403 亿元人民币，利润总额 12.37 亿元人民币。

2004 年　联想控股又参与到高盛进入中国的投资过程中，参股由国内著名投资银行家方风雷筹建的高华证券。

2005 年　5 月，联想成功收购 IBM PC 业务，此举震惊世界，与此同时柳传志顺利完成企业权力的交接。

嗅到了春天的来临

叶　蓉：今年是中国改革开放30年，特别有纪念意义的一年。您作为一位横跨三个十年的创业者，内心最大的感受是什么？

柳传志：主要还是觉得自己很幸运吧。我是1984年才开始创业的。当时我40岁，如果那时候我50岁就试不动了。所以就是这个时间，给了我施展抱负，树立新的人生目标的机会。40岁办企业以前是一个阶段，40岁办企业以后是一个新的阶段，前一个阶段应该说是痛苦的，从大环境上讲成天都是阶级斗争。

叶　蓉：那种环境下不但没法施展任何抱负，而且人很容易被扭曲。

柳传志：是一种压抑。中国企业界的历史是从1900前后开始的，老一代的企业家经过了满清时期、军阀时期、抗战时期、国民党时期，曲曲折折非常之困难。解放以后命运更不好，原因就是没有正确地认识社会主义的这个阶段。到了什么阶段，应该做什么事情。我们现在能够在这样的环境下生活，也是大的政治环境带来的结果。国家对以前的事情有深刻的认识，把经济建设作为中心，实行改革开放，在中国这是非常来之不易的。这种感觉年轻的朋友未必会有，他觉得应该是现在这样。其实这是中国共产党在总结走过了几十年的道路以后得到的结果。所以，我在学十七大报告的时候，真的是感受到科学发展观指导当前建设的重要性。这个就是发自内心的感受。

叶　蓉：1978年底，一个小信息似乎让您嗅到了春天的来临。

柳传志：有一次看见《人民日报》上登了一段讲养牛的文章，内容就是讲应该如何养牛，看得我莫名其妙，报纸怎么会登这样的事情呢？这真的是一个新时期要开始了，国家真的要开始研究这方面的事情了。当我第一次看见报纸上刊登广告的时候——以前的报纸根本不可能有广告出现的，我意识到国家开始注意国民经济了。这也是经过了长期的斗争才得到的结果。

叶　蓉：很多关注联想创业历程的朋友都记得11个人和20万元的故事。你们当时聚在一起是要干什么？那会儿有梦想吗？

柳传志：应该说我们不甘于以前的生活，还想施展人生抱负。但从没有想到这个企业未来会做得多大，会怎么样。当时中国科学院给我们创造了一个好的小环境。时任中科院院长的周光召先生觉得中国科学院有这么多的研究所，其中很多属于应用技术型,他们的这些成果应该能够变成生产力,应该能够对国民经济起作用。因此他就想在中国科学院首先实行科技改革,通过办企业的方式把这些成果推到社会上去。整个国家大的形势不断向改革方向发展,中科院把这面旗帜越举越高,这就成了后来我们一段时间前进的方向。

企业家先天具有做大事的潜质

叶　蓉：在这里我可能想提几个人的名字,这些名字都跟您有关。史玉柱,曾经是中国的"首负"。他就提到在他资产负到两个亿的时候,您鼓励了他。

柳传志：史玉柱得意的时候,我们就认识,是一个俱乐部里的朋友。那时候我对他是不满意的。他说话的口气非常大,当时我就看出这里边有很大的问题。史玉柱要向自己的目标去努力,他有很多方面的问题都没有考虑清楚;另外,就是所有的边界条件都按最好的方向设想,一个环节稍微一垮就要出事。当他后来真的失误,为重新崛起努力的时候,我觉得史玉柱是完全有可能的。因为史玉柱从做业务的角度上讲真的不是一般人。另外还有一点,当他做脑白金赚了第一桶金以后,首先想着要还账。对这一点我很认同,而且觉得很不容易。他摔了跟头,甚至饿了肚子,知道钱多金贵;拿到了这个钱以后,还想到先把该还的账还清,然后再重新起步。我觉得他就有做大事的潜质。再者,他的商业敏感度非同一般,他有特殊的商业嗅觉,尤其对市场需求的了解,非常实在,他会把自己放在用户的角度去体验。另外,他也不放弃投资的机会。所以,仅从商业业务角度上讲,他确实是一个很特殊的人。

叶　蓉：史玉柱跌倒了能够再起来,你觉得最关键的一点是什么?

柳传志：应该讲还是人的意志品质吧。企业家本身是不是有一定的先天性呢? 我老在琢磨这事,因为在我们投资以后是需要有好的企业家出现的。总体讲分两种,一种是先天的意志品质,大概不是学得来的;另一种是有的人他有好的意志品质,他自己也没发现,需要被激发。就像《士兵突击》里那个许三多有很好的潜质,他自己不知道,父母也不知道,这些潜质需要被激发出来。对一个企业家,特别是创业者,我觉得意志品质是一个非常重要的条件。

叶　蓉：可能在困境当中,磨难反而成为了一种动力。

柳传志：对于创业者来说,意志品质是个必要条件;有了这个品质不一定能成为成功的企业家,还需要其他的条件。比如说要有很好的学习能力,因为你未来做的事情全是不可知的,跟你大学里学的不一样,跟你以前的人生经历不一样。你要不停地学习。你是不是掌握了学习的真谛,用什么样的方法去学,要学的东西是不是学得到? 学习能力本身也有一定的先天性,也有很多人学了半天,学不到点子上,悟性是很重要的。有一次我在中欧管理学院演讲,他们的老院长就说,企业家身上有很多东西好像是先天的。当时我并不以为然,我觉得怎么就一定是先天的,怎么就不是后来学的呢? 后来我们投资以后,在反复的考量比较中发现,有很多东西可能真的不是学得来的,有很多人非常努力,但他就是做不好。

叶　蓉:还有一个人不得不提——孙洪斌,之前他跟联想的渊源应该说是不浅。他出狱之后,传言他先来找了您,跟你一番对谈之后,您帮助了他。

柳传志:孙洪斌也是很特殊的人,他有一种向上追求、到达目标的超常动力,意志非常强。他在联想的时候确实犯了过失,就是有一帮他自己的朋友,在一些重要的岗位里边,形成了自己的财务体系,这是犯大忌。我从香港回来了解到这种情况,在紧急关头把他送到监狱里边去。如果不这样,我们就可能蒙受很大的损失。但是,他要重新走人生的道路是应该给予特殊鼓励。我一直关心他在监狱里的表现,了解他的情况,他出来以后还是真的想做一番事情。我们内部为他开了个会,先给了一些钱让他安身。后来他要在天津发展房地产,我们决定借给他500万。我想洪斌还会东山再起的,因为他有和史玉柱一样的精神,不屈不挠。

叶　蓉:史玉柱修复功能强,修正功能也强。洪斌有这个能力吗?

柳传志:这点难说。企业干部队伍发展那么快,我们当初没有意识到企业文化的重要性。今天的联想,我特别强调的就是管理基础,这个管理基础就是怎么样去制定战略、怎么样保持执行力。执行力里边有一条叫带队伍,就是说怎么样有一个好的文化基础。孙洪斌目标他定得很明确,走什么路想得也很清楚,但是你的队伍是不是真能跟得上? 这里面其实是要有文化底蕴的。胸怀大志,但是还是要不断地反思,不断地自我反省。他可能跟史玉柱的不同在于,史玉柱是摔了就是摔了,摔了以后告诉你他摔疼了,他很坦然。洪斌内心没有这么坦然,这倒不见得怎么不好,但是内心要有深刻认识才行。

叶　蓉:对今天活跃在中国经济舞台上的这些年轻企业家们,您最看好的是哪几位?

柳传志:那多了,随便说几位,马云、牛根生、南存辉、王玉锁等等,我都觉得很了不起。他们都不是多了不起的尖子人物,南存辉是修鞋的出身,王玉锁是扛煤气罐,牛根生洗瓶工出身,但他们做的事情非常棒。第一就是对企业本身的发展,业务上有很深刻的认识。拿马云来说,他的这种业务模式是一种很特殊的模式,具有创新性。更重要的是,他不仅有一个好的业务模式,他特别注意企业文化建设。互联网企业是属于能人企业,下边的人是很难拢的主。他能够特别注意企业文化,放非常大的心思在这上面,这为他以后的发展奠定了坚实的基础。还有牛根生,你看他说的话多睿智啊!他把自己的家财放在老牛基金里面,用这个基金为他企业的发展、为社会公益去做事情,这让我很敬佩。王玉锁特别让我敬佩的是,他的制造业,在煤化工技术上有重大突破。他本人并不是一个学者,但是领导了一个层次非常高的科学家、技术人员队伍来做这样的事情。很多专家甚至院士,都很难把他们的科技成果形成这么大的产业,但是王玉锁做到了。王玉锁也具有马云和牛根生的那种特质,舍得把财产放出去,让更多的能人得到激励。他们做事的方式,让我看到了年轻企业家的胸怀,这些给了我很大的启发。

叶　蓉:对今天跃跃欲试、准备起步创业者们,您有什么样的忠告?

柳传志:他们比我们创业的那个年代要幸运得多。咱们国家的经济发展还有非常大的持久推动力,比如说市场的深度和厚度;比如说国家更注意到中小城镇的发展、农村的发展。市场不断地扩大,是我们国家经济发展的一个重要动力。第二个动力,就是中国人向上追求,不断要发展的这种劲头是非常强的。在这种好的大环境下,中国的企业家早晚能跟世界第一流的企业家媲美。

联想从来不打无准备之仗

叶　蓉:2004年,联想收购IBM PC业务,这个意义和影响可以说非常深远。总结大会上,您给大家讲了一个故事,您第一次作为IBM PC的代理商去美国,是1985年?

柳传志:1985年,我作为IBM代理,能参加那个会议感到非常新奇。那个公司那么大,甚至连点心都摆在那儿随便吃。当时我们正在摸索的阶段,这是见识外国企业的一个机会。当时根本没有想到以后会发展到今天的程度。2004年收购IPM PC的时候,我的内心是非常激动的,杨元庆他们领导着中国的团队做了一件非常惊天动地的事情。但是我也很清楚,这个事情大多数人都不看好。当时北大光华EMBA班的九十几个人里看好联想收购IBM的只有三个,其中两个人还是我们联想的同事。但是如果今天再去问,可能90%的人会认为,最起码的第一步我们走稳了。

叶　蓉:为什么敢押这个宝,敢冒着风险上这个项目?

柳传志:联想从来不打无准备之仗。我和杨元庆的管理团队,联想控股的董事会,对情况进行了详细分析。一方面分析了很多公司不成功的原因,更多的是分析我们为什么能成功。IBM为什么要卖这个东西?为什么在IBM手里做得不成功,到我们这儿会成功?成功会成功到什么程度?最大的风险有哪几条?怎么去规避这些风险?这些事都一一想过,底线是什么也想过。直到今天做的时候基本上是没有超出我们想到的范围,还有些事情因为想得比较周到反而占了很大的便宜。在这次并购的过程之中,我一直没有给予特殊的支持,也没反对。到了做决定的时候,我就请董事会来讨论,结果董事会里边所有的人全都是反对的。杨元庆带着他的班子向控股的董事会,向中科院的领导介绍过好几次,在这种情况下,董事会才同意进行。

叶　蓉:这时候您更多的考虑了什么?

柳传志:我就对几个关键的问题进行了深入了解。比如说关于文化磨合的问题,就是中国人去了以后外国员工能不能接受?他们能不能继续在这个公司工作,别你去了以后哗啦一下就散了。通过谈判的对象的了解,PC那部分的员工,对在IBM里工作是不满意的。IBM有很多业务,PC这部分业务被压制,没法发展,他们希望能够到一个新的公司里去追求新的发展。我更多的关心就是IBM所有的业务经营和管理中有哪些东西是我们完全不懂的,或者完全驾驭不了的。了解以后,全都能对得上,而且有很多东西可能想得层次更深刻,也就是万一出现了撂挑子等各种情况,杨元庆他们能把控得住。事实告诉我们,我们的决策没有错。

叶　蓉:您说人往后台退可能可以看得更远更高,这是企业家控制力的体现。我想问的是企业家的精神和企业文化的关系,您把什么样的DNA留在这个企业了?

柳传志:首先企业跟人一样要正直有诚信。我做事大家都知道,在企业里面是非常透明的。重要的问题该在哪一级讨论就在哪一级讨论,很透明。透明的一个重要原因就是把企业利益放在第一位,能这么做的人是一个很正直的人,我们非常强调的一种方法就是话都放在桌面上谈。在企业文化上我们特别强调的价值观是求实进取,我们把诚信放在求实里,进取放在创新里。还有就是以人为本,以人为本指的是要替企业的员工负责任,最高一层就是把企业放在第一位,这个价值观本身就强调,说了就要认真地去做。另外还有一个文化或者方法,就是一定要把目标看得很清楚,然后分阶段实现。

以产业报国为己任

叶　蓉：我们知道这么多年的创业对您的身体和心理的损耗都很大，曾经一度您还住进了
　　　　海军总院。

柳传志：是的，选择海军总院是因为他们那儿有空潜科，是专门给飞行员和潜水员预备用于
　　　　心态调整、压力减缓的。我在那儿连住了两个多月才慢慢调整过来。

叶　蓉：您后悔过付出这么大代价吗？

柳传志：不会，永远不会后悔。这个绝不是说大话。我就要做这事，所有的亲朋好友、真正
　　　　关心我的人都明白我就是要做这事。

叶　蓉：为什么？

柳传志：没有为什么。当人生价值得以实现，当达成这个目标要担风险的时候，总要有人去
　　　　做，我就愿意去做。

叶　蓉：今天有这个机会当面问您：企业家的精神到底是什么？

柳传志：就像我，企业做到了一定程度以后确实还是有很强的报国情怀，但是凡是遇到事情
　　　　我还是把企业利益放到第一。做一件事到底对企业有没有伤害，我要考虑清楚。
　　　　企业比我自己更重要，只有把企业真正做好了才能报国。企业最主要的责任，是给
　　　　国家认真缴税；国家有了钱才能改善农民、建设城镇，做国家要做的事。我们公司
　　　　的愿景，第一句话还是产业报国。以产业报国为己任。这个目标二十多年从来没
　　　　有变过？

叶　蓉：淡出联想的时候，您希望给大家留下什么样的感受和记忆？

柳传志：对联想的员工来说，如果他们觉得我让联想形成了一个很好的文化基础，使得联想
　　　　在这个基础上能够更长远地发展，那我就非常欣慰。有了这个很好的文化基础就
　　　　能形成很好的管理基础，执行战略有好的班子，那么企业就会走得很顺。如果大家
　　　　觉得建立这些东西跟我是有关系的，我就觉得非常满意了。至于今天的一些思想
　　　　方法将来是不是还合适，我不敢说。一个人来去匆匆，历史过客，能够让自己的企
　　　　业做长了做大了以后有这样的看法并不是一种很高的奢望。

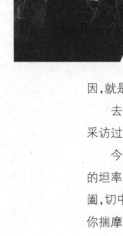

【点 评】

活 史

改革开放30年,老柳和他的企业就是一部活史。第一个十年,他是知识分子下海。第二个十年,他与中国经济一同腾飞。第三个十年,科学和谐的发展——多元化的经营,管理团队的交替……

活史的价值是不言而喻的。如果打个比喻,他就是活化石。要成为活史是不容易的。对联想的成功,老柳说过这样的一句话:认为自己不断能够发展的一个重要的原因,就是不断地复盘。活史,也就在其中诞生。

去北京采访老柳前,内心有些好奇,也有些激动。《财富人生》做了七年,采访过那么多的嘉宾,还不曾有过这样的感觉。

今天的老柳,已被神话,这也意味着他可以在大庭广众前不讲人话。可他的坦率直爽是让人没有想到,特别是在点评那些叱咤风云的企业家时,大开大阖,切中要害,一针见血;但又不失宽厚,用心良苦。时常是点到为止,留下让你揣摩思索的余地。

那天,我问他:企业家的精神究竟意味着什么?

他沉吟良久,回答:"我不知道。你能告诉我吗?"

下节目后,老柳拾起话题:你以为我会说什么?

我说:"我感觉你会说:难以言表。"

柳传志是被业界和媒体公认的中国企业家领袖。我们的解读,往往会受制于学识、经历等因素,如同盲人摸象。也可能只能是意会,难以用具体的语言来描述。幸好老柳的路还很长,我们还有机会,争取与他达到同一的意境。

出生年月：1934 年	籍　　贯：广东省梅县
创业时间：1972 年	创建企业：香港金利来

香港金利来集团董事局主席

贫穷是最宝贵的财富 | 曾宪梓

1950 年　16 岁,考入广东梅县东山中学。1961 年毕业于中山大学生物系。

1963 年　经香港到泰国,侨居了 5 年。

1968 年　从泰国回到香港。以仅有的 6000 港元起家,创办领带生产厂。

1974 年　经历了香港经济大萧条的"金利来"身价倍增,在香港成了独占鳌头的名牌领带。此后,曾宪梓还将他的发展计划拓展到更多的男士用品,使金利来品牌都走向多元化。并在巩固香港市场的同时,积极拓展海外市场。迄今为止,金利来在世界范围的大型客户数目已超过上千个。

1981 年　开始利用中国最有影响的传媒,在内地展开"金利来攻势",使"金利来领带,男人的世界"长期占据报纸的重要版面和电视的黄金时间。这种大张旗鼓的广告战持续了整整两年。

1983 年　将首批金利来领带送到了中国各大城市的大商场中。结果立刻引发了一场争购金利来领带的风潮!

1985 年　担任了亚洲领带协会的主席。

1989 年　投入 100 万美元巨资,在梅县成立了"中国银利来有限公司",引进了 4 条国际先进水平的领带生产流水线,使"银利来"领带首先成为中国的名牌领带,年生产量已达 1000 万条,营业额超过人民币 1 亿元。但曾宪梓明确宣布,应当分配给他的那一部分利润,他分文不取,全部捐献给家乡梅县。

1990 年　金利来领带仅在中国大陆的营业额就达 4 亿多人民币。
　　　　　从 1990 年起,金利来以系列女性时装为先导,为女性创造出了一个更具魅力的世界。

1992 年　12 月 21 日,一次捐赠了 1 亿港元的巨资,用于发展中国的教育事业。据不完全统计,他在十几年中的捐款达到了二百多项,总额高达 4 亿多元。

自己创造出来的财富才是自己的，别人的我不要

叶　蓉：我们有个统计，您前后已经为祖国的公益事业捐赠了5.7亿元港币。您的夫人、子女对您的举动有意见吗？

曾宪梓：他们不但没有意见还非常支持，而且他们自己也跟着做了不少公益事业，在这点上我们家人的意见是一致的。我也向他们解释为什么爸爸有今天，因为我们从小就苦就穷，那个时候可以讲根本吃不饱穿不暖。长年吃稀饭，有时稀饭还吃不上，还要吃青菜、野菜度日。我生长在广东省山区里面，四岁父亲死后家里很艰苦，靠母亲的劳动养活我们，所以四岁以后我就开始参加农村的各种劳动。

叶　蓉：四岁以后就开始参加劳动？

曾宪梓：四岁开始。那个时候各种劳动的艰辛培养了自己一种性格，所以我想是苦难的日子让我成长。我是怎么进入小学的呢？小学在我家对面，我天天替老师打扫卫生，替她洗菜，我就这样免费读完了小学。小学读完以后就没有再读书了，那个时候我只有12岁，留在家里跟母亲一块耕田种地。到十几岁有了土改，来到我们村的土改同志就把我送回到学校去读书。

叶　蓉：解放以后呢？

曾宪梓：解放以后，党跟国家把我这个山区的穷孩子送回到学校，一切免费，而且还有助学金，我就读完了中学也读完了大学。我1961年大学毕业，被派到广东农业科学院，在那边工作了一年半。后来因为父亲的遗产问题我离开农科院经香港到了泰国。当我离开祖国的时候，在我心里面很难过，一个穷孩子经过党和祖国的栽培，大学毕业了，没有为国家服务就离开了。我回头望望海关的五星红旗，暗地里发誓我到外面以后一定要好好做人，要刻苦努力创造财富。希望有一天能够成功，将来回报祖国。这个决心和誓言让我勤勤恳恳去努力学习、刻苦工作。五年以后，1968年我定居香港。

叶　蓉：在离开大陆之前，您已经在广州农科院的生物化学实验室担当重要工作了，并且您也已经结婚，有了两个孩子，是什么原因让你离开大陆？

曾宪梓：我四岁时父亲去世，妈妈告诉我，父亲在泰国有两个铺面交给了叔父。因为遗产的问题我才通过香港去了泰国。

叶　蓉：到泰国处理父亲留下来的财产？

曾宪梓：原来是这样。我到泰国后经过一个礼拜的详细了解，证实这两间店铺是我父亲的。我哥哥在泰国因为遗产斗争使得叔侄不和，我去了以后告诉他我了解的情况不一样。在我看来，虽然我父亲有两间店交给了叔父，但是经过抗日战争的动乱，叔父的事业越来越发达。我想叔父有本事才能够把事业发展得好，这跟我父亲留下的两间店铺的关系不大。要亲情还是要金钱？在这个问题上，我做的选择我需要亲情，不需要钱。所以我向叔父宣布我父亲有没有财产我不知道，这是你们上一代的事情跟我们下一代无关，父亲的遗产我全都不要。因此化解了这场斗争，跟叔父建立了真诚的亲情。

叶　蓉：你有没有想过，自己抛家别子到了泰国就是想去拿到父亲的那笔财产？

曾宪梓：当时是这种想法。但是去了以后，我认识到只要自己有才干，只要自己努力，有智慧，不断刻苦就能够创造自己的前途。

叶　蓉：哪怕当时拿不到自己的财产？

曾宪梓：我跟叔父讲，共产党教导我们要用自己劳动的双手、用自己的智慧去创造财富，这才是自己应该得到的一切。我虽然穷，但是我得到一句话。我叔父他从来没有回过中国，他说：共产党教育出来的人确实不一样！我很开心。他在泰国专门在华侨中宣传共产党栽培出来的学生思路、作风、为人都不一样。

叶　蓉：当时您穷困到什么程度？

曾宪梓：穷困到寄人篱下，在我哥哥的公司里面打工。那个时候的想法是自己创造出来的财富才是自己的，别人的我不要。我受过祖国的教育，我知道劳动可以创造财富、可以创造一切，所以观念上跟哥哥有点不和。因此我后来离开哥哥那里，回到香港来发展。

叶　蓉：回香港后的境况呢？

曾宪梓：回到香港后，我叔父他们也很关心，电汇了一万元港币，注明是给我老婆孩子的生活费用。我接受了这一万块，从姑妈家搬到平安大厦15楼8号，一个只有60平方米的地方；用剩下的6000块作为创业基金，用一个10平方米的房子做领带厂，就这样开始了我的领带生涯。

叶　蓉：从制作领带到销售全是您一个人？

曾宪梓：我太太、我妈妈帮助我翻领带、烫领带，大家协同。当时旅游点很喜欢泰国式领带，我规定自己一天要卖五打才能回家。因为只有卖掉这么多才够我们一家人一天的开销。

叶　蓉：香港这个商业社会，往往很多人会以貌取人。当时你每天拎着两大包领带走街串巷推销,有没有吃过闭门羹?

曾宪梓: 经常有。一呢我广东话讲得不好,第二又穷。但是我知道做买卖要尊重人家,要为人家设想,要让他们有利,这样我们才能够做。做生意不但要学习,还要天天总结,我成功在哪里,失败在哪里。每天晚上回来就边做领带边总结,我今天遇到什么困难;我今天为什么能够卖出去;为什么昨天就不能。我天天都在总结,不断提高自己。从第一天开始,金利来公司卖出的领带就从来没有退步的一天,所以店铺都越来越多。

金利来,财富滚滚来

叶　蓉: 您最开始的领带牌子是金狮,什么时候改成了金利来?

曾宪梓: 当时叫作金狮领带公司,就是平安大厦 15 楼 8 号一个食品房里面。有一次香港天旱没有水,要轮流放水,停水的时候我们到亲戚家里洗澡,带了两条金狮领带送给他。我的亲戚说香港人很讲口彩,你这个金狮和金输同音,这个名字一定要改。我回来以后连夜就想,最后觉得用毛笔写英文肯定有点特点,Gold Lion,是用毛笔来写。

叶　蓉: 朗朗上口,非常吉利的一个名字。您是如何让这个名字家喻户晓的呢?

曾宪梓: 还是通过广告,有一年的父亲节,我花了 3000 块钱在报纸上做了一个广告:金利来是送给父亲最好的礼物! 过去从来没有领带做广告的,这就引起了一些厂商的注意。还有一次,中国乒乓球队拿到世界冠军后到香港举行公开表演赛,应该是 1971 年。因为前面父亲节的广告,引起了电视台的注意,电视台就找到了我,由他们给我们做宣传片,希望我能给这个表演赛的转播提供赞助。当时我并没有太多的钱,但是我想做,最后三万块钱的赞助费还是分了 4 个月付清。当时香港只有一家电视台,又是那么轰动的中国乒乓球世纪之战,全港人每天都看。这时候就凸显了广告的力量,电视台每天都播放金利来领带,一个礼拜全香港的人都知道了。可以讲改变金利来命运的就是从这个广告开始,这以后生意非常得好,甚至有点做不过来了。第二年有一个大事件,尼克松访问北京。香港无线电视台做尼克松访问中国的节目,我又做了 7 万块钱的广告。这时候我们的公司已经开始了高速发展,不需要分期付款了。1972 年年底的时候我结算了一下,赚了 100 万。当年我就买了厂房,搬离了那个小作坊。

叶　蓉：接下来的1973年,全球经济、香港经济不是很稳定,股票大跌。您的公司受到影响了吗?

曾宪梓：那是我最好的发展阶段,因为1972年赚了很多钱,1973年我生产了很多货。圣诞前整个经济都不好,没有人愿意进货。我就跟百货公司借了一个柜台,借了一批领带夹子,我跟商店商量好,我自己派人卖,卖了以后七三分,30%给你,70%给我。那天下午四点钟谈完,我们连夜动工,所有的员工集中力量剪复,一共剪了一百多打,一早送去就开档。开档实力非常好,原因就是我们的卖货员都是自己的员工,对自己的产品了解而且主观上非常热情,当天生意就非常得好。我们10天之内进驻全香港所有的百货公司,百货公司只拿利,不进货,实际上是节约成本的一种做法,收到的效果就是我们的营业额比过去多了三倍。到了第二年圣诞和新年的时候,卖领带好像不用钱的,都抢的,百货公司的总经理都来帮我们卖,发票都是提前开好的,根本来不及排队交钱。我们还请了临时工帮买领带的客户排队交钱,百货公司的人都说领带作成这个样子是前所未有的。

叶　蓉：80年代初的时候,金利来进入内地市场。面对大陆这么大的市场您是怎么宣传金利来的呢?

曾宪梓：1983、1984年我就开始做广告,当时金利来还没有真的进大陆市场。只能看到电视广告,但是商店里却买不到。因为改革开放以后有不少的人要来香港,金利来已经在内地非常有名,大家只能请香港的亲戚帮忙买金利来带回去,这是我的策略。我做这个广告的目标有三个:一个先入为主,要让改革开放的中国人民认识这个品牌;第二就希望很多的人都写信给香港的亲戚朋友买回去,提高我们香港的营业额;第三,那个时候进口是很严格的,我们不知道哪里可以办进口,结果广州外贸中心就来找我进口。

叶　蓉：内地销售情况怎么样?

曾宪梓：应该说销售得不好。因为他们不懂金融,所以我就在国内成立了金利来中国股份有限公司。第二跟美洲合作,与美洲合作他只出钱不做经营,我们就承包,自己做经营。

叶　蓉：自己经营之后的效果呢?

曾宪梓：第一年做一千多万,第二年做三千多万,以后做到了六千多万,一亿多,两亿多,四亿多,最高销售达到十二亿。我们可以做得更好,但以后就出现了很多假货。中国的市场发展是很好的,我们在广东有了批发总部;有32层的双贸大厦;另外还有一个很大的六层半的服装部,在国内各地都有投资,上海、沈阳都有我们的大厦。

贫穷是我终身最宝贵的财富

叶　蓉：您现在为金利来寻找的接班人是您的小儿子曾天明先生。为什么会选中他呢?

曾宪梓：我大儿子比较老实,在公司里面管电脑;二儿子很勇敢,自己创业,也干得不错;三儿子人很好,男女老幼他都交往得很好,他有很多朋友,人也很诚恳,有上进心也有爱心,所以去年我就交棒给他了。现在金利来发展得很好,我们聘请了很多国内有能力的人一起管理这个事业。整个祖国大陆来讲,金利来经过三十多年的努力是始终保持了它的质量及稳定的发展。

叶　蓉：改革开放已经30年了。随着国门的逐渐打开,人们接触的品牌也多了。选择的余地更大了,金利来在内地的市场好像有一些萎缩,集团有没有做一些相应的调整呢?

曾宪梓：三年前是金利来最低潮的时候,一是外来品牌冲击大;二是他们改变了我原来的政策。因为金利来是不能赊账的,全世界跟金利来往来都是现金交易,都必须现金跟我买货。我宁可做少一点,也不能因为赊账收不回来消耗我们企业的体力。可能在经商方面,这个政策是比较保守的,但是这个保守的思想非常可靠。我35岁创业,1992年股票上市,直到现在我们整个盈利很好。我不负债,我从不向银行贷款,我所有的大厦都是用现金买的。我交给孩子们的公司是没有负债的、现金非常充分的公司。这点虽然比较保守,但对于我和金利来来说是最稳妥的发展模式。

叶　蓉：这就跟现在内地一些企业家的观点有些冲突。

曾宪梓：是。有些人非常敢于扩张,把所有的资源都绷得很紧,做得不好的时候就宣布破产,既害了国家、害了银行;也害了他自己和他的员工。我想我的公司稳中求发展,我保证员工有工资发,每年有增长,我已经感到很不错了。你想把全世界的市场搞下来是不可能的,我们不给自己设定那么高的目标,但是我们踏踏实实地去做,稳稳当当地发展。所以我的经营方法适于创业的人,不适宜大发展的人。不过我这小买卖还是做得很畅快的,很舒服。

叶　蓉：您身上所有的着装都是金利来品牌吗?

曾宪梓：我穿的都是金利来服装。我前几年病危的时候交待家人,我死了以后不要去买什么素衣,就穿金利来服装,越简单越好。我感觉应该自己省一点,多捐一点钱去帮助穷困的人。我这个穷困孩子能够有今天,是因为祖国和党的栽培,我没有别的嗜好，我只有艰苦努力地创造财富，回报祖国。我的理想就是终生要报效祖国，所以我参加各种社会活动，团结更广泛的香港人，支持祖国爱护香港支持香港。

叶　蓉：让内地和香港共同发展。

曾宪梓：这也是报效祖国的一个方式。1997 年 7 月 2 号政府授予我一个大紫荆勋章，这是对我的鼓励，也是对我的一个鞭策。它激励着我对今后香港的繁荣、稳定要做出更大的努力。

叶　蓉：您为慈善事业做了很多的贡献，但是您身边的工作人员告诉我们，您现在脚上这双鞋穿了快五年了。

曾宪梓：四年半。鞋底破了好几次，总归还可以穿，我自己的生活是很简朴的。但是我可以告诉大家只要自己能够参与劳动，贫穷会是你终身的宝贵财富的。我现在 70 岁了，今年是创业的第 36 年。能够过上好日子，我从心里感谢共产党、感谢祖国。我深知中国过去的苦难，在共产党领导之下，特别是经过改革开放的伟大时期，中国逐渐富强了。中国的富强、人们生活的改善、国际威望的提高也使中国人民感到自豪和骄傲。

【点 评】

男人的世界

编写改革开放 30 年间的流行语，"金利来"是当然入选的一个。

它不仅只是个领带的品牌，而且成为一个标志。标志的意味是多元的，对市场、对生活、对改革、对观念……

当年，李逵英雄，引来李鬼无数。金利来走红，有银利来、金达莱等等。但再怎么着，也做不成男人的世界。

节目的录制不在上海的演播室，而是香港的金利来集团总部。曾先生的身体不太好，那天走进来时颤颤巍巍的，由秘书搀扶着。

谈着谈着，曾先生的心扉打开了。一个半小时，就这样不知不觉地过去了。秘书悄悄进来，提醒他：再过半小时，中华总商会要开会了。

曾先生说：我开完会，下午继续谈。

忽然间，一扇看不出的门无声地打开。一个"密室"出现在我们面前。

老人站了起来，带我们走进密室。他走路，不再颤巍。

密室里没有金银财宝，它是个荣誉陈列室。里面有曾宪梓先生获得的各种荣誉证书、奖章，记录了他和金利来集团几十年来情系中华、爱国爱民的足迹。其中有一幅曾先生的肖像油画，出自一位教师之手，这位教师是曾宪梓基金的受益者。他无偿投入公益事业的四五亿元的钞票，不是上市公司的钱，全是个人所得。

在访谈中，曾先生多次说到要感谢党、感谢改革开放。我能感受到，他这番话语是发自肺腑，是源于真诚。

| 出生年月：1963 年 11 月 | 籍　　贯：甘肃天水 |
| 创业时间：1988 年 | 创建品牌：SOHO 中国 |

SOHO 中国董事长
就要造不一样的房子｜潘石屹

1988 年　在海南创业，出任当地一砖厂厂长。

1991 年　与拍档合作，成立海南农业高科技联合开发总公司，用 500 万的贷款赚得"第一桶金"。

1992 年　潘石屹回到北京，创办万通地产公司；并斥巨资兴建了万通新世界广场，此举被看作北京房地产发展史上的一个里程碑。

1995 年　潘石屹与妻子张欣共同创立了 SOHO 中国有限公司。自公司创建以来，两人共同开发了一系列房地产项目，包括：在北京 CBD 的第一个大型综合项目、50 万平米的 SOHO 现代城；位于海南省，拥有 115 栋别墅的博鳌蓝色海岸；由 12 位亚洲建筑师设计的 长城脚下的公社，该项目成为中国首个在威尼斯双年展上荣获大奖的建筑项目；以及位于北京 CBD 核心区域，70 万平米的建外 SOHO，该项目销售额突破 90 亿元人民币。这些独具特色的项目让潘石屹受到国内外媒体的普遍关注和热门报道。

2004 年　国内第一份采用搜索引擎指数作为评选标准的房地产榜单评选出"中国地产十英雄榜"，前三甲分别由潘石屹、王石、任志强获得。

500 块钱的工资是一个很诱人的数字

叶　蓉：我们还是从 80 年代您离开国营单位谈起吧。我们知道您大学毕业进了石油部管道局，为什么毅然下海脱离比较稳定的工作状态呢？

潘石屹：当时可能有两个原因：一个就是国家机关的工作方式比较死板，我觉得自己属于那种想法比较多的人；第二个原因可能是钱的问题。我们家里有五个小孩，当时我爸爸刚平反。有一年我的两个妹妹同时考上大学，我爸的工资就够我妈的药费，我妈妈常年瘫痪。我上大学可以穿得破烂一点，可是自己的妹妹在同学面前穿得破破烂烂的总觉得对我是个压力。我每个月的工资就是一分为三，给这个妹妹三分之一；给另外一个妹妹三分之一；我自己留三分之一，所以还是缺钱。当时我工资是 90 块钱多一点。可我的一个老师跟我说，你要来的话，给你的工资是 500 块钱。1987 年的，500 块钱的工资还是一个很诱人的数字。

叶　蓉：到了深圳，您拿到这 500 块了吗？

潘石屹：每个月都超过 500 块，因为我工作还是比较勤奋的。原来单位都是有一个工资条，上面有一栏，奖金多少钱。下了海了才发现奖金不是这样发的，每个月快要结束的时候，老板总把我单独叫到他房间去，说你这个月表现不错，给你个红包。我还是第一次听到红包的概念。

叶　蓉：这儿有张照片，是您跟几位年轻人的合影，这是不是您最初的合作伙伴？

潘石屹：我们六个人一起办了个公司，实际上就是万通的前身。当时的名字很长，一共 17 个字。

叶　蓉：怎么会那么长？

潘石屹：因为六个人主意多啊。

叶　蓉：还背得下这个全称吗？

潘石屹："海南农业高技术投资联合开发总公司"。当时我们六个人都是很有理想的，对物质的追求、对金钱的追求都是第二位的。很滑稽的是，我们办公司的宗旨是要走中国青年知识分子的报国道路。其实办公司不就是赚钱、实现利润吗？海南岛这段经历，正好是我们二十五六岁这个年龄段，是一个如歌如梦的年代，所以耳边觉得总有歌声。尽管物质生活非常贫困，有的时候饭都吃不上。

叶　蓉：您第一笔大的生意是在海南做成的？

潘石屹：海口金融贸易区有八栋别墅，叫九都别墅。我们用比较便宜的价格买进来，然后以比较贵的价格卖出去，这是我们赚到的第一笔钱。

叶　蓉：您卖房子的本事什么时候学会的？

潘石屹：我记得小的时候村子里的村民都在碾小麦。队长说，现在我们地里有香瓜，能不能到镇上卖掉。每天都派两个人去，都卖不掉。有一次我就自告奋勇，当时大概十一二岁吧，我到了镇上马上就卖光了。我觉得那时候就表现出来做生意的天赋。

叶　蓉：您用什么办法把瓜都卖掉的？

潘石屹：我发现别人总是把好的瓜遮起来，先把不好的瓜卖出去，然后好的瓜可以卖一个好价钱。我觉得这种做法不是很对。我是打开，让城里人随便挑，挑剩下的我可以便宜卖出去。最后我这个策略是对的。所以，你的产品，就是要非常坦诚地摆在消费者面前；你让他去挑、让他去选择，给他充分的选择权。

老婆耍猴我敲锣

叶　蓉：有人说婚姻是把情感契约化的过程，您跟您的太太是一种什么情况？

潘石屹：我在离开万通之前认识了我太太。当时我刚离婚大概两三个月，一天北大光华管理学院的常务副院长张维迎说，哎，我给你介绍个朋友，她在美国高盛公司工作。我一见到她，就说这个人应该是我老婆了。然后我就开始追，大概一个星期以后，我们是坐船在长江上订的婚，后来在长城上结的婚。

叶　蓉：有人说夫妻两口子不能做共同的事情。你们一起经营，碰到矛盾怎么解决？

潘石屹：一开始我们的冲突特别大。我认为就得按照中国特色的路子去做；她认为就得全盘西化，公司里面一定要发挥民主，要尊重每一个人的意见。在我们这个小公司里面，每一个人的意见都要尊重的话，你没办法做决策、不知道什么时候该决策、什么时候是执行。决策的时候讨论，执行的时候他还跟你讨论，没有任何效率。我们磨和了几年时间就有了一个明确的分工：建筑的设计、规划、工程这些都是由我老婆去管；所有钱的事情、市场的事情都由我去管。具体一点呢，你看没看过耍猴的？耍猴的出来后，总有个敲锣的敲上一圈，先让大家注意了，然后我就坐下歇一阵，我是敲锣的。敲完锣，我老婆出来耍猴，耍完猴我把帽子拿下来在那儿收上一圈钱。我们的分工基本上就是这样。

叶　蓉：好像在现代城这个项目上，您太太也是不同意的？

潘石屹：对。一座房子要使用几十年的时间，如果几十年的一个不动产地段看不好的话，就会出现很大的问题。现代城原来是一个二锅头酒厂，酒糟味非常浓，污染也比较重；所以他们都不看好，可我还是看好。

叶　蓉：您的依据是什么？

潘石屹：有一次晚上，我开车在北京走，当我开到城东的时候，像国贸、京广、中国一些大饭店，一到晚上灯火通明，三里屯的酒吧一条街大概有一百多家酒吧，整条街就很热闹，是一个不夜城。所以，我认定灯火通明的地方是发展有潜力的地方。

就要造不一样的房子

叶　蓉：我们看到您盖的房子的确跟一般的房子有点不太一样，比如说共享空间里的雕塑，是不是有点故弄玄虚的成分在里面？

潘石屹：可能会有一些人这样认为。可我觉得我们建房子，不光有一个物质的东西，还应该有一些精神的东西。我们这个时代的建筑应该是什么样的，我们对建筑对艺术的理解是什么样的？只用嘴去说好像是故弄玄虚，是一个概念。我们不妨把它变成一个现实，就是让大家去思考。在共享空间我们有一个作品就是"小偷"。这个社会中一部分是中产阶级，他们希望穿名牌衣服，有一个好的头衔，开一辆漂亮的车；自己却可能是个窝囊废，没有本事，内心也很脆弱，可社会一给他包装了，他就觉得我是社会中一个什么位置的人了。这样一批人可能是社会中非常稳定的一批人，可绝对不是这个社会进步的领导力量。所以，我对中产阶级问题是特别担心，他不敢面对大自然，就在一个城市里面找上一个自认为最舒服的安乐窝，找上一个自己和所有世人都认为比较满意的工作。然后天天给这个小区提问题——安全问题，保安是不是严格；有没有防盗系统；保安是不是我进来给我打了手势了，是不是敬礼了。我们要挑战他的心理，所以天天在他家门口有个小偷，那就是刺激。对吧？

叶　蓉：您说您挑战中产阶级的自信心，这是不是您销售房子的噱头？

潘石屹：每一个建筑、每一个雕塑，每个人的理解都是不一样的。有一次我陪着一堆记者去看，有几个记者问：潘总，你这作品是什么意思？我说没意思，结果他就说，你做一个没意思的东西是要干什么呢？实际上这就是我真正需要表达的东西。

叶　蓉：什么意思？

潘石屹：没意思。后现代派的建筑实际上就是当代的艺术。我们可以这样理解，它的鼻祖就是杜尚。杜尚之所以能够成为后现代派艺术家的鼻祖，就是因为他的一部作品。有一次，大家花费好大的力气做了各种各样的作品，做完以后去参展——一个全世界最著名的艺术作品展。杜尚把一个马桶翻过来，在上面拿笔写了：杜尚，年、月、日，说拿去参展。就是从这样一个马桶，翻过来的马桶，开始出现了后现代派的艺术。

叶　蓉：您怎么看待当代建筑？

潘石屹：我们当代人是没有创造力的，所以只能够复制。故宫是怎么建的，我复制一个，觉得漂亮。你看过去的皇上、土财主就住这样的房子。或者是我复制洋人的东西，说欧陆式的，然后把小天使、穿的衣服少的女人作为雕塑做一些，说这个是好东西。我认为这些东西都不是当代好的东西。当代最好、最有价值的东西，是从这块土地上面产生出来的东西，不是复制古代的东西，不是拷贝洋人的东西。

叶　蓉：您能谈一谈对上海的印象吗？

潘石屹：上海、北京这样的城市，共同的东西是很多的，个性化的东西反而很少。我记得1994年在上海，到上海机场去得比较早一点，我就翻着看书。突然，我不知道我在哪个城市，我不知道我在哪个飞机场。和法兰克福、纽约、香港、北京没什么两样。最后我看了一下登机牌，噢，我在上海机场。现在这样的城市，就是共性化的东西太多了，吃的东西、用的语言、思维习惯，麦当劳、可口可乐、星巴克，这些东西太多了。所以我觉得，一个城市要有魅力就跟人一样，一定要有你的个性。

叶　蓉：你是不是认为上海的个性不足呢？

潘石屹：我觉得全世界所有的城市，除了像丽江、周庄这样的地方很有些个性以外，在现代化、工业化过程中，城市的个性化都在慢慢地削弱。一个城市要发展一定要有自己的魅力；要有自己的个性；要有跟别人不一样的地方。

叶　蓉：您对上海人的房价怎么看？

潘石屹：我觉得上海的房子有点两极分化：6000块钱以下的房子可能是大量的，就是内销房；还有一部分房子都是用美元标价的，这些房子的价格还是比较高的。在这两个价格中间我认为是一个空白的地带，整个设计比较好、价格比较适中的房子，可能会有空间的。

叶　蓉：如果把您的现代城搬到上海来，会受到大家的欢迎吗？

潘石屹：会的，我很相信这一点。

叶　蓉：您把对现代城的投诉集结成册出了一本书叫《投诉潘石屹，批判现代城》？您为什么会把投诉公之于众呢？

潘石屹：现代城是一期一期地开发，一共是 49 万平方米，是一个很大的社区了。这个时候我突然想，我们为什么老要说好呢，老要把自己所有的缺点都隐瞒住呢？我们能不能做一个坦诚的人。面对媒体，面对我们这个信息时代，你就是要坦诚，你说错话，大众可以原谅你；可是你如果有意去欺骗，别人是不能原谅你的。

上市是顺其自然的事情

1991 年 1 月，万科地产在深圳证券交易所挂牌上市，此后十多年间，中国各大地产公司相继在海内外证券市场公开发行股票或借壳上市，唯独 soho 中国直到 2007 年的 10 月才在香港联交所登录。

叶　蓉：前不久的上市让 SOHO 中国从一家房地产开发企业变成了一家上市公司，对于您的工作和生活而言，最大的变化是什么？

潘石屹：完全处于一种新的状态，天天碰到的事情跟上市之前都不一样了。首先时间不够用了，吃不好了睡不好了，采访的媒体也多了，见的人也多了。原来没有接触过的事情需要重新去学习、重新去适应，就觉得时间不够了。别人给我两点忠告，第一就是一定要把自己的时间安排好，要安排得从容一点；只有人变得从容了，放松了，你才可以驾驭周围的环境、周围的事情。第二个更有意义，就说你要知道什么都没变化。这个忠告确实就像警钟一样一下子敲醒了我。实际上没变化就是你的价值观、待人接物的标准、你的审美观。如果这种变化影响到你自己的生活，如果让物质驾驭了我们人的价值观，驾驭了我们的审美观和生活方式，这就错了。记住两条，第一条把时间安排好，让自己放松，第二条就是什么都没变化。

叶　蓉：相对于房地产行业中其他一些知名企业而言，为什么 SOHO 中国会比较晚上市？

潘石屹：任何事情都要顺其自然。我们上市过程中碰到的所有事情都不理想，第一个说股票市场不好，过几个月可能会好吧；过了几个月，美国要打伊拉克了，又不好了，紧接着 2003 年的上半年 SARS 又来了，就这样一直等到了去年。

叶　蓉：2007 年的 10 月 16 号 SOHO 中国在香港上市，当天的股价最高是到了 10.48 元您跟张欣女士您夫人两位的持股在公司占到 66.48%，这个市值啊超过 300 个亿。那感觉怎么样？

潘石屹：一开始也是刚路演结束嘛，特别疲惫。

叶　蓉：现在的股价几乎是当时一半的价位。面对这个剧烈的缩水，您的情绪会发生变化吗？

潘石屹：我没有一丝一毫的波动。身价多少、股价多少我都不关心，我也不用去关心，我最关心的是我的业绩。能不能把公司办好，这个公司在今天的中国经济中的位置，在世界经济中的位置摆得对不对，方向对不对，这个是我最需要关心的。还有就是要把每一间房子建好，每一间房子卖好，这个也是我最需要关心的。

叶　蓉：可是问题是，您说的从4800个老板已经变成五十多万个老板了，股民们对这个股价一定是敏感的。

潘石屹：这五十多万股民，他如果想成为你的股东，你为他服务，股票怎么涨怎么跌他是不会离开你的。他跟你没有缘份的，他一看到你跌就跑了，就不管了。

叶　蓉：您觉得有那种股民吗，你涨跌都不管就跟着你的？

潘石屹：有啊，巴菲特就是这样的股民。他看好一个东西绝对不会受市场情绪的影响，他是看这个公司最基本的面。

叶　蓉：巴菲特持有 SOHO 中国的股票吗？

潘石屹：没有持。可是我读了他的书，他是一个好的股东。这是一个缘分吧，就是这样多的人一开始购买你的股票，有一些人就跟你没有这个缘份，你想为他赚钱为他打工，他一看见市场波动他就抛了就跑了；还有一部分人，市场怎么搞，市场涨他也不抛，市场跌他也不抛，这样的人就是你真正的股东。

【点 评】

成长的六年

　　无论在哪个革命时期，也不管在何种经济体制下，中国农民的位置是一直被看重的。看重，只表现了事物的一个方面；对被看重者和看重者，都是如此。

　　潘石屹一再说他是个甘肃的农民。

　　他这样的表白，是出自翻身农民对于城市的一种天然的敌意？还是一下子亮出底线叫你无处下口？要么，就是农民本色的狡黠。

这个农民是很会做借船出海、借梯上楼的事情。他说自己是个敲锣的,他确实是很善于敲锣。就不说他在其他媒体的表现,第一次来,在演播室是口若悬河五分钟才算是被我拉过话头。他又是鞠躬又是手舞足蹈,很会调动现场。时时想着怎样牵住你的目光,尤其是撩拨中产阶级的虚荣心。

　　这个农民总是标新立异的。他的先锋和前卫,可以看他现代城的设计和运作的理念及实践,还有那本集他人攻击之大成的《投诉现代城,批判潘石屹》。

　　时至今日,博客成了他的一个新战场。你只要看看这些标题:《开发商够不够格当"猪坚强"?》、《弄不死房企它救不了房市》、《钱不会走错路》、《我赌政府一定会救楼市》……显现的,还是不变的秉性:语不惊人死不休。

　　六年里,这个农民是两度来到《财富人生》。他说:"这六年时间确实是中国变化最快的六年,我们的公司也随着中国的经济一起发展起来了。这六年的时间是成长的六年。我对未来中国的经济、中国的社会同样充满着信心,非常乐观。"

　　这个农民的性格十分的刚烈。且不提他的为人处世和工作,只要看看他的婚姻便知一二。他跟洋得掉渣的第二任妻子张欣,虽几次处于拗断的边缘又重归于好;但仍然不知在他敲锣后出来耍猴的太太,是否真正走入最后还是他收钱的——一个甘肃农民的内心。

　　六年之后,这个当初恨不得到处敲锣的人,变化还是挺大的。就是被人恶搞,也毫不介意,坦然处之,一笑而过。想来其中的缘故,是有了他的新战场吧。

出生年月：1959年	籍　　贯：陕西西安
创业时间：1991年	创建企业：万通集团

万通实业股份有限公司董事长

先懂江湖 再懂商业 ｜冯 仑

1982年　毕业于西北大学。

1984年　在中央党校进修，并获法学硕士学位。

1984年　到1990年，先后于中央党校、中宣部、国家体改委、武汉市经委和海南省省委任职。

1991年　冯仑在海南联合潘石屹、王功权、易带昌、王启富、刘军等六个人共同创办了万通公司的前身"海南农业高技术投资联合开发总公司"，在那个奇迹多于机会的年代，冯仑和他的兄弟们迅速完成了资本原始积累；并凭着对政策，对市场敏锐的洞察力，及时撤出海南市场。

1993年　领导创立了北京万通实业股份有限公司。随后参与创建了中国民生银行并出任该行的创业董事。策划并领导了对陕西省证券公司、武汉国际信托投资公司、东北华联等企业的收购及重组，使不足千人的万通集团在几年内总资产增长逾30亿元人民币。

1995年　万通六君子因为理念分歧、利益冲突，最终分崩离析，分道扬镳的六兄弟各自创出了一片天地。

……　　作为中国房地产的风云人物，冯仑在业界一直享有"地产思想家"的美誉。在总结分析港台及欧美数十个国家和地区的房地产企业商业模式后，万通地产变"香港模式"为"美国模式"，即由全能开发商转型为专业的房地产投资公司，并通过战略调整将万通地产商业模式进行改良，此举在业内引起强烈反响。

……　　冯仑领衔的万通地产2001、2002连续两年获得"中国名企"称号，他本人连续两届获得"中国房地产十大风云人物"的殊荣。

……　　在胡润主持的"2003房地产影响力人物50强"的评选中，冯仑位列第四。

我喜欢投资给不爱钱的人

叶　蓉：有人用"思想者"来形容您,我在想,您思考的时候是个什么状态?

冯　仑：人24小时都在思考,任何姿态都能思考。但是一般来说,比较放松的时候,思想也比较舒服。

叶　蓉：您向往"做一个有益于社会的工商业者"。我非常感兴趣的是,您的专业兴趣是"玩房子"还是"聪明地投资"?

冯　仑：从专业性质来说,所谓玩房子,实际上就是做房地产,我对建筑房屋很有兴趣。另外一个所谓聪明的投资,就是说人赚钱有很多境界。最低境界肯定是劳而无获,每天辛劳24小时,最后年底一盘算,一分钱没赚着,还挨一顿骂。那么最高境界也可能不劳而获。这个词在过去有很多贬义,我只是取它的实际形态来看。就是说做很少的工作,然后赚到不错的回报。这个赚的是什么钱?赚的是知识的钱、脑力的钱。不是真的什么都不做,而是用智慧投资。比如世界首富和二富,比尔·盖茨和沃仑·巴菲特,这两个人总是不断地出现在富豪排行榜上。沃仑·巴菲特就是过非常简单的生活,然后聪明地投资。他所有的财富就是投资。投完资以后他也不管,几十年下来,他成为世界的首富之一。我就喜欢像沃仑·巴菲特这样的。

叶　蓉：投资该怎么做?

冯　仑：书上写的如何投资,我告诉大家都没有用,为什么呢?现在出现了很多怪现象:满街都是爱情守则,到处都是不幸婚事;天天都是管理的教材,到处破产企业,显然书是没有用的。根据全世界那么多的投资经验,最重要的恰恰是最不被人重视的,就是我讲的价值观。我的投资理念之一就是:我喜欢投资给那些不爱钱的人。

那是一个纯真的年代

叶　蓉：您的童年、少年、青年时代也像现在一样,是比较外向、善谈的性格吗?

冯　仑："三岁知一生",基本是这样的。我从小就比较善于跟人沟通和表达。

叶　蓉：少年那段时光给您留下的是些什么样的记忆?

冯　仑：我觉得动荡的年代会激发两种情况:一种是逃避,一种就是励志。

叶　蓉：当时的梦想是做什么？

冯　仑：当时的梦想非常简单，就是要改造社会，改变社会不公平的状态。

叶　蓉：十几岁就想改造社会？

冯　仑：其实男孩子 15 到 20 岁，主要是立志。20 到 25 岁主要交友，所以 15 到 20 岁这一段最重要。我在这个年纪的时候恰好是"文革"时期。我有一个中学的老师，因为"文革"的原因，家里受批斗，夫妻分开了，身体也有病。当时我是班长，冬天西安非常冷，晚上去他的宿舍，烤块馒头吊一盏灯，谈谈人生理想。这个老师是学历史的，他讲的很多人生道理，对我今天来说都非常重要。他讲人的价值一定要在奋斗中才能体现。我不断地听他讲，最后就激发起我改造社会的冲动。我很感谢这个老师，一直到我读大学，他仍跟我通信，我也会去看他。年轻人，如果有机会获得这样一种比较开阔的历史观的熏陶，启迪你的人生，对日后的兴趣发展和读书工作都会有很大的帮助。

叶　蓉：大学毕业以后，您去了中央党校学习，之后在中宣部、国家体改委工作过，最后还在海南省委工作过。其实这是一个不错的仕途，走下去也是非常好的一条路，为什么后来选择了从商？

冯　仑：人内心都有个梦，但这个梦的实现形式，有时候不是由你自己决定的。

前半夜想想别人，后半夜想想自己

叶　蓉：您的第一桶金是怎么掘到的？跟我们讲讲这个故事。

冯　仑：创业的时候大家都是资源全面短缺、匮乏，不光是钱的问题。如何发挥你的优势启动别人的资源，所有的民营创业者都面临这个问题。我当时唯一有的资源是在机关里工作过，有一个不错的出身，是一个很认真、很有资源分配能力的人。

叶　蓉：他们相信您。

冯　仑：对，信任度很高。因为我 15 岁入团，20 岁就入党了，22 岁到中央机关，属于传统意义上的好人。

叶　蓉：《福布斯》富豪排行榜上的很多人的出身也很一般，教师出身，或者农民出身，什么出身都有。他们怎么就会抓住历史机遇，怎么就从无到有了呢？

冯　仑：这个就是我刚才讲的价值观。再一个比如我让你帮助我，如果我仅仅讲这件事是你帮我，那你会说我凭什么要帮你？一定要讲这件事情如果做了对你有什么好处，而不是对我有什么好处。我只是在帮助你实现目标和达成理想的时候，做了牺牲。我这个牺牲，你付 500 万支持我，是帮你自己，这一定是最重要的。

做生意最高的境界是让不是争

叶　蓉：您是"先懂江湖，后懂商业"。好多人跟您合作，其实您也赚了，可是对方觉得冯仑是我一哥儿们。

冯　仑：这个事情确实是跟人生有关。在西方，法律非常清楚，你对所有事有预期，我不怕得罪你，得罪你也是法律上都弄好的。但中国一定是人情世故，所以是"世事洞明皆学问，人情练达即文章"。但怎么样才能够让大家相处比较舒服呢？做生意最高境界是让不是争，当然也不是送。送是慈善，争是小买卖人，让是大买卖人。比如我跟你做生意可以赚到十块钱。我今天一定要赚到十块钱，这叫争。我们可以谈三天三夜，最后你也让我赚，你也心服口服，知道肯定是十块钱该他赚。但是你一定很烦我，因为我揪着你不停地谈。这时候我说，我赚八块钱两块钱送给你，就让了两块，你会觉得很爽，为什么？你觉得占我两块钱便宜，一定想再来占我的便宜。那你就第二天又给我做一个，我又赚八块钱。

叶　蓉：等于您机会就多了。

冯　仑：这叫利润之后的利润，成本之前的成本。因为八块钱之后还会有八块钱，所以我就在家等着。过两天他又打电话给我，他为了占我这两块钱便宜，他又送我八块钱。所以我们就能够因让得利。所以我们才说争也不争，不争也争，你不争的时候往往是最大的争。所以，知道让的人是争最高境界的人。

叶　蓉：像您这样做生意，肯定会交到一大帮朋友。

冯　仑：不光是生意，生活也是这样。中国人有一句话叫放水养鱼，实际上就牵涉到人和人的相处之道。如果你特别苛刻严格，严过了，就是苛；放过了，就是纵。所以要放而不纵，严而不苛，掌握的伸缩尺度。想每件事情都把握好，内心的安静很重要，心平才气和；气和则人顺，人顺才事成。

叶　蓉：这讲的是一个经商之道，一个心态的调整。

冯　仑：这就回答了你前面那个最难回答的问题。你看到的这些出身一般但做得不错的人，他们大抵都在这方面有过人之处，而不是在钱上有过人之处。谋人钱财的难度仅次于夺人贞操，就是说谋财是非常难的。你想人家把钱从口袋里拿出来，一定要让他高高兴兴地拿出来,你先要运作人心。

叶　蓉：有一句话叫"世人都知神仙好,就是名利忘不了"。好多人轮到自己的时候,这个道理自己就分不清楚了。

冯　仑：这个东西就像算账。人生就是一本账,你怎么算？你的人生想争什么？什么时候争？争多少？很有讲究。成功的人,一般都争未来。这个未来也可能最后就是个梦,永远实现不了。成功的人一定是争未来的人。

叶　蓉：这才是真正的争。

冯　仑：一个真正成功的人,"算曲里拐弯账",他不是直线算账。比如老太太用鸡蛋换馒头,她是直着算。最大的商人,一定是看见了别人看不见的东西,然后又用别人都懂的语言讲给那些听得懂的人听。

离婚有很多种离法,离得有境界、有温情,是挺有意思的一件事

1993 年,万科的王石观点鲜明地对冯仑提出了警告："你们几个虽然都是热血青年,但是日后面临到利益冲突,一定还是会出现大问题的。"对于这样的预言,六个人都不以为然。两年之后,王石的预言果真应验。日后,分道扬镳的六兄弟各自创出了一番天地。潘石屹创办了中国 SOHO;王功权转行"鼎晖创投";易带昌搞了阳光 100;王启富经营着"海帝地板";刘军重归农业高科技投资;冯仑则继续服务万通。

叶　蓉：最初六个兄弟一起创业。虽说是六个人,职务有高低,但大家的薪水是一样的。

冯　仑：对。我觉得我们最初的时候这样做是对的。因为江湖的游戏规则就是座有序,利无别。就是排座次是有大小的,利益上是一样的,也叫"大秤分金银,整套穿衣裳"。只有这样才能平衡关系,大家才能去想未来的事情。我们从创办公司一直到 1995年分开,大家彼此在利益上没有伤害。彼此的消费都是透明的,家庭都是透明的。

叶　蓉：彼此之间这么信任,利益当中也是你中有我,我中有你,当初也是为了一个共同的目标走到一块的,为什么 1995 年会分裂呢？

冯　仑：当时我们确实有危险,1995 年我们已经请律师做文件,互相做重组交易。最后就该走的走,该留的留,没有江湖恶斗。这个时候我去美国,见到了周其仁。我们俩谈了一晚上,我把我的苦恼讲给他听。他就给我讲了美国企业的退出机制,也就是退出的时候出价的一套游戏规则,给我影响很大。

叶　蓉：当时主要的意见分歧和矛盾在谁的身上？

冯　仑：主要的分歧，就是产业方向选择多元化还是专业化。

叶　蓉：您的主张是多元化。

冯　仑：我当时主张是有限多元化，做些金融还做些别的。第二是地域上的分歧，是集中在一个地方，还是每个地方都要发展。因为当时合伙人在他们自己的地方也已经发展了。比如广西、深圳，他们也有倾向，我们资源又是有限的。这时候大家就出现分歧，都对自己控制的资源非常在意，所以我想发展北京。

叶　蓉：小钱不分家，大的资源上开始出现分歧了。

冯　仑：支配权上大家开始出现分歧，比如说，你要把北京的资源拿到广西，我就有想法；我要把资源拿到长春，他们也有看法。大家在产业选择、资源的分配这些问题上出现了问题。

叶　蓉：大家坐下来理性分家的时候，主要是两派：一边是您和王功权、刘军，是吧？

冯　仑：对。那边是潘石屹他们三个人。他们三人跟我们三做了一个重组，然后请律师来做了文件就完了。

叶　蓉：当时坐一起的感觉怎么样？

冯　仑：感觉不错。

叶　蓉：您当时对潘石屹说的一句话："我会骂你三个月，但是三个月之后，我会说你好话。"

冯　仑：是这样的。我是很坦率的一个人。当时他是总经理，应当说在北京万通的初期，我们俩配合得很好，工作也做得不错，经理底下的这些员工对他也不错。如果他离开，会有很大的震动，员工一定会问这个事情谁对谁错。我知道这个是非是相对的。但是，在这一刻一定是绝对的。否则员工就怀疑我，你的权威在哪里？所以我当时就跟小潘说，我是君子不做暗事，这件事情我必须骂你三个月。我在公司骂，骂完以后说你好话。他说行。那我就开始骂，当然也不是人身攻击，我就讲是非。我就讲我这一套，无非就是讲小潘怎么不对，我怎么对。当时必须这样，否则组织系统就乱了。

叶　蓉：您怎么评价潘石屹这个人？

冯　仑：他的商业直觉，特别是营销能力非常强。做事情很直截了当，这是他商业上容易成功的一方面。但是他由于这方面能力太强，所以对于更全面和未来长期的规划，可能会因为眼前事情跟后面事情发生冲突。现在回过头来看，这个变革，从1995年到现在也有七年了。实践证明，我们这样做没什么不好。

叶　蓉：都走出了不同的路。

冯　仑：资本在市场上，会围绕利益驱动和战略影响不断地重新组合，是一个非常健康的选择机制。离婚有很多种离法，离得有境界、有温情，也还是挺有意思的一件事。

叶　蓉：您的一个职业理想是"做一个对社会有贡献的工商业者"，您认为一个成功的企业家，他留给企业最大的财富是什么？

冯　仑：一个企业的创业领导者，可以留给企业的很多。但是我认为，留给企业最大的财富是一个正确的价值观，它可以保证这个企业有序地经营下去。你制定一个战略，战略还要与时俱进，外部环境变化你也要变化。你留下一些钱，钱还可能失去。但是当你用一个正确的价值观引导这个团队，自动地根据环境变化来奋斗，这个企业才可能战胜很多意想不到的困难。一个创业者不要想留很多钱，留很多有形的东西，留一个很好的价值观，这才是最有用的。

【点 评】

三十年，三件事

冯仑能说，这在圈子里是有名的。有称他为"地产界的思想者"和"哲学家"的，也有说是"有冯仑的地方就有段子"。反正是能上厅堂，能下厨房。

不但能说，而且善笑。在整个节目的录制过程中，冯仑基本上是笑声不断。

做完这档节目，我有了这样的一个想法：能让人落泪固然是本事，能让人大笑也显手段。不是每个人都会叫他人能哭能笑的，要让坐在对面的他们，嬉笑怒骂皆成文章、皆成谈话，这就是我努力争取的，这也就是我喜欢做的谈话节目。

到《财富人生》"二进宫"的嘉宾，对自己的形象设计，多少是有些改变的。有的表现在穿着上，而冯仑则体现在发型；从长发飘逸到板寸头。

《财富人生》六周年庆典上，冯仑终于完成了他的心愿，把他的《野蛮生长》赠送给了金庸先生。兴许是因为来不及印刷，那本书是只有封面，内里却是白纸。他对金庸先生说，等书出来了，我拿 20 本来换。金庸先生笑着，说：不换。

一直在夹缝中求生存,一直在过沟沟坎坎,民营企业没有点野蛮恐怕是不行的。

冯仑是一个理想主义色彩浓郁的人,像个理论家。他反应敏捷,说话风趣,深入浅出,却又暗藏机锋,理论上很有一套。还老是喜欢用一些看似荒诞不经、有点少儿不宜的段子来论证他的观点。

他说,要先懂江湖,再做生意。1995 年,闹出不少响动的万通创业六兄弟的商业离婚,应该算是懂得江湖之后才做的一单生意吧。可是他和潘石屹这两个成熟男人之间的互夸,让人听了感到肉麻。

从当年下海海南到今天,冯仑跌打滚爬的心得是,"看别人看不见的地方,算别人算不清的账,做别人不做的事情。这是他的工作,他就是做这三件事情。"

出生年月：1962 年　　籍　　贯：安徽怀远
创业时间：1989 年　　创建企业：巨人集团 征途公司

巨人投资董事长

从中国"首负"踏上"征途" ｜史玉柱

1984 年　毕业于浙江大学数学系。

1989 年　深圳大学软科学管理系研究生毕业，随即下海创业。推出桌面中文电脑软件 M－6401，4 个月后营业收入超过 100 万元。随后又推出 M－6402 汉卡。

1991 年　巨人公司成立，推出 M－6403，实现利润 3500 万元。巨人大厦设计方案出台，后因头脑发热从 38 层蹿至 70 层，号称当时中国第一高楼，所需资金超过 10 亿元，以集资和卖楼花的方式筹款，集资超过 1 亿元。

1993 年　巨人推出 M－6405、中文笔记本电脑、中文手写电脑等多种产品，其中仅中文手写电脑和软件的当年销售额即达到 3.6 亿元。巨人成为位居四通之后的中国第二大民营高科技企业。

1994 年　年初，巨人大厦动土，计划 3 年完工。史玉柱当选"中国十大改革风云人物"。

1997 年　年初，巨人大厦未按期完工，国内购楼花者纷纷上门要求退款。媒体"地毯式"报道巨人财务危机。不久，只建至地面三层的巨人大厦停工，巨人集团名存实亡。

2000 年　史玉柱"蒸发"两年后，又在媒体露面。他和原班底人马在上海及江浙创业，做的是"脑白金"业务。

2001 年　1 月，史玉柱通过珠海士安公司收购巨人大厦楼花还债。同时，新巨人在上海注册成立。

2004 年　11 月，史玉柱成立征途公司，进入网络游戏产业。

2006 年　11 月，史玉柱推出的网络游戏《征途》，同时在线人数与《传奇》比肩，成为国内网游市场的巨头之一。

2007 年　11 月，巨人网络正式登陆美国纽约交易所，上市首日融资 10.5 亿美元。这使得巨人网络不仅一举成为中国最大的网游公司，也跃升为在美国发行规模最大的中国民营企业。

……　史玉柱的东山再起令世人瞩目，他也被称为"可怕的商业奇才"。

这些行业,我全都失败了

叶　蓉：您现在还会经常想起 1997 年失败的那段岁月吗?

史玉柱：没有刻意去想过,但是会拿那段经历当做一把尺子来衡量现在的一些事,思考这件事该不该做,应该如何做,这是不由自主会想起的。

叶　蓉：把当年的经历作为反面的范本?

史玉柱：对。一个人只有在低谷当中才能学到东西,那段低谷时期的经历就成为后面做事时一把衡量该不该做、如何做的尺子。

叶　蓉：您是学计算机软件出身的,"巨人"最开始也是做软件的,当时赚了多少钱?

史玉柱：个把亿吧,那是 1989 年。

叶　蓉：后来就涉足保健品业?

史玉柱：涉及了十几个行业,保健品是其中一个。

叶　蓉：您跟我们说说哪十几个,现在还记得吗?

史玉柱：这些行业,我全都失败了。只有当时做的"脑黄金"是成功的,"脑黄金"最后算算账还有两个多亿的税后利润。还做了一些其他的保健品,包括像"巨不肥"、补钙,一大堆东西。这一大堆有的成功了,有的失败了;成功了也没赚多少钱,失败还亏了不少钱,这是保健品。当时还搞了好多药厂,搞了很多药,这是第二个行业。软件是我们的老本行,还有就是计算机硬件,然后再涉及一些传销。当时传销还不违法,我们成立了一个传销部,队伍刚培养好,国家说传销违法了,那批人就解散了。现在那批人都在安利里面做到挺高层的。这个传销部门肯定是亏钱了,当然也没亏多少,然后又做服装。

叶　蓉：还做服装?

史玉柱：对,西服、领带。

叶　蓉：叫巨人牌吗?

史玉柱：叫巨人牌。这个肯定是失败的,我们库存了很多衣服。巨人困难的时候,我们就发衣服、发领带,我们的领带一直用到 10 年后还没用完。

叶　蓉：不发工资发领带?

史玉柱：今天我没戴领带,要戴领带还是那时候的,还有好多呢。

叶　蓉：您那会儿是高度的自信,觉得所有行业自己都能做,还是本身就有点抓狂了?

史玉柱：从 1989 年到 1995 年特别顺，做一件事成一件事，而且还赚了很多钱，手里钱特别多。所以我和我这个团队，尤其是我本人就对自己的能力评估得过高了，对于困难评估得过少。再加上我下海的时候还不到 27 周岁，阅历也不够，也没吃过苦，所以"巨人"摔跤是迟早的事。你看那些经常出问题的公司摔跤摔不狠的。

叶　蓉：因为他的免疫力在不断增强？

史玉柱：对，所以"巨人"摔跤是必然的规律。

叶　蓉：但当时自己意识不到？

史玉柱：意识不到。当时头脑发热了，发昏了，不可能意识到。当时也有人提醒过我们，完全听不进去。

巨人轰然倒下

1991 年，史玉柱成立巨人公司，推出了 38 层的巨人大厦方案，后来大厦又被加高到 70 层，号称当时中国第一高楼，所需资金超过 10 亿元。史玉柱通过集资和卖楼花的方式首先募集资金一亿多，之后史玉柱将保健品的全部资金调往巨人大厦。1997 年，巨人大厦没有按期完工，买楼花者开始要求退款。不久，大厦停工，巨人集团名存实亡。

叶　蓉：当时最发昏发热的举动是什么？

史玉柱：盖巨人大厦。巨人大厦从 18 层最后设计到 72 层，我们打桩的时候又按照 88 层打。这个预算就是 12 亿，以我们当时的财力是不可能的。

叶　蓉：不做这个项目不就行了吗？

史玉柱：按照现在我肯定不会做。现在如果盖巨人大厦，预算要 12 亿，没有 8 亿现金我动都不敢动。可那时候不是，那时候我手里算下来有两亿，我就坚信资金困难我一定能够克服，具体克服的办法也并不确定。

叶　蓉：什么时候意识到这个楼是盖不成了？

史玉柱：直到项目死掉那天我都没觉得盖不起来，那时候还没有醒。

叶　蓉：那您刚才说的"脑黄金"赚的钱也全部都……？

史玉柱：都往里投。那时候"脑黄金"一个月大概有四五百万的利润，都往里砸。平时是够的，但到那个桩打完之后一个月四五百万也不够了。我们当时也没有银行贷款，银行贷款几乎是零。

叶　蓉：最后是什么事情让您踩了刹车？

史玉柱：不是我踩刹车的。最后这个车没油开不动了，自己停下来了。直到停下来的时候我还在想努力开，但最后实在是开不动了。

叶　蓉：还在张罗着这个钱，能不能加点油啊。

史玉柱：对。

还没有谁有这样的机会，个人资产负两亿

叶　蓉："巨人"车子开不动的时候，史玉柱突然消失了。外界有人说您去西藏了，也有人说您去月亮湖了，那会儿您到底去哪了？

史玉柱：其实这个所谓的消失是媒体的说法，因为媒体见不到了。巨人危机爆发之后，全国大概有一千多篇文章都是批判我的。既然见了我还是要批判我，我何必让你见呢。所以我干脆就躲媒体，但是我和内部员工还是天天见面。媒体认为我消失了，员工说我跟他们待的时间更长了。

叶　蓉：但那会儿您是离开了一段时间？

史玉柱：没有，只能说我在最困难的时候有过空档。这个空档就是1997年1月份"巨人"危机爆发到1997年的七八月份，我一直在拯救巨人大厦。本来跟一家公司合同都谈好了，各种方案也做完了，政府也帮着大忙，把这个剩余地价全免了。最后要签字的那天，对方通知我们说，不签了。那时候我一下子彻底凉了，彻底失望了，巨人大厦靠我再怎么努力也救活不了了，所以那天特别放松。

叶　蓉：特别放松？

史玉柱：对，就是因为没有希望救活它了。本来你一直忙忙碌碌地找资金，全国到处跑找开发商谈判。就像一个大官突然被上面免了，是一种解脱，因为过去我这半年是很苦的，我发现我不用再苦了，苦反而没有了。

叶　蓉：当时您手里还有钱吗？

史玉柱：个人资产当时应该是负两亿。

叶　蓉：负两亿？

史玉柱：那时牟其中最热吧，是中国的首富。我跟他聊天的时候说：你是中国首富，我是中国首穷。

叶　蓉：您也是"首负"，负数的负。

史玉柱：还没有谁有这样的机会，个人资产负两亿。

营销是没有专家的，唯一的专家是消费者

1998 年史玉柱分别在上海和珠海注册公司。2000 年公司推出"脑白金"，在猛烈的广告营销攻势下，销售额超过了 10 亿元。2001 年史玉柱还清所有外债，在上海成立巨人投资集团。

叶　蓉：我听过很多企业家说，把我的资产归零我还是会东山再起。但是我真的不知道，把资产弄到负两亿，谁还能够东山再起。

史玉柱：这个不好说。

叶　蓉：那您是从哪里开始重新再爬起来的？

史玉柱：就是"脑白金"。

叶　蓉：听说"脑白金"开始起步的时候，产品都还没有铺开，广告就已经先行了。

史玉柱：对，刚开始我做不起电视广告，做的是报纸。早期我的广告占销售额的 3%，后来才超过这个数字。我这么说没人信，这个行业一般广告占 20% ~ 30%，30% 以上的都有。我们也没想到它销量上去得那么快，所以营销是没有专家的，唯一的专家是消费者，只要能打动消费者就行了。你要搞好的策划，去了解消费者，消费者又是最难了解的。为了这个我花了几个月时间，自己开车跑到江苏去，跑到武汉去，跑到农村去。

叶　蓉：去干吗呢？

史玉柱：了解消费者。

叶　蓉：您得到的信息是什么？

史玉柱：我知道了消费者在想什么，他的需求是什么。比如在武汉的时候，我跑到一个公园里，一帮老头老太太在那儿聊天下棋。我朝人堆中间一坐，就跟他们侃，侃完就聊保健品。他们也不知道我是谁，我就问你们吃不吃保健品，实际上很多人还是信保健品的。因为保健品的确没有新闻媒体说得那么坏，还真是有效的东西。多数的老年人还是希望吃保健品，但是他们自己买的不到 10%，舍不得用自己的退休工资买保健品。所以我得到这样一个信息：老年人吃保健品，要看子女给不给送，不送不吃。他们会在吃饭时暗示子女哪个保健品有效。所以后来我们想，广告干脆

就是让子女送给父母,我们"脑白金"的广告都是针对子女放的,"今年爸妈不收礼,收礼只收脑白金"。我们所有的宣传都是针对子女的,我们最后的销售额75%也都是子女买给父母的。

十大恶俗广告之首

叶　蓉:您刚才说营销是没有专家的,有媒体评价您是"中国营销第一人"。不过很多人也有不同意见,因为"脑白金"的广告年年被评为"十大恶俗广告"之首。

史玉柱:对,我很荣幸。

叶　蓉:很荣幸?

史玉柱:从2001年起,我就开始注意这个问题,每年都是恶俗之首。2004年它退居第二,那一年被"黄金搭档"取代,"黄金搭档"第一。

叶　蓉:"黄金搭档"是谁的?

史玉柱:我的。我觉得很荣幸,这是一个莫大的支持,这是专家评的。

叶　蓉:有一段时间可是禁止播放您的广告的,"劲"播变"禁"播了。

史玉柱:不是禁播,我们"黄金搭档"有一百多个电视版本,其中十几个版本有"祝你腰好腿好精神好"这句话。但在播的时候,时间不够就把前面"祝你"两个字删了,这就属于违规了。就这个没"祝你"的不能播,带"祝你"的还是能播的。你看中央电视台每天的新闻联播结束之后的第一条还是"黄金搭档"和广告。

叶　蓉:一违规就被抓住了,看来关注它的人还真不少。

史玉柱:对,关注者多。但是,保健品这个行业也属于监管过度。

叶　蓉:监管过度?

史玉柱:对。比如说做保健品的电视广告,第一不能出现消费者形象,你如果长得像消费者,穿得像消费者,要出问题了。第二不能出现专家形象,不能是医生形象,不能是儿童,不能是说话带口音的。然后鼻子不能大,不能像外国人。

叶　蓉:怎么没有儿童,当然有儿童了。

史玉柱:不,我说它的规定,它认真起来你会有麻烦的。这一切的规定,实际上只要是人就不能做广告。

叶　蓉:那您的广告不是也做到现在吗?

史玉柱:后来我们研究,只有做卡通是不违规的,如果认真追究起来也有问题,不光是我们,没有一家保健公司能够逃得掉。

叶　蓉：当碰到挫折的时候，身边也没有自己的亲人，一个人内心孤独吗？

史玉柱：遇到困难的时候，即使周围有亲人在，我也一定要离开他们，一个人呆着。我是这种习惯，遇到困难越大，我越需要一个人待的时间长，去想如何解决这个问题。

叶　蓉：有没有觉得自己承受不了了，想找个人倾诉，找个肩膀靠一靠？

史玉柱：没有。离婚的时候，我哭过一场，哭过之后我就当着那些小兄弟们的面说，这一生中你们再也看不到我的眼泪了，我绝对不会哭。后来唯一一次例外，是我的一个总经理，很好的一个伙伴，出车祸去世了。那回我哭过一次，后来确实见不到我的眼泪了。

《征途》之中有乾坤

游戏《征途》讲述的是一个人在江湖中成长的故事，刚刚进入游戏的玩家没有法术，没有武器，甚至赤身裸体，一切都要自己努力去争取，正如刚刚出道的史玉柱。而随着武功的增高，玩家在江湖中的地位也不断攀升，正如现在的史玉柱。不过现在让史玉柱身价倍增的不是他倍受关注的网游或者保健品，而是两家上市银行大股东的身份，这份投资为他创下近20亿的收益。

叶　蓉：巨人公司那会儿是被巨人大厦拖垮的，如果有一天各方面的机会成熟了，您会再一次建造巨人大厦吗？

史玉柱：说不准。我可能要进行一下斗争，首先建巨人大厦的商业价值和我的投入比较，合不合算。如果经济上合算我想肯定会去建；如果不合算我就要再进行一下斗争，就是仅仅为了满足一个心愿，花八个亿值不值？我是斗争过的，但是每次的决定都是说不建。

叶　蓉：您是一个经常回忆过去的人吗？

史玉柱：不，我很少回忆过去。我很大部分精力是在想明天的事。一个人的精力是有限的，脑袋每天除了睡觉只能想十几个小时，多想点明天的事多好。

叶　蓉：您进入网游世界，媒体高度关注。已经把您跟丁磊、陈天桥，以及朱骏等相提并论了。

史玉柱：1月份之前我们也是不知名，短短的几个月时间一下子就到第六了，这一点还是值得肯定的。现在跟丁磊差距很大，跟陈天桥还有差距，已经把很多同业公司的销售额、在线人数都甩到后面去了。

叶　蓉：征途似乎是一款自创的游戏，跟陈天桥、朱骏的不太一样。

史玉柱：对。他们是以代理为主，我们是自主研发的，有自己的知识产权。

叶　蓉：这跟丁磊有点像。

史玉柱：跟丁磊走的完全是一条路。好在丁磊走的是卡通类的，针对的是十四五岁这个年龄群的。我们跟他不一样，如果一样，我们的日子就不那么好过了。

叶　蓉：平时关于您的报道，总给人留下蛮孤寂的印象，但是今天我觉得您还是很风趣，很放松的一个人。

史玉柱：我平时是比较放松的。我没有应酬，一年可能没跟政府官员吃一次饭，我不爱那个东西。我也不跟客户见面，我就跟自己感兴趣的人在一块吃饭，和自己的部下在一起，和朋友在一起，这样很放松。

叶　蓉：您是个意志坚定的人吗？

史玉柱：我认为是。我给自己定的原则是一旦决定做一件事，碰到再大挫折都不能放弃，一直往前冲。

叶　蓉：您印象中最奢侈的一次消费是什么？

史玉柱：在美国花1200美金买了一件西装。这件衣服是最贵的，所以我要穿西服肯定是穿它，都已经穿五年了。

叶　蓉：如果马上给您100万现金，您会用它做什么呢？

史玉柱：存银行，为自己养老。

叶　蓉：您身上一般会携带多少现金？

史玉柱：我从来身上不带钱。我到哪儿都有跟随人员的，一般他们带钱，我身上口袋里掏不出一分钱。

叶　蓉：财富给您生活带来最大的变化是什么？

史玉柱：最大变化就是行动不方便，不是想到哪儿就到哪儿。出门肯定得戴墨镜，得减少不必要的麻烦。

叶　蓉：您最珍惜的财产是什么？

史玉柱：我觉得这个团队是我最大的财富，我最珍惜这个。

人在征途

《征途》是史玉柱新推出的一个网络游戏。

游戏展现的是，一个人在江湖中的成长。初踏江湖，玩家手无寸铁，甚至赤身裸体。你需要的一切，都要靠自己的努力和拼搏获得。不管江湖如何险恶，只要踏上征途，你就不能伫足止步。跌倒了，爬起来，擦干血迹，包好伤口，直到笑傲江湖。

我眼里的史玉柱，也是这样。人们都说：苦海无边，回头是岸。对史玉柱来说，截然相反。他是：回头苦海，前面是岸。

他同意这样的看法，他说："我大部分精力是在研究明天的事。一个人的精力是有限的，每天除了睡觉，只能想十几个小时，多想点明天的事多好。"

我想，这是他在征途上多年跋涉的一个非常重要、非常实在的经验和体会。

这档节目播出后，有位观众发来短信说：主持人对史玉柱还是蛮欣赏的。

是的。访谈中，我保持客观、掌握分寸；但不可否认，史玉柱确实是个很好的谈话对象。他很坦率，不回避不掩饰，没有阴柔的东西，也不口若悬河。这些，都是我认同的风格。如果要说欣赏的话，我的欣赏，还绝不止这一点。

早在改革开发之初，史玉柱就获得了成功，大名鼎鼎；忽然间又轰然倒塌。可他把打碎的，一点一点地重新粘起来；一个巨人又立了起来。更是让人敬佩的是他在破产之后，仍然想方设法还清了本可不还的24亿元的债务。

他是一个响当当的男子汉，尤其是在面对失败的时候。他相信自己、有大胸怀、敢作敢当、让人信服。

观众的眼睛真是雪亮的，读出了我眼睛里的反应。

人在征途，把自己打倒的，恐怕就是你自己。

出生年月：1961 年 3 月　　　　籍　　贯：江西南昌
创业时间：1989 年　　　　　　创建品牌：小霸王 步步高

步步高电子有限公司董事长

"步步高"变身"巴菲特" | 段永平

1978 年　浙江大学无线电系毕业，分配到北京电子管厂。后考取
　　　　中国人民大学经济学研究生。

1989 年　广东沿海的发财热正波及整个中国，研究生毕业的段永
　　　　平南下，找到了一个如鱼得水的大舞台。他在中山市一
　　　　家亏损 200 万元的小厂当厂长，生产家用电视游戏机。三
　　　　年后，小霸王红遍全国，小厂产值已达 10 亿元，并改名为
　　　　中山霸王电子工业公司。

1995 年　9 月，提出对小霸王进行股份制改造被拒，段永平离开小
　　　　霸王，在东莞成立了步步高电子有限公司。并将步步高
　　　　打造成中国无绳电话、VCD 行业中的一流品牌。

2001 年　定居美国开始职业投资人生涯。他最令人称道的一项投
　　　　资是：以每股不足 1 美元购进的网易股票，最后涨到 70
　　　　美元。华尔街华人投资圈送他"段菲特"的称号。与此同
　　　　时，他一手打造的"步步高"在固定电话、复读机、DVD 行业
　　　　稳坐前三，由步步高新创的 OPPO 高端产品，进入全国 MP3
　　　　行业三甲。

快乐人生是最大的财富

叶　蓉：您一手做大了步步高,1999 年又以两亿元成为央视的标王。这两年您的消息好像
　　　　少了,能不能透露您最近在做些什么?

段永平：我很早就不在一线了。从 2000 年开始,我的职位只是董事长,不主管公司日常事
　　　　务,只是一个相当于顾问的角色。公司的重大事务,大家一块儿商量,但不需要我
　　　　发号施令,除非是董事会里的决策。近年我在国外的时间多一些,主要是家庭、孩
　　　　子、教育。

叶　蓉：在您的企业中,不少老员工都直接称呼您的名字,有的甚至当面叫您阿段,为什么
　　　　不叫您总经理或者董事长呢?

段永平：就是方便嘛,除了特别正式的场合,大多数情况下直呼其名显得比较自然,也蛮亲
　　　　切的。广东话叫人一般都是阿加名字的最后一个字,叫我阿平听起来像个女孩的
　　　　名字,所以就叫阿段了。这个叫法很早就有了,多数比较熟悉的人都习惯这样叫。

叶　蓉：您想把步步高做成什么样的规模,会上市吗?

段永平：我是顾问,顾问不做这样的规划。这样的规划是整个团队的工作。我们企业现在
　　　　自身的状态不适合迅速壮大发展,目前最重要的是练好基本功,有耐心地补缺陷。
　　　　我们的企业跟世界一流企业还有很大差距,我们还有很多事情要做。

叶　蓉：还是一如既往稳健地走,不追求别人眼中的高速度。

段永平：对,安全抵达是最重要的。

叶　蓉：我们有个嘉宾也是从职业经理人转变为董事长。他说他要做的就是管住自己,不再
　　　　跳出来指手划脚。您一再强调自己现在是顾问,您对顾问这个职位怎么看?

段永平：我从来没有想过憋住自己,我就没有这个欲望。我的角色就是顾问,哪有顾问跑到
　　　　人家那儿指手划脚的。

叶　蓉：持有步步高到的 70% 股份,到现在减持到 25% 左右。您退到后台,慢慢减持步步高
　　　　的股份,是感情上的疏离吗?

段永平：这跟情感没有关系,持有高比例股份本来就不是我追求的东西,我的心态很平和。
　　　　这就类似于一个工作模式,步步高最需要的是长期地发展,它要对得起所有的股东
　　　　而不是对得起某个股东。

叶　蓉：我觉得您的心态很好,非常平静,可能也体现出您超常的自信。

段永平：谈不上超常，应该叫平常。在很多人眼里做企业的风险是很大的，我的原则一直都是，不懂的不做、不熟的不做，我觉得没风险的才做。当然没有 100% 的没风险，只是这种风险在我的控制范围之内。投资也很简单，我用一点闲钱投资，仅此而已。

叶　蓉：您觉得自己是企业家还是投资者？

段永平：我就是一个普通人，我现在整天主要干的事就是带孩子，买菜、运动，就是这些。

叶　蓉：最让您自己满意的成就是什么？

段永平：对我人生影响比较大的还是考大学，成家对我影响也比较大。企业的成功在开始会有一些兴奋，但是持续的时间非常短。因为只要老老实实、按部就班地做，想不挣钱也挺难的。

叶　蓉：我觉得像您这样追求快乐、轻松的生活、工作状态的人真是非常少。大多数企业家更多的会谈他的辛苦和对家庭的愧疚。您似乎把工作和生活平衡得非常好，和家人生活在一起，自己的事业也没有耽误，有实业也有投资，您怎么能做到的？

段永平：我也不知道，或许是运气好，或许是一种理解。我认为有了家庭以后不负责任，忙于自己的事业从中获得快乐，这是一种自私。华人的文化里有一个很有意思的东西，就是过分赞扬事业心。我不是很认同，事业只是你生活的一部分，不能为了事业把生活丢了。人为什么要赚钱，是希望生活可以更好，也就是追求一种快乐。我觉得这是最基本的对生活的理解、对人生的理解。财富跟人生的确是有很大的关系，但是快乐人生才是最大的财富。

快乐的根本是不断有合理的目标

叶　蓉：1978 年，您 16 岁时成为文革后的第一批大学生。您在许多场合都提到那段发奋、苦读的时光，当时为什么会有如此强烈的求知欲呢？现在看来，当时离开江西井冈山，对您的人生非常关键。

段永平：经历过那个年代的人应该能理解我当时的想法。那时候大学生叫天之骄子，上大学是一个特别好的出路。我们那个年代的小孩相对比较纯朴，见识少，觉得大家考大学我也要去考，这是一件该做的事情，至于为什么并没有仔细想过。1977 年，我高中毕业，春季高考四门功课一共就考了八十多分，过了半年参加 1978 年高考，五门功课考了四百多分，也是在那个时候我觉得自己读书还是挺行的。这段经历对我的人生有特别大的影响，是高考这段经历，树立了我的信心以及对人生的理解。

高考前觉得整个人生就是为了考大学,等拿到了大学通知书,突然又觉得很迷茫。这种迷茫持续了很多年,感觉突然就没有目标了,生活变得很没有乐趣。直到快毕业了,不知道怎么就醒了,我意识到我的不快乐是因为我没有目标,这就是我关于人生最早的理解。所以我常跟别人说,快乐的根本是不断有合理的目标。

叶　蓉：悟到这个道理之后,您立即确定新目标了吗?

段永平：没有,那时候比较迷惘。快毕业的时候我看别人考研究生,就觉得自己也该考,还复习了一个暑假。等到报名的时候,我找了几天都没有找到想去的地方,我就放弃了研究生的考试,我觉得那好像不是我的目标。其实设定目标也是挺难的,自己想做的事情和别人强加给你的完全不一样。

叶　蓉：这么说您是那种自我意识非常强的人,我们通常都是按照别人设计好的路走,而您懂得选择、放弃,会反省这个是不是我要的。以您当时的年龄能做到这点是非常难得的。

段永平：面对选择的时候,我会想为什么要做这件事,这样会领悟一些东西。实际上我比较单纯也很直率,说话也比较纯朴,有什么就说什么。我追求这种真实,感觉比较自然、坦然。

叶　蓉：您浙江大学毕业后分配到了北京工作,毕业的时候放弃考研,后来跨专业考研,您为什么会做这样的决定?

段永平：大学毕业后,我工作在北京电子管厂,是电子工业部比较大的工厂,我在那里待了近三年。工作之后我似乎不能快乐地生活,只能再去读书。那时候隐约觉得对经济我好像挺有兴趣,这个非常重要,没有兴趣的目标是非常痛苦的。研究生毕业后,因为专业是经济,我想去最贴近前线的地方,想自己去做点事情。1988年毕业的时候,我选择了去广东。开始是进了佛山的一家公司,几个月后转到中山,也就是小霸王的前身。

从小霸王到步步高

叶　蓉：当时你明确自己想要的是什么吗?

段永平：不是非常清楚,只是感觉想做些事情。我发现我追求的就是能够快乐。我在广东感觉到的快乐应该是我事业上的突破口,我觉得这条路算走对了。我在小霸王一共做了六年半,刚到小霸王的时候做助理厂长,一段时间以后原来的厂长觉得这个生意没什么意思，不想干了。当时小霸王的产品是大型的游戏机，全厂亏损两百多万。后来任天堂出了八位机，我觉得这种小东西容易上规模，相信很多人都会喜欢。公司那时叫日华电子厂，开始是用别人的牌子，后来又做别人的牌子。一年多的时间让我对品牌有了相当的认识，坚实的品牌能积累信誉，产品才有可能做大和持续发展。那时候我就下决心，哪怕从零开始，都要建立自己的品牌。

叶　蓉：小霸王这个牌子是您想出来的吗？

段永平：是我采纳的，品牌的名字要有个性，容易记。霸王虽然有点霸气，但是加上一个小子就显得可爱许多。在实际品牌传播中，霸的笔划太多，不过它当时的传播效率对一个刚建立的品牌是非常合算的。

叶　蓉：步步高这个名字，是怎么来的呢？

段永平：征名征来的。建立这个品牌的时候很多人给我们提建议，取个洋名，或者听起来像合资的名字。我觉得必须以诚为本，不能诱导别人误以为这是一个洋品牌，所以我一定要取一个本土的名字。这个品牌必须笔划不能太复杂，而且不能有异义，还要容易传播容易记。当时征名有上万个名字参与，有八九个人都应征的是步步高这个名字。之前我们说过被采纳的会得到5000元的奖金，后来这八九个人都得到了5000元的创意奖金。挺遗憾的是，我们的资料保存不太好，现在已经不知道是谁想出的这个名字。

叶　蓉：您一直用请明星做形象代言的营销策略。小霸王您找了成龙；步步高有李连杰、施瓦辛格、张惠妹。您为什么会想到走明星路线呢？

段永平：我并不是特别注重营销，做企业就像打乒乓球，最重要的是你不要有弱点，在竞争中的弱点往往是致命的。营销、产品质量、广告、生产能力、运作能力等等都缺一不可，相对平均就不会有过多失误的可能。我们并没有选用明星做广告的原则，但是做广告最重要的就是提高传播效率。你会利用一切办法，用最省钱的办法传播，我觉得它是最省钱的一种办法。

叶　蓉：为什么？

段永平：举当年小霸王选用成龙的例子，当时成龙这个广告语是"同样天下父母心，望子成龙小霸王"，这个广告非常好记，家长和小孩都容易记住。在这个广告之前，小霸王已经比较成功了；不过成龙的这个广告，事后的调查表明是非常成功的。创意上说这句广告词不错，小霸王的品牌传播也非常成功。一个很简单的概念要用合适的明星，用了不合适的，大家记住了明星没记住广告，更糟。

叶　蓉：中国人有一句话叫无商不奸，现在做生意的人都喜欢把诚信挂在嘴边，然而在实际操作过程中,诚信有时候会向利益妥协,您怎么看这个问题?

段永平:无奸不商,是小农经济的商,是类似于资本家残酷地剥削、压榨工人的奸商。这样的商人对企业的发展缺乏长远的目光。我对诚信的理解就是本分,我们从小霸王到现在其实改变了很多,但是以诚为本是不变的。我们的企业到今天一直能够比较健康的发展,重要的因素就是我们建立了一个非常强大的信誉基础,将诚信的概念贯彻到各个地方。在客户、供应商、消费者、员工中取得广泛的信任,很多事情就变得简单,企业自身也成为最大的受益者。这是企业长期发展的必要条件,否则企业早晚会出大问题。

叶　蓉:在一个不完全公平和透明的市场经济环境下,坚持诚信的成本会很高。

段永平:不坚持的成本会更高。我的理解是,一个能够长期发展的企业必须是理想主义和现实主义者的结合。不仅能够生存还能够考虑得更长远,不会为了眼前的即时利益牺牲长期利益。从内心角度来讲,本分这个东西应该是人最起码的一种责任。

叶　蓉:有人认为您这两个成功的品牌没有什么秘诀,就是高频率的广告投放,迅速建立知名度和品牌形象。这话应该是针对您1999年的央视标王和1996年8200万买下中央台的黄金时段。

段永平:广告费究竟是多还是少,那要看跟谁比了。另外几个标王先后从大家的视野中消失,出问题不是因为广告,但是很多人都误解成是因为广告。

叶　蓉:您加入小霸王的时候,它还是一个亏损两百多万的企业;当您离开的时候产值已经到了十亿元。您为什么选在这时离开呢,是想自己创业吗?

段永平:我在小霸王其实也是一种创业,但是当时在企业结构和接力机制出了些问题,我觉得做下去没有太大的意思。我很难兑现对员工的承诺,我失控了。

叶　蓉:失控的原因是什么呢?

段永平:很多种因素,结果就是我没有办法兑现我原来的承诺,那么再多的个人收入都不能让我感觉到快乐。所以我就离开了,这并不是冲动,只是我本能的反映。

叶　蓉:离开小霸王的时候已经想好去步步高了吗?

段永平:离开的时候没有具体的计划,觉得做企业挺累的,当时想再读读书。重新做企业主要是一种责任感,心里觉得只要我们认真做,本着我们以诚为本的原则,加上我们对企业经营的理解,应该是能做起来的。当时预计花三到五年的时间,事实上大概花了三年的时间步步高已经站住脚了。

叶　蓉:现在步步高的一些高管都是您从小霸王带过来的,当时您许诺过他们更高的薪水和职位吗?

段永平：严格说来小霸王只有六个人跟着我到了步步高。后来不少人过来是对方新官上任后，有一些信任上的问题，我没有拉过谁。大家共事过很多年，比较了解，互相信任，作为一个团队大家有共同的理想，觉得可以重新开始。

叶　蓉：当时，有二十几个小霸王的经销商愿意放弃小霸王这个相对高的利润回报，做当时什么都没有的步步高的代理商，他们看中您身上的什么呢？

段永平：在商言商，我们是商业合作伙伴，能够继续合作是因为有共同的利益。大家合作了很多年，彼此有相当好的信任度，我离开小霸王的时候跟原来老板承诺，第一年不做国内同类竞争产品。离开小霸王一年零三个月后我们才开始真正推自己的品牌。

叶　蓉：您有一句话叫"敢为人后"，在企业的发展上，您的做法始终是比较稳健的，比如您没有适时地参与手机市场，DVD 也是应经销商的要求才加入。也有人评价您非常保守，您怎么看这个评价？

段永平：我们开始做企业时就是这样的观点。我们的竞争对手换了好多碴，那些抢得先机的人为什么最后消失了，太快是其中的一个原因。步步高的产品不是潮头的位置，甚至晚市场半步，但是能够慢慢做到业界的前三，靠的是对市场的成熟理解。"敢为人后"的概念其实是在面子上的，我敢承认我落后，愿意向别人学习。同时我可以看清楚这个市场，看清楚潜在的对手，未来的威胁，这些看清楚了我才决定是否进入这个市场。进入之前，我可以观察也可以思考，一旦进去了就没有退路了，必须勇往直前，所以进去之前得想好自己是否有这种把握的能力。

叶　蓉：对您来说，财富意味着什么？

段永平：快乐人生才是最大的财富。人就一辈子，财富绝不是单纯地计算有多少钱，人最重要是能快乐、丰富、充实地过一辈子。王朔说过，钱不是万能的，但是没钱是万万不能的，所以努力工作当然是必须的。但是我觉得最重要的是不要忘了为什么挣钱，财富到底意味着什么？财富绝不仅是物质上的。

淡出·淡定

段永平的淡出有段时日了。可能今天提起他,有些人会感到陌生。

他下海是较早的。从首都北京,一脚就到了改革开放的前沿广东——一位老人刚刚画了一个圈的地方。他名声如日中天也不算晚,在世纪之交的那些日子里,小霸王与成龙、步步高与施瓦辛格家喻户晓。

可以说,淡定的段永平是在他事业的最高点淡出的。淡出的他,除了买菜、带孩子和运动之外,就是投资做股票。

段永平很自豪他在美国股市的成功。那天,我们说起他操作的网易股,在涨到 70 美金的时候,段永平抛出了一部分股票。

我说,人家估计您买进的价格在 1 到 3 美元之间,大多是在 1 美元左右。

这时的段永平,已经不像节目开始时那样回避这个话题。他有点按捺不住,得意地纠正道:大多都在 1 美元以下。

这个去美国前还不知道巴菲特,到了美国才捧起巴菲特的书的中国企业家,现在的股市投资理念和实战技巧是可以称得上是"段菲特"了。他告诉我们,一个人最多只能主力投资两三个股票,你要了解和跟踪十几个企业是很难的……

他还告诉我们,他投的是闲钱。就是对于巴菲特所言,他也是取其精华,譬如对巴菲特的名言"好股票永远没有出手的机会","段菲特"就持保留态度。

有着自己独到、科学和坚定的价值标准,人生才会出彩。节目做到现在,像段永平那样穿着短袖体恤上镜的嘉宾,还真是不多。

这 30 年,让人们活出个性,显出精彩。

急流飞下

1992—1996

那首歌是这样唱的:"一九九二年又是一个春天,有一位老人在中国的南海边写下诗篇。……"

这位叫做邓小平的老人,写下的诗篇让四海翻腾、五洲震荡。写诗的神笔,就是社会主义+市场经济。斩钉截铁,一百年不动摇。一个新的时代,拉开了壮丽的大幕。

一时间,惹得春潮急流飞下。只要你是有准备的,哪怕是一把小小的勺,或是一支木头的桨、一艘简陋的船,都有成长和收获。

岸上的人儿要下来,水中的人儿要弄潮。无疑,改革,为发展开辟了广阔的前景。并非由此就莺歌燕舞,伴随着的,还有脱胎的煎熬,这是新生的阵痛。

1992 年　小平南巡

1992 年岁首，邓小平同志动身南巡。他充满睿智、振聋发聩的南巡讲话，再一次解放思想，坚定地为改革开放护航。这次完全意义上的"私人之行"，让中国改革开放国策得以延续。

1992 年　基金诞生

1992 年，我国第一家公司型封闭式投资基金：淄博乡镇企业投资基金由中国人民银行批准成立。1993 年 8 月，中国基金进入了公开上市交易的阶段。基金的诞生，是金融产品丰富的表现。尽管发展至今非议颇多，但客观上确实引导了投资者树立专业、理性的理财观念。

1993 年　分税制改革

1993 年底启动的分税制改革，搭建了市场经济条件下中央与地方财政分配关系的基本制度框架。在随后十多年里，这个体制框架发挥了一系列的正面效应，并与价格、国有企业、货币金融等各领域的改革相配合，推动了中国经济体制的根本性转变。

1994 年　住房制度改革

1994 年，《国务院关于深化城镇住房制度改革的决定》发布实施，"房改房"的概念诞生，公房作为计划经济的产物退居幕后。同时，全面建立的住房公积金制度，改变了解决住房"靠政府、靠单位、靠企业"的观念，攒钱买房、贷款买房观念深入人心。房改不仅仅被视为推动中国经济发展的一个火车头，更从心理上割裂了人们对计划经济时代的依赖。

1994 年　汇率制度改革

1994 年，国务院宣布人民币官方与市场双重汇率制度并轨，实行以外汇市场供求为基础的单一的有管理的浮动汇率制。此后银行间外汇市场正式运营，中央银行设定一定的汇率浮动范围，并通过调控市场保持人民币汇率稳定。企业和个人可按规定向银行买卖外汇，银行进入外汇市场进行交易，形成市场汇率。汇率制度的改革是人民币国际化市场化的开端。

1995 年　外贸制度改革

1994 年，国务院作出《关于进一步深化对外贸易体制改革的决定》，确定改革的目标建立适应国际经济通行规则的运行机制。随后两年，共有四千多种商品大幅度削减进口关税，关税总水平降至 23%。外贸体制改革，打破了国家外贸部门独家垄断的局面，有效地调动了各方面的积极性，为日后中国加入世界贸易组织打下坚实的基础。

出生年月：1962 年 10 月　　籍　　贯：江苏省江阴市
创业时间：1991 年　　　　　创建企业：新东方

新东方教育科技集团董事长、总裁
留学教父游走商学间 | 俞敏洪

1980 年　考入北京大学西语系。1985 年从北京大学毕业，留校担任外语系教师。

1991 年　北大教师俞敏洪辞职，进入民办教育领域，先后在北京市一些民办学校从事教学与管理工作。

1993 年　创办新东方学校，担任校长，从最初的几十个学生开始了新东方的创业过程。

2000 年　新东方学校已经占据了北京约 80%、全国 50% 的出国培训市场，年培训学生数量达 20 万人次。同时新东方在其他领域的发展也相当迅速，并在上海、广州设立了分校，将新东方的精神与教育理念在全国范围内传播。

……　　俞敏洪在教育过程中出版了数本英语教学与学术著作，成为中国颇有名气的英语教学与管理专家，推动了中国留学教育事业的发展，被誉为"留学教父"。

2000 年　俞敏洪及领导团队成立了东方人投资有限公司，向教育产业化运作迈开了一大步。同年，新东方与联想合作，成立了联东伟业科技发展有限公司，专门从事新东方远程教学。这是新东方与外界第一次的正规合作，新东方的教育理念与教育精神通过现代化科技以更快的速度渗透进社会。

2006 年　9 月 7 日，新东方在纽约证交所成功上市，成为在美国上市的第一个中国民营教育机构，俞敏洪也被戏称为：中国最富有的老师。

理想太低会影响你的奋斗

叶　蓉：您参加过三次高考,前两次都没上线,怎么第三次就考进北大了?

俞敏洪：有时候,人的理想跟现实有着密切的联系。1978 年高考的时候我根本不知道大学
　　　　是什么,唯一的想法就是离开农村。前两次都考得很差,我就发现理想太低了,会
　　　　影响你的奋斗。后来我们县教育局办了一个英语补习班,专门培养考外语专业的
　　　　学生,我就朝着北大的目标拼命地学习。报志愿的时候,我想了半天,还是抖抖嗦
　　　　嗦地在第一志愿上填了北大,结果就被录取了。

叶　蓉：听说您刚到北大的时候挺自卑的?

俞敏洪：是的。当时我们班五十个同学,四十七个来自大城市,而且几乎全来自著名的外语
　　　　学校,北外附中啊、重庆外国语学校啊。进去的第一件事情就把我的气焰给灭了。
　　　　有一个同学在读《第三帝国的兴亡》,写希特勒的一本书。我就觉得很奇怪,大学是
　　　　来学英语的,应该继续背背单词什么的。我就问为什么要读这样的书,他不屑一顾
　　　　地白了我一眼没说话,完了继续读书。这件事后来基本改变了我的生活轨迹。

叶　蓉：有人说您创业的冲动,是来自夫人的抱怨。在出国大潮的时候,您是屡办屡败,夫
　　　　人抱怨窝囊,让您下决心创业,这个说法靠谱吗?

俞敏洪：那可不止一句话。一个男人,如果一个人生活,好死赖活就无所谓了。如果有家
　　　　庭,你承担的就是一个家庭责任,就要对另外一方负责,你应该提供给对方和家庭
　　　　能维持良好运转的条件。地位和经济条件是两个重要因素。满足这两个条件,再
　　　　加上双方恩爱,这一辈子两个人过下去就没有问题了。

叶　蓉：创办新东方之初,您网罗了一大批从海外归来的,非常有个性的老师,像徐小平、王
　　　　强等等。当时的新东方就像诸侯分封割据一样,各自为政,利益也相对独立。这是
　　　　不是导致日后利益之争的根源?

俞敏洪：无论什么事情做大以后,都会产生利益和权利的重新分配。他们加入的时候,既没
　　　　有谈利益分配也没有谈权力分配,完全是基于对于我这个人的信任,完全白手起
　　　　家。我给他们提供精神上和物质上的支持,提供社会关系等一切新东方可以提供
　　　　的平台;然后就是让他们自己在这个平台上跳舞,他们能跳出多好的舞收到多少门
　　　　票是他们的事情。赚的多就拿的多,互相之间不会有意见。正是这个非常原始落
　　　　后的激励机制,导致了 1996 年到 1999 年新东方极其蓬勃的发展,奠定了整个新东

　　　　方发展的基础。

叶　蓉：跟您聊天我觉得您好像特别民主,新东方让您的每个老师,每个管理人员,都能充分发挥自己的个性。

俞敏洪：我的民主来自于我对这帮朋友的一种敬意。原来他们都是我的上级,就好像我是老鼠,他们都是猫。很有意思的是猫比较多,老鼠只有一只,所以他们不敢下口吃,就形成了现在老鼠领导猫的局面。

叶　蓉：新东方发展起来后,您曾经两次遭遇抢劫,差点引来杀身之祸,是吧?

俞敏洪：对,现在我的防范意识就相当强了。从这个角度而言,财富绝对是拖累,是最严重的一种拖累。

叶　蓉：除了对生命造成危险以外,还有什么?

俞敏洪：财富的拖累有两种。一种是一个人挣的钱已经够多了,但是他还是想拼命挣更多的钱,这种贪婪会对他的生命造成很大的伤害。第二种是迷茫。已经有了财富,怎么花? 怎么才能使自己的生命更有意义? 大部分人都是糊涂的,不知道该怎么花,最后就变成拖累。我的理解是有了财富可以实现更多的理想,比如我想未来在中国踏踏实实造一所非盈利的、真正意义上的私立大学。但是现实告诉我,这个梦想很难实现,这也是一种拖累。

叶　蓉：如果亲戚朋友或者老同学、老同事向您借钱,通常您怎么办?

俞敏洪：我会有区分,真正需要钱的,我肯定给。但是那种想要小房换大房的,向你借钱,我都会拒掉,这个肯定是不行的。如果说某个朋友病了,需要紧急治病的钱,像新东方员工的孩子也有得绝症,付不起医治的钱,我就帮他们找最好的医院,所有的医疗费全是我来,完了一分钱不用还。原因非常简单,比如说你向我借了 50 万,我要你还的,过了一年你不还,我向你要的时候,朋友关系就完了。人与人的交往还是得有一个底线,彼此都要有。

新东方的自我改造

叶　蓉：讲到财富,很容易让人联想到权力。有一种说法,特指男性,剥开所有的欲望的外衣,它的内核就是权力。我们采访过您的合作者徐小平,徐老师谈到他当时跟王强以及跟您之间的一些纠纷、冲突,似乎并不是因为钱,而是在新东方的发展方向上的意见有分歧。您怎么看这个问题?

俞敏洪：这些问题是交错在一起的，绝对不是因为某一个主要的原因，而其他的原因不重要。

叶　蓉：不是那么单一？

俞敏洪：对。如果是单一的原因，凭着我们集体的智商和能力是非常容易解决的。坦率地说新东方当时的问题来自于新东方从原来的合伙制，变成了股份制企业以后大家利益界定不清楚；因此权利走向也不清楚；发展的方向也不清楚，这三个问题交替在一起。其中利益界定不清楚我认为是新东方最核心的问题。第二个核心问题，就是我们这些人原来在一起干的时候，各人干各人的一块，是没有权利大小之分的。但是一旦变成股份制的集团以后，一定要有一把手、二把手、三把手，还涉及到工资的标准，拿多少奖金，劳动量怎么算，规矩怎么定？第三个核心问题，就是发展方向的问题。有的人希望新东方借壳上市，套一笔钱回来就完了。我在这里面起到了一个保守派的作用，我觉得我们没有弄懂的事情就先不要做。比如说买壳上市，我都不懂什么叫买壳上市。人家打进来一两亿人民币，我就把新东方给卖了，怎么感觉怎么不对。这事我得慢慢去琢磨，这需要时间。但是很多人是等不及的，所以因为发展方向上的不一致引起矛盾。因此利益、权利、发展方向，三者交错在一起形成了新东方内部一团糨糊的状态。

叶　蓉：你们是什么时候开始准备改革的？

俞敏洪：2000年初的时候，我们下定决心对新东方进行改革。改革的第一步就是所有新东方员工权利、利益结构都要重新分配。如果保持原来每人干一摊的状态，必然就无法组织成现代企业结构。而要组织结构现代化，就必须进行公司层面的股权化结构改造。股权化结构改造带来的首要问题就是，究竟谁拿多少股份。新东方的股份不是每人出多少钱就有多少股份，而是每人过去做了多少贡献。贡献本身是没法用具体数据来衡量的，但是必须以具体的数据来处理。任何一个企业进行组织结构改造，一定从开始就涉及到利益和权力的重新分配。

叶　蓉：重新分配以后，您个人占多少股份？

俞敏洪：新东方内部改革的开始，我就给自己设立了一个要求，就是我不占控股地位。因为占控股地位以后会出现一大堆的麻烦。为了新东方的长远考虑，在股权改革的开始我就考虑到，按照共和国公司法章程，按董事会管理下的结构进行决策的话，股份超过50%的股东说话是绝对算数的，没有任何人能够推翻他的决定。如果我们新东方这样做，就把原来已经形成的任何事情在新东方都可以讨论的民主传统破坏掉。

新东方的上市,对于我来说是被动的

　　2006 年 9 月,新东方教育科技集团在美国纽约证券交易所上市,这是中国民营教育企业首次在海外上市。上市首日,新东方的股价即报收于 20.88 美元。俞敏洪被称为"中国最富有的老师"。

叶　蓉：2006 年的 9 月,新东方在美国纽交所上市。新东方成功地从一家民办的教育机构
　　　　变成了一家美国的上市公司,当时怎么会想到去美国上市?

俞敏洪：到美国上市也是经过反复考量以后的选择。大家都觉得去美国上市要求特别严
　　　　格,而我恰恰是冲着那个要求严格才去的。美国《萨班斯法案》中的 404 法案对上
　　　　市企业内部控制要求极其严格,可以说是到严酷的程度。一旦你达到了它的要求,
　　　　那么企业内部的控制制度几乎称得上完美。第二个原因是美国有非常好的教育上
　　　　市公司,我们可以作为参照,比较我们的市盈率、融资情况等等。相比之下,香港和
　　　　内地都没有教育类企业的上市指标。另外,我们看中在美国,从申请到上市的效
　　　　率。一般不错的公司完成最后的审批需要半年,我们新东方两个半月就批完了。

叶　蓉：速度这么快? 国内上市有的企业要审批好几年。

俞敏洪：美国有一百多年的证券发展历史。它的制度、步骤、程序和对风险的规避已经相当
　　　　得成熟和完善。两个半月这么短的时间就完成审批也是我们双方对自己的流程要
　　　　求完美的结果。

叶　蓉：新东方一成为上市公司,各种的富豪排行榜上,我们都看到了你的名字。

俞敏洪：对。一夜之间我就出现在了排行榜上,尽管排在很后面。

叶　蓉：当时福布斯给您排的是 108 位。胡润榜是 152 位,估值 20 亿人民币。现在您的身
　　　　价是多少?

俞敏洪：不太好说,股价一直在变化,大概应该在 40 亿左右。

叶　蓉：相当富有。上市后,您日常工作的性质和内容有大的变化吗?

俞敏洪：改变还是挺大的。比如说原来我有很多时间搞教研、跟老师交流。上市以后,更重
　　　　要的是进行新东方战略发展方向的研究、新东方管理队伍的建设和培养;同时得跟
　　　　外面打交道,跟资本、金融、投资者、股票专家、美国管理上市公司的各个机构,比如
　　　　说纽交所、证监会打交道。

叶　蓉：您现在还有时间做一个老师吗？

俞敏洪：还有啊。学生向我要名片，我都给，上面有我的电话号码，E-mail。现在每天我的信箱里都有近百封学生的来信。他们会问一些有关自己学习、人生的问题。

叶　蓉：您有时间答复吗？

俞敏洪：大部分时间我都会答复。你给学生一句话，他就够了。你这一句话其实就花几秒钟的时间，但是学生就觉得有了鼓励或者方向，所以大量的学生邮件我还是会回答。另外我手下有一批人回答学生问题，如果我认为这封信谁回答比较好的话，我立刻就会把信转给他，让他给学生回答，所以一般学生发给我的邮件我都会回答。还是一种老师习惯。

叶　蓉：上市到现在，您的心情有什么大的变化？

俞敏洪：心情变好了。我的心情变化主要来自于两个方面，第一就是上市的好处就是将新东方内部矛盾简单化了，因为上市以后公司结构清晰了，那么发展方向也清楚了。公司股权清晰了。另外就是上市以后，大家可以自由买卖股票，就没有人天天追着你要分红。因此当你面向内部的时候事情简单了，心情变好了。

叶　蓉：上市的过程困难吗？

俞敏洪：困难。经过了上市的整个流程之后。股票锁定基本就锁我一个人，别人在两三个月以后就全面开放了。但是我不能随便卖，要经过美国证监会批，过程非常复杂，一不小心还会惹事，我就觉得我被锁定了。第二个，压力大了。我喜欢心平气和的，凭心情来做事情。我并不追求新东方每年一定要增长多少，而是希望在新东方工作的员工、老师、管理者，以及学生都能满意。既使新东方在规模上没有任何的增加，只要大家做好了依然会有盈利，大家依然能分到工资、奖金，大家满意了就行。剩下的钱搞点社团活动，还可以向社会多捐点款。所以我对公司上市一直持反对态度。上市前，我跟同事说的最多的话就是，我们最好还是别上市了吧。但是后来发现这实际上是做不到的。大家在新东方共同努力了十几年，拿的就是那么点工资奖金。上市以后，大家一起富起来了，不是挺好吗？面对这样的情况，是不能说不的。如果说不，不仅伤了兄弟们的心，也伤了兄弟们的财，而这两个东西都是不能伤的。既然这样，那么就只能顺应大家的意愿。

新东方不是人才收割机

叶　蓉：新东方上市以后有人说，新东方上市是收中国人的钱，给美国人分红。

俞敏洪：到美国上市并不意味着要把中国人的钱拿去，美国投资者的赚钱方式是看你的股票的增值，你股票的价格上涨了以后，通过买卖股票来赚钱，而不是等着分那一点钱。上市的时候我跟美国人说，我说新东方是不分红的，否则我们就不来上市了。有红分的话，我们不管是利润，还是你们给我的上市公司的投资，我们肯定是用于新东方的全面发展，在中国打下一个良好的发展基础，做的越大，未来大家的利益就越好。投资者现在也看到了，新东方的股价从上市的 22 块涨到现在 52 块，整整涨了 30 块钱。投资者随手卖一股，他就能赚 30 块钱，就不会纠缠着要求分红了。

叶　蓉：有一个事实是无可回避的，就是新东方越办越大，培训的人越来越多，出国的人也越来越多。实际上人才的流失是一个客观存在的事实。

俞敏洪：人才流失问题，这个是我要强烈反对的。说新东方导致人才的流失，这是一个非常落后的思想。现在确实是出国的人越来越多，但是另外一个现象，就是回国的人也越来越多，大量的留学生回来，他们带回来的是新思想、新的系统。小平同志曾经说每出去十个人只要回来一个人，中国人就赚了。现在中国的机会非常的多，四五年前，我去哈佛大学给中国学生演讲，讲完以后我问他们未来打算回中国吗？一百个人里面明确表示打算回中国的就这么两三个。但是今年我再去，十几个中国学生，每个人都无一例外地回答回中国，这个让我很震惊。原因很简单，就是中国未来的发展机会太大了，如果错过这个机会，失去的可能是永远无法弥补的。

叶　蓉：认为新东方是人才收割机的的人是心态有些问题吗？

俞敏洪：我觉得是有问题的，过去二十多年的留学生已经给中国带来很多好处，这好处就是给中西方文化交流、科技交流，甚至语言交流带来的发展。如果中国没有改革开放，中国不可能有今天；没有中国的留学事业，中国也不可能到今天。现在的人才交流是一种自由状态，已经有大量的中国学生出国留学不是为了拿绿卡，定居。他们现在留学就是为了认识世界，就是感受国外的科技、教育比中国更先进的一面。

叶　蓉：中国有一首古诗"春江水暖鸭先知"，其实在境外的游子对国家的认同更高，国家的强盛他是最敏感的。

俞敏洪：更高，绝对是更高。在国内的时候，我们很少有爱国的感觉，但是到国外以后，中国的留学生看到任何有关中国的负面报道都是特别愤怒的，原因很简单，因为背后是他的一个家门，如果他把这个家门给否定掉了，他就无家可归了。中国有太多太多的缺点可以说，有太多太多的地方需要完善，但是不管它的缺点和需要完善的地方有多少，对于任何一个中国留学生来说，祖国永远是他们最终心灵的那个家园。哪怕他终生定居海外，他们都会觉得，中国强大了他们在别人面前才能抬得起头来。

【点 评】

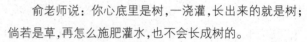

心里要有一棵树

俞老师说：你心底里是树，一浇灌，长出来的就是树；倘若是草，再怎么施肥灌水，也不会长成树的。

如果我们把新东方也看作一棵树，它从俞敏洪心底里窜出小苗、伸出嫩芽是在 1991 年；15 年后，新东方长成一棵参天大树。占据了中国外语培训市场的半壁江山，成为中国最大的综合性外语培训机构。上市美国纽约证券交易所，成为中国民营教育企业海外上市第一家。与此同时股价水涨船高，上市后，俞敏洪个人财富突破 40 亿人民币。

能说会道的俞敏洪，新东方的人都管他叫"大嘴巴"，这是个谈话节目喜欢的谈话对象。他不仅肯说善谈，而且相当的坦诚和幽默。就是这样一个人，写下了新东方的神话，圆了多少人的梦想。

再次出现在我们节目中的俞敏洪，与第一次比较是形象大变。黑框眼镜成了时髦的无框镜，原先《我爱我家》中"贾志国"式的发型改成了"板寸"，据说这个发型是从他儿子那里学来的。但是，真正变化的是他的思想和语言。你不得不佩服俞老师与新东方的成长之快，不仅仅是因为新东方在纽交所的上市。

要说没变的，是他的那股子真性情，还是出乎你意料之外的坦率。此外，还有那份不变的幽默。

一个成功者对于智慧的运用，首先是能够用智慧驾驭自己的性格。能够正确分析自己性格的优劣长短，从而达到扬长避短、以优克劣，凸现自己性格的正面并改变自己的负面。我们平时常说,人是性格的历史。要写好自己的历史,就当从性格入手。

无论是变化的,还是没有变的,万变不离其宗。这个宗,归根结底要取决于你自己。用俞敏洪的话来说,归根结底是取决于你心底里是有棵树,还是其他什么。

还是那句老话,如果心底里什么都没有,或者是棵已经干瘪和枯萎的树;那么,不管你再怎么施肥灌水,就是浸泡在肥水里,也不会见到有绿芽爆出、骨朵凸现。就如改革开放雨露降临,出土长材的,就是心底里有不瘪种子的;无论是树还是草。有,总比没有的要好。

出生年月：1939 年　　祖籍：中国广东　　供职企业：正大集团

正大集团董事长

爱是正大无私的奉献 ｜ 谢国民

1939 年　生于曼谷,祖籍澄海外砂逢中乡。

1953 年　他的父亲著名旅泰侨商谢易初创办了以经营菜籽和农牧产品为主的"正大集团"。

1963 年　到父亲创办的正大集团任职,显露出卓越的组织管理才能和深谋善断的企业家气魄。

1968 年　任正大集团董事长。

……　　拥有八十多年历史之正大集团,目前业务范围跨越二十多个国家,旗下员工超过十万名,年销售额超过一百亿美元,子公司遍及全球二十多个国家和地区,被誉为泰国乃至亚洲地区最成功的家族企业之一。

1979 年　带领正大集团来到中国深圳,拿到了"深圳001 号"外商营业许可证,创立了改革开放后第一家中外合资企业。

……　　过去 30 年中,在中国累计投资 50 亿美元,创立企业两百多家,年销售收入高达三百多亿元人民币。

1996 年　正大在中国的投资规模已经仅次于本土泰国。

"001号"外商营业执照

谢国民请来世界著名的农牧企业——美国大陆谷物公司,与其合资建立了正大康地有限公司,成为深圳特区最早、最大的外商投资项目。1982年,相继在珠海、汕头领取了"001号"外商营业执照,正大集团也因此成为中国改革开放后第一个在华投资的外商集团。

谢国民:邓小平刚开始搞改革开放,我父亲就带着我到中国来了,第一站是广州,第二站就是上海,那是1979年的冬天。1980年我们就开始投资了,在深圳是排第一号。

叶　蓉:您拿的是001号特区营业执照?

谢国民:是特区001号。

叶　蓉:当时的深圳是什么样?

谢国民:当时是一个农村,大陆供应香港的猪、鸡,都是从那边转运,根本就是一片空地。听说现在光流动人口就有1000万。当时反对改革开放的人很多,支持的人也很多,但是今天的事实证明了发展是硬道理。

叶　蓉:当时您毕竟是第一家来到中国内地投资的外资企业,在您之前没有人有过这样的举动,为什么您跟您父亲当时就决定要投资中国内地?

谢国民:我父亲一直说,看着,中国一定会改革。

叶　蓉:正大来到中国内地投资是从哪里起步的? 第一个投资项目是什么业务呢?

谢国民:第一个投资项目是做饲料。饲料是人类能源的一部分,是人类食物链中的一环,饲料只不过是我们这条事业链的一环而已。

叶　蓉:只是一环?

谢国民:最后我们生产什么呢? 我们的事业是什么呢? 我们的事业是人类的能源。比如汽油是机械的能源,我们所生产的是人类的能源。我们研发米种,杂交米种,玉米种,水果种,菜种,连蔬菜的辣椒种都有研发,我们的事业链要先从种子开始。

叶　蓉:这不是每个人都能理解的吧?

谢国民:我25岁进入正大以后,首先改革的就是鸡肉。当时泰国的鸡肉比猪肉贵一倍,鸡肉是12铢,猪肉是6铢。现在猪肉要比鸡肉贵百分之三十几。我们正努力把鱼的成本也降低到跟鸡肉差不多,现在已经比猪肉便宜了。农业一定要从种子开始,不管是菜种、米种还是猪种,什么都是从种开始研发,我们有自己的研发中心。当然光研发还不够,泰国是发展中国家,农民没有太多知识,人才不够,所以我们还要培养人才。不是我把小鸡卖给他,把饲料卖给他就够了,而在中国就可以,中国的农民很聪明。我们中国人自己就可以谋生,只要你给他自由发展,他就会懂得把鸡拿到市场上销售,或者在马路旁边用脚踏车骑来卖。泰国农民不会创造,中国农民会。

赚钱赚到睡觉还在赚钱

随着中国农村经济迸发出来的巨大活力,正大集团积极投资中国的决策获得了丰厚回报。作为一个先行者,正大集团在来到中国的最初几年中没有任何竞争对手,成为这个庞大的新兴市场的垄断者。

叶　蓉:正大刚到大陆来的时候,遇到过对手吗?

谢国民:那时候是垄断阶段,只要政府给你做,你肯定赚钱,你要发展多快都可以。你不需要配套完整,只要能够生产猪饲料,你的饲料就是最好的。因为没有人跟你竞争,全中国都没有,只有你独家。但是我认为我们对国家有贡献的是这一点:我们把最好的饲料一步到位拿到中国来了。这不是为了要多赚钱,如果我要多赚钱的话,应该是拿中等的饲料进来,因为当时中国还达不到高等的标准,没有竞争。但是这样做没有道德,所以我们说我们有"三利":我们做的事情要对国家有利,对人民有利,对公司有利。对国家没有利,政府一定会把你赶走;对人民没有利,人民也不会来买你的东西;那如果对公司没有利,我们又怎么来报答我们的员工?所以一定要有"三利"。

叶　蓉:您为什么在进入大陆市场的时候选择把最先进的技术带进来,如果光从商业角度上看,您选择中档饲料应该是最赚钱的。

谢国民:我的决策就是,今天世界最高水准是什么,我们的饲料配方就定在这个水准。这个好处一般人并不理解,因为我如果定在中档的话,大家都向我这个中档的标准看齐,以后再改革就很难。如果你把它定到最高,大家要进入这个行业就要向最高的标准看齐,对整个国家都有利。有一次我带我们一个团队到缅甸,缅甸最高领导人出来接待,他对我们说:你是不是可以把你的技术转移给我,我说可以。他说你要来做玉米种,你就要把你最好的玉米种带过来,我说可以。他又问我是不是可以把技术教给他们,我说可以。

叶　蓉：您不怕别人学了以后超越您吗？

谢国民：我不怕，我们的技术年年都有新的发展。我给的是今年的，明年有更新的。当时我们的同事都很吃惊，问我为什么这样答应他。我指着一个专家说，我今天给他的这个技术，我们的科研人员明天会做得比今天更好。这样我害怕什么呢？落后的国家最怕的就是别人骗它，对它不诚实，只想着赚钱，没有贡献。因为在穷的国家投资风险很高，好的公司为了规避风险不会第一时间去投资。大多数去的公司都是投机，把这个名气都弄坏了。

叶　蓉：对于现在的竞争对手，您熟悉吗？

谢国民：我把希望(集团)的刘永行列为天才企业家。中国有很多很多天才企业家，我很佩服。我们当时到中国，政府是不开放这个行业的，我们也不能到农村去，有些省根本就不能去。所以不用我们去推广，人家就排队来买，还要走后门才能买到产品。我们一进入中国，等于一个小孩子，父母宠得他什么事情都不用做。我跟我的同事讲，我们以前赚钱赚到睡觉还在赚钱，可是现在跑着还来不及。我们的同事都懒了，都没有战斗力了，等中国改革开放再进一步，等民营企业起来、我们还没有改革，还是抱着这个大锅饭在睡着赚钱。

叶　蓉：如果说您的员工在睡觉，那您那会儿在干吗？

谢国民：我得到的消息是我们的产品还不够卖。等到卖不掉已经太晚了，晚了三年。我真正进来管，到今年为止是第四年。我相信我们的战斗力已经恢复了。大家都知道四川是希望集团的大本营，但是现在在四川我们正大做得比希望大。

叶　蓉：您是怎么跟最大的竞争对手较量的？

谢国民：我就把我们最有战斗力的两个团队的人才带到其他亏本的地区去，让亏本地区的同事看看，为什么这两个团队还在赚钱？他们在希望集团的大本营做得比希望还要好，要让所有地区的同事向他们学习。

叶　蓉：最有战斗力的团队？

谢国民：两个团队，一个是在兰州，一个是在四川，我们把他们叫做川军。还好有这两个团队给我们其他的省做榜样，重新再来，现在全部恢复得差不多了，已经有战斗力了。还有没有来的两个业务是什么呢？蛋鸡没有来，蛋鸡是正大集团里我二哥做到最大的，我接手的时候蛋鸡是我们的主要业务。现在鸡蛋才开始进入中国内地，这个大得不得了。还有一个是猪，猪是我们做得最好的，一个农民可以养3000头猪，欧美还做不到，我们做到了。现在我们的一个农民可以养15万只鸡，不可思议吧。

易初莲花转战上海

叶　蓉：能告诉我们易初莲花的由来吗？

谢国民：易初是我父亲的名字，我父亲叫谢易初。那么莲花呢，就是我们在这个世界最成功的标志。

叶　蓉：易初莲花的那个标志让我印象很深，一个方框里面有个圆，这有什么特殊含义吗？

谢国民：这是我父亲讲的，我们正大的原则要方，不能变，执行要圆满。在泰国，没有一位老百姓不晓得正大，因为我父亲的菜种八十几年前就是品质第一。我父亲说不能骗农民，农民已经很穷了，你卖给他的种子要选好的。如果他们辛苦几个月，却没有收益，损失和代价实在太大了。父亲的成功告诉我们，品质第一，诚信第一。在这点上我的父亲非常高明，我很佩服他。他在八十几年前卖出去的菜种都印上日期，过了这个日期可以免费调换。后来一有罐头包装的时候，他马上把菜种装在罐头里面，不会因为透气而影响种子的发芽率。

叶　蓉：真是一个饱含家族感情的品牌，但是在 1997 年亚洲金融危机的时候，您做了一个决定，卖掉了莲花超市 80％ 的股份？当时做这个决定困难吗？

谢国民：卖掉了 75％。卖掉以后说完全没感觉是不可能的。我最佩服的企业家是李嘉诚，他年纪比我大，他是真正的现代的大企业家。在该卖掉的时候，能把正在赚钱的码头卖给新加坡，把他的财富都变成现款，跌了再买回来。人也好，事业也好，国家也好，不会一帆风顺，起起落落是家常便饭。好像一个人有时会感冒，会生一些小病，这是避免不了的。我当时为什么把这个零售业先卖掉？就是为了能够把钱还给银行，否则银行贷款压力不能缓解，还要继续投钱进去。泰国的市场还是太小，对于金融风暴的抗击能力不是那么的强大。但是我对我的几位哥哥说，农牧业、水产业是你们创造的，我保证一分钱都不卖掉，留着，保住，你们放心。零售业、电信业是我创造的，把我创造的先卖掉。当时我们卖了好几亿美金。

叶　蓉：就这么卖了不心疼吗？

谢国民：不心疼。如果我把中国的易初莲花卖掉就心疼了。我们正大在泰国做零售业的目的，完全是为了中国的市场，在泰国只是练兵而已。但是由于我关心不够，人才没有储备好，这个练兵学校就卖掉了，本来这个学校是在那边培养人才来中国用的，相当于一下子左手就切掉了。还有在发展的电信业，也切掉了。

叶　蓉：金融风暴过后,您把砍掉的东西又拿回来了吗?

谢国民：金融风暴以后我们把有线电视买了下来、卫星电视买了下来,还投资移动电话,先要把这个稳住、扩大。还有我们的便利店,现在是世界排第四大,第一大是日本,第二大是美国,第三大是台湾,我们很快会超过台湾成为老三。再要扩大想取代美国和日本的地位,那仅仅在泰国可能不行。如果中国允许我们去投资,一定会超过日本跟美国,我相信会做得很成功。

叶　蓉：金融风暴的时候,银行跟企业都很艰难。正大为什么会变卖家产还银行的钱?

谢国民：金融风暴以后,我不怪泰国本土的银行,只怪自己。银行是代表老百姓存钱的,它要保护老百姓的利益。你欠银行的钱就应该还,应该随时准备还,不能说我现在公司有困难,银行为什么还要逼我? 银行让我还钱我从来都不生气,这是我的责任。银行愿意借钱给我,我首先应该感激它。是这些钱使得你可以扩大。欠银行钱不还的后果,合约里都清清楚楚地写着。我们没有任何地方责怪银行。一个成功者,首先把自己的问题弄清楚,如果不弄清楚,将来就不是一个人讨厌你,是很多人都会讨厌你。所以我不怪银行,最后我们得到了什么? 得到了很好的名誉,正大集团欠多少钱就还多少钱。

永不停止的事业

叶　蓉：我们知道正大集团也参与到 2010 年上海世博会的建设上来,这是什么样的项目呢?

谢国民：我这次跟上海有关部门洽谈,在浦东新区准备用 500 亩地,用于我们最拿手的深加工工厂。这个无公害卫生食品工厂将会在世博会之前完成。这是上海市政府的一个配套设施,专门供应给世博会健康食品、安全食品。这个项目是把我们正大集团在泰国分散的无公害卫生食品厂的最精华的力量跟技术重新组合,集中在上海浦东新区。这个项目,我们正大集团有相当的把握。因为我们提供的发展新农村的产品,是达到一定水准的,用来供应这个深加工。这个事业是不倒翁的事业,因为人天天要吃,所以这个事业是可以不断发展的。因为我们生产的是人类的能源,这是一个永续的行业,我们的事业是跟人类一起存在的。这么好的行业,这么大的商机,我们怎么能不好好去做,不认真地去做呢。

叶　蓉：您说过一句话让我印象深刻,您说您每天工作时间的 95% 都是在思考今后五年、十年,甚至十五年、二十年之后的事情,在排兵布阵,进行战略的规划。我在想这可能叫做未来主义吧？战略、安排上的高瞻远瞩怎样才能做到？

谢国民：这个很重要，要看看历史，要懂得历史，要回头去看这个历史的发展，同时要向前看。世界高科技的发展，要多听，多学，很多高科技的发展我们要跟上。因为跟不上就给淘汰了。所以未来的事业，运输，还有建立销售网，现代的仓存配送，我们已经做了将近 20 年了。我还会一直做下去，这是永远不能停止的事业。

叶　蓉：您对中国、泰国分别有什么样的情感？

谢国民：我的父亲是中国人，从大陆到泰国创业。尽管我是中国血统，但是泰国对我们有恩。我们东方人最讲究有恩必报，所以我把它当作我的国家。我名片上的主名还是泰国名，第二个名字才是谢国民。我们不能忘本，正大不能忘本，忘恩终将失去一切。因为这个国家使我们有一个基石可以到全世界去发展，我现在提出来诚信、仁义、慈爱、和气，这是我跟我的同事们要建立的关系，同样也很适合跟和谐社会建立这样的关系。

【点　评】

爱是 LOVE

说来，时间过去也快有二十年。

那时，每当到了星期天的夜晚，走在上海的大街小巷，你就会听见从电视机里飘出翁倩玉的歌声："爱是 love，爱是 amour，爱是 rak，爱是爱心，爱是 love。爱是人类最美好的语言，爱是正大无私的奉献……"

这是《正大综艺》节目的主题歌《爱的奉献》。当时，这档节目深受大众欢迎，可人们只是知道节目的主持人秦沛，却不知道真正支撑节目的是正大的掌门人谢国民。

但这似乎并不要紧，人们从《正大综艺》里看海外电视剧，还有那句"不看不知道，世界真奇妙"的广告语，感受徐徐吹来的改革开放之风。

正大集团创办至今已有八十年的历史，历经三代人，积累了丰富的经验。这个七十多岁的老华侨心系祖国，他说自己是泰国人，也是中国人。他要贡献他的一切，让我们的发展，尤其是农业的发展，能够更快更顺更好。在中国改革开放的第二年，正大就到了中国；几乎是亲历了改革开放三十年的全过程。而且，将继续下去。

创业的实践给了谢国民先生这样的切肤之感：就是天才，也是需要帮一把的。

见到不少有天赋的年轻人，因缺少资金，而不能够一显身手，实现理想。可目前中国还没有相应的机构或是机制，能够上前去推一把，助一臂之力。在谢先生看来，人才的浪费最是可惜。他是这样想的，也是这样做的。对用他产品的泰国农民，细心地教，给贷款，办教育……给他们一个赚钱、过上好日子的机会。

老先生是自己主动要求第二次来上节目的。他把《财富人生》当作一个思想交流的平台，他要借助它，谈谈对 CPI、对猪肉涨价、对新农村建设的想法。节目做到这份，让我们感到欣慰。这档节目播出后，获得了不错的收视率。

老先生温和地对我说，你是个提问的天才。

其实，他才是个天才。身为"财富二代"，父辈的积累为正大的发展创造了不少的条件，但正大的发扬光大并毅然来到中国发展，老先生功不可没。

他太太年轻时是个大美人，曾是泰国选美第一名。谢太太快人快语，眼睛乌黑光亮，让人心里又羡慕又喜欢。在谢府客厅的茶几上，摆着夫人年轻时的老照片。说是夫人照片老是不见，后来发觉是被佣人偷偷拿出去当明星照卖了。

出生年月：1958 年　　籍贯：吉林长春　　供职企业：美林集团中国区

美林中国区主席
华尔街中国第一人 | 刘二飞

1978 年　考取北京外国语学院英语系,1981 年赴美留学。

1987 年　获哈佛大学 MBA 学位后进入高盛,业内人称"华尔街中国第一人"。

……　作为摩根斯坦利、高盛、东方汇理在中国业务的创始人,先后负责过包括中国电信、中国移动、南方航空等众多国企大盘股的上市工作,同时还主持过网易和 UT 斯达康等众多科技股的海外上市。

1999 年　因为出色的职业能力被任命为美林集团中国区主席。加入美林以来,先后操作了中海油的二次上市、联想与 IBM 的跨国并购以及工商银行创纪录的 IPO 等等诸多经典案例。

……　从业 20 年,未曾一败,如此骄人的职业战绩让刘二飞挤身为"全球最有价值 50 位投资银行家"之一。

一天工作25小时,每周工作8天

叶　蓉：您的履历看上去非常的顺利和成功,您有失败的时候吗? 1984年您来到了华尔街,曾经有人评价您是"华尔街中国第一人",那么在二十多年的投行生涯当中您又是如何规避这个行业的风险的?

刘二飞：以前我说一半在运气,一半在实力。现在我觉得三分之一在能力,三分之一在努力,三分之一靠运气,运气是不可控的,能力是长期的积累,你能够掌控的就是你的努力,而且这个努力往往不是一个人的努力,是一个团队的努力。上市是一个巨大的系统工程,有无数个环节,每个环节都可能出问题,成败取决于细节,魔鬼在细节之中,我们的任务就是带领整个的团队把细节中的魔鬼一个个抓出来,把它都铲除。然后剩下就是中国人说的成事在天了,这里边往往有一些不可预见的突发事件发生,很好的事情就会出问题。好在在我的任期中,没出现过这类的事情。

叶　蓉：有人说您打仗20年,战无不胜,真的还是假的?

刘二飞：伤痕是有的,但是没有受过重伤。有些项目觉得应当拿到的,却没拿到,这也是很痛苦的事情。好多项目也有做不出去的,因为什么做不出去呢? 监管部门说不让你上市,不是因为我的原因,是一些人为因素。这包括各种各样的事情,比如说有的时候你速度慢了一点就抢不出去,市场有个机遇的窗口开了又关上,机会的窗口过去了,就过去了。实际上对有些企业是生和死的区别。

叶　蓉：在众人的眼里投资银行家总是西装革履,风度翩翩,去那儿都是五星级酒店,做项目的时候还有专机飞来飞去,年薪都是动辄上千万的,让人非常艳羡的一个职业,能不能告诉我们您真实的工作、生活是电影里面经常所看到的这种画面吗?

刘二飞：做投行实际是非常苦的一个差事。我常跟人说一天工作25个小时,每周工作8天,就是这种感觉。因为投资银行就像打仗一样,争分夺秒。一旦自我松懈了,后果可能不堪设想。

叶　蓉：可能除了精力、时间要赔进去,还会影响声誉和业界的口碑。

刘二飞：对,所以你要全身心投入。但是如果你每件事情都全身心投入,你一年360天都得这么紧绷着,所以说干我们这行的都是加速折旧。当时我们做上市的时候,我三个星期要去十个国家,二十几个城市,上级单位说能不能少去几个啊? 咱们别一次都去到了。这不行,这么多地方你一定要都去,这些国家都有投资者你才能卖出去。

上级单位觉得不可能，会觉得你想借这个机会去旅游。你必须得告诉他们这是国际惯例，以前上市的这些国企，都是要这样完成路演的，然后把人家路演的路线图给他看，这才勉强同意了。其实去路演坐那专机也不如正常的飞机舒服。给你一个商务飞机，一个会开完了直接去机场，你就不用等飞机。整个过程从英国飞到纽约的时候，就是上飞机你睡觉，下飞机开会。

叶　蓉：配给专机的目的就是节约每一分钟时间。

刘二飞：是的。路演的时间都是算好的，在飞机上就是你睡觉的时间。也就是说把你吃饭、睡觉的时间全给你压榨了，你的神经永远是绷着的。因为路演一般都是两到三个星期，这段时间结束的时候你要发行 20 亿美元，至少要有七八十亿美元的订单下来。你前几天不下，后来越来越焦虑，心理的压力加上体能的消耗，这个压力是很大的。但是这个博弈的过程一旦你赢了，你就会感觉到幸福。

忘不了的知青岁月

叶　蓉：您不是来我们栏目的第一位投资银行家，但您是很多人、很多投资银行家心目当中的第一人。我们知道您曾经是两度到了农村，甚至有三年的上山下乡的经历。

刘二飞：是的，这是我们那代人才经历过的岁月。

叶　蓉：您自己经常会回忆起那段上山下乡的岁月吗？

刘二飞：平常太忙了，很少有时间去想。但有时候做梦能梦到，那段经历是我人生最宝贵的一段经历。当时高中毕业的也要到农村插队，我说那我就不念高中了，反正到农村插队，学的东西都得忘，我初中毕业就直接到农村去了。那是 1975 年刚开春的时候，我去了双阳县，开始了自己三年插队生活，人家在中学里学了三年高中，我在农村插了三年队。插队的生活还是非常苦闷的，不过那段时间我自学了英文。现在想想这段经历太宝贵了，用什么都不能替代。

叶　蓉：您初中毕业就去做知青了，高中的课程都没学过，怎么就能考到北外去呢？

刘二飞：我们那个年代是学好数理化走遍天下都不怕的时代。数理化学得好才算有真本事。我初中毕业就去了农村，根本没学过物理，化学，数学。我看了三个月的书，参加高考文化课也就勉强及格。在中学的时候我就在学校学了点英文，做知青的时候又继续自学了一些，所以英文考试我的成绩还不错。当时不是全国统一考试，我是吉林省的考生，吉林省英文基础普遍都很差，我是矮子里拔大个，作为吉林省里外语成绩稍微好点的被北京外语学院招走的。我到北京外语学院的时候，当时我们的系主任说你这学了还不如不学呢，你这南腔北调的口音不好改。当时我的感觉是弄巧成拙了，我以为早到农村，早插队，早回城，早找工作，可以早开始自己的人生。

叶　蓉：插队那会，您一个十几岁的孩子都干什么活呢？

刘二飞：就是农活，冬天送粪，春天播种，夏天除草，秋天就是铲地、割地，那都是当时农民的话。

叶　蓉：那为什么会觉得插队三年是您最好的时光呢？

刘二飞：因为那一段吃的苦，就是对一个人的性格的磨炼。我当时就有一个感觉和信心，这种苦能吃，我什么苦都能吃。

叶　蓉：苦到什么程度？

刘二飞：主要是心理上的，觉得前途渺茫，当时我年龄也比较小，每天工作十四五个小时。连酱油都买不起，就吃咸盐水，都是棒子面。那时候我一顿能吃十个馒头，二两一个。但是在那也有好处，就是什么在学校里睡不好觉、胃疼这些小毛病，到那儿全都没了。脑袋稍微一粘地，马上就睡着了，睡得可香了，这完全就是太累了。

叶　蓉：您是1981年去的美国，刚刚到美国的时候给您什么样的感觉，那会儿国门刚刚打开，好多人都觉得留学是想都没想过的念头。

刘二飞：当时就觉得像去月亮上似的，去了一个完全陌生的地方。每天要接受的新信息太多，而且每个人都问你叫什么名字？怎么拼？你是哪儿来的？问不完的问题，而是问的问题都是一样的。后来我就回答别人在这儿挖个洞出来就是北京。

叶　蓉：您的运气似乎一直都很好。

刘二飞：前一个阶段运气是不错。做了投行以后就经常要遇到波折的，比如说我前几年换了很多工作，都是年轻经不起诱惑，如果回过头再走一遍，我肯定不会换那么多工作。因为1992年以后，改革开放加快，中国的企业以试点的形式到海外上市，一下引起了全球投资银行的关注，这时候发现即懂中国又懂投行的人太少，然后给点高工资我就去了。

叶　蓉：换这么多的工作，每一次调整都会有更高的薪水和更高的职位，不是很好的一件事吗？

刘二飞：但是频繁地换就没有连续性了，从长远讲不一定很好。人在适当的时候工作调整是必要的，但别调整得太频繁。

一跟稻草压垮骆驼

　　2008 年秋天的金融风暴来的相当猛烈，华尔街人人自危，全世界都感受到了不安。美国时间 9 月 14 日，成立了 158 年，历经美国内战、两次世界大战、经济大萧条、9·11 袭击和一次收购，始终屹立不倒的雷曼兄弟宣布破产。这只被纽约大学金融教授罗伊·史密斯形容为"有着 19 条命的猫"终于淹没在华尔街金融海啸中，创下这个星球有史以来最大的破产纪录——6000 亿美金。唇亡齿寒，就在同一天，华尔街第三大投行——美林证券以 500 亿美金的价格被美国银行收购。很多美国人说那一天是流血的星期天。

叶　蓉：雷曼兄弟破产的那天您的感受如何？

刘二飞：实际上，这既是在预期之内，又在预期之外。因为这场风暴要来，这个预警在大家内心里已经很久了。次贷危机出来以后，我心里就有这种感觉，如果这个事件发生了，下个事件会是什么？ 在雷曼倒的前两个星期，我们大家都觉得这个事件一定要发生的。

叶　蓉：当时的指向就很清楚的是雷曼兄弟？

刘二飞：就是，因为对冲基金已经把进攻的目标瞄准了它，而且集中了所有的火力向它攻。如果美国政府不出面救它，它一定会垮的，这只是一个时间问题。所以它真正垮下来的时候，这个是在预料之中的事情。但它真正垮下之后，那种感觉就好像一个病了很久的人突然死掉。你再有大的心理准备，还是会觉得心理准备不足。因为冲击波一下过去了之后就意味着，雷曼只是冰山的一角，是多米诺骨牌的前几个倒下去的牌之一，接下去的事情还很多。

叶　蓉：对您个人的职业冲击呢？

刘二飞：雷曼的倒下相当于威胁着整个华尔街的投资银行业务模型，整个的业务模型受到质疑。也就是说我为之投入了整个职业生涯的业务模型突然是虚无缥缈的，是不应该存在的，对我来讲当然会有很大的冲击，会引起我的反思。这个是可以想象得到的，对我这样的人是有相当大的冲击的。我不用担心工作，也不用担心吃饭，加上美洲银行和美林的合并，又是公认的强强联合，不会引起大的不安定。但是整体上，它对外部世界的冲击和对自己内心世界的冲击，这种双重冲击实际是挺大的。

叶　蓉：雷曼和美国银行的谈判进行之中，美林在 24 小时之内同美国银行达成并购意向，应该说还是一种万幸。

刘二飞：对，因为能够联合的对家已经很少了。美林实际上抢先走了一步。

叶　蓉：那您是在什么时候知道了美林的这桩并购？您又是如何向您的下属，您所领导的中国团队进行传递的？

刘二飞：互联网时代消息传得很快。总部同时通知所有的员工，这个事情发生得太快了，几乎所有的消息在媒体上和公司内部都是同时知道的。

叶　蓉：这个风波发生之前，您的团队有没有一些不安或者躁动的感受传递给您？

刘二飞：我的团队还是一个很好的团队，但是大家不可能没有担心，包括我也有担心。这个金融风暴越刮越大，就好像地震、海啸一样，它起源的时候是两个贝尔斯登的次贷的基金出了问题，倒了。那个时候也许大家根本感觉不到，用地震仪才能测到的一个一级地震，但是余震是越来越大，强度越来越大。雷曼的破产就是七级地震了，雷曼发生了地震的时候，美林有地震，AIG 有地震，还有很多其他的大的公司、金融机构已经看出来地震要来了。无论经营比较差的金融机构，还是经营好的金融机构同样会毁灭的，那就会引起金融系统的崩盘，这是政府一定要避免的。在今天市场全球化的情况下，要各国政府联合行动，避免金融海啸席卷全世界各个金融市场，否则结果就是无论是健康的还是不健康的金融机构全都会被冲垮。

叶　蓉：原因是为什么？最开始次贷风波出现的时候，华尔街的高层没有料到会波及到自身的一些企业、公司的安全，还是逐步感受到这个危机离自己是越来越近，为什么会有如此强的一个关联性？

刘二飞：可能是长期积累的系统风险。而这次金融危机产生的原因，谁该负责任，这个今后专家学者们会争论无数年的。我看鲍尔森和布什在讲话的时候都说，谁该负责任？但我们现在的首要目标不是责任认定，是先止血。现在不止血的话它就会死掉。先把这个十级海啸或者十级地震的可能性给压住，然后再讨论什么原因。这个风险不断地积累，不断地积累，不断地积累，突然有一件很小的事件，就会把整个体制的风险暴露出来，就像最后一根草能压倒一个骆驼。

叶　蓉：您在这次风暴中的感受可以说是很独特的。因为您在华尔街已经"叱咤风云二十多年"。世界一级投资银行大多留下了您的足迹。这二十多年中，您亲身体验过几次大的金融风暴？

刘二飞：大概四五次吧。我现在还记得第一次是 1987 年，我刚从哈佛商业学院毕业到高盛，那个时候是 8 月份开始工作，10 月份就出现黑色星期一，纽约的股市一天之内掉了百分之三十几，当时诱发的原因就是股价被炒作得太高，市场根本承受不住。等大家都想往外撤的时候，就撤不出来了。刚参加工作就一下子被突如其来的事件弄糊涂了。第一个感觉就是，还是铁饭碗好。

叶　蓉：是不是觉得自己的职位将不保。

刘二飞：当时不知道要发生什么，这个公司会不会存在，自己工作能不能保住，这些都不知道；第二个感觉是我还不如选其他的工作，当时我从哈佛商学院毕业的时候，我就听说高盛好，觉得投资银行、华尔街挺风光的，而且中国人第一个进华尔街，感觉特好。突然就从感觉特好到了感觉特别不好。有时候自我假定要是毕业后回国工作，在一个政府部门，这不是铁饭碗吗？就不会为找不着工作担惊受怕。不过那次金融危机来去都很快，急风骤雨似的风暴，一下子就雨后天晴。

叶　蓉：当时有裁员吗？您怕裁到自己吗？

刘二飞：肯定怕裁到自己，后来发现裁员还没怎么着呢，风暴就过去了。到1991年第二次风暴就出来了，是海湾战争那段时间，油价上涨，整个华尔街就开始裁员。

叶　蓉：您当时是在哪里工作？

刘二飞：当时在摩根，这次金融风暴席卷华尔街，给我最深刻的印象就是，可以预测的后果就是盈利能力下降，然后就要降低成本，在华尔街降低成本首先就是裁人。

叶　蓉：这次雷曼兄弟倒闭牵涉到2万多员工失去职业。当地时间9月15日那一天，纽交所迎来了一个黑色的星期一，纽交所还是像往常一样嘈杂和热闹，但是雷曼兄弟的那个交易区已经没有人了。是不是任何想进入华尔街的人心理必备的第一课就是时刻准备失业？

刘二飞：对，一定要有思想准备。华尔街的这个行业从一种意义上来讲是很风光的一个行业，但是我在决定用一个人之前总是要给他打个预防针的，进入这个行业首先的准备就是一天工作25个小时，一周工作8天。第二这个行业是有波动的，波动的时候，很多人会被淘汰，如果你觉得你是强者的话，做好这个准备，你就进来，没有这个思想准备最好不要进来。

叶　蓉：什么样的人会成为华尔街的强者？

刘二飞：高情商和高智商的结合，华尔街大部分的业务属于高中的数学，好多人都觉得华尔街人肯定是高智商，对数字特有感觉什么的。但大部分的部门、大部分的业务是需要一种情商和智商的结合，就是说你要对数字有感觉，不见得学很多课程，你要对市场很有感觉，对人要有感觉。选择项目要有判断，知道怎么跟人打交道，如何赢得信任。同时要非常有自信，因为你会不断受到挫折，还必须迅速从挫折中恢复起来。

叶　蓉：以您取得的一系列成绩，包括中海油的二次上市、工行的奇迹、IPO 神话，您对联想和 IBM PC 的牵线搭桥，可能业内的人能完成一项都值得津津乐道了，应该说您的自信还是足够的，但是在碰到这一次席卷全行业的大风暴的时候，您个人是不是也有特别强烈的无力感？

叶　蓉：两种想法都有，一方面自信还是在的，第一我觉得我不担心会没有工作，不担心未来。我也不担心我在这次危机里的作用，我自信能够发挥该发挥的作用。但是这个冲击感还是很大的，危机的起因在千里之外或者万里之外，而这个冲击波很大，是冲击整个行业。你会反思，整个的金融界、经济界都会反思，反思华尔街的业务模型究竟对不对。我在无数个场合中、给我的朋友打气的时候，经常说前途是光明的，道路是曲折的，这个时候我该对我自己说这样的话了。只要这段困难时期过去之后，前途还是会光明的。

【点 评】

沉重的翅膀

华尔街第三大投行美林证券以 500 亿美金被美国银行收购后的第二天，刘二飞就从香港飞到上海，第二次走进《财富人生》。节目播出后，收视率排第一财经频道当天首位。

这个被业内人称"华尔街中国第一人"的资本运作高手，闯荡华尔街二十多个年头。其间，亲历四回金融风暴。在高盛时，五人中裁员四个，最后留下幸运的他。虽然经过暴风骤雨，但都比不上这一次那么凶猛，掀起这般的惊涛骇浪。

没见刘二飞时，就陆续从一些嘉宾口中听到了这个名字。言语间，都怀着敬意。想来一是仰视资本的力量，二是叹服其点石成金的神奇。

今天，我们对他又多了一份认识：那就是一个人面对危机的镇定、从容和信心。当他奉如神明的强大帝国、他一辈子为之奋斗的无懈可击的体系倾刻间动摇，动摇得让人胆颤惊心。可他在痛苦难捱中，进行着深刻的反思和自我否定，清醒地分析事情发生的原因，梳理经验和教训，以及适当应对措施；尤其是对那些金融创新产品……

他说,"往前看的时候,实际上可见度不高的。越在这个时候越要有比较坚定的信心。"

刘二飞是一个相当不错的访谈嘉宾,更是一个相当成功的资本掮客,特别是推动中国企业走向海外,从工商银行、中海油的上市……他不但是这一领域改革开放的见证者,同时还是亲历者和推动者。他的经验和实践,对于正在继续深化金融改革的我们是极有帮助的。

他走过的半辈子人生丰富而又充实,不少地方还真是与"二飞"这两字有关。他有过上山下乡、漂洋过海这一土一洋的两次插队;他服务过高盛和摩根这两个世界顶级投资银行。作为资本的推手,他的第一次飞翔是如此的完美;可他说还要创业,进行第二次腾飞。

我们对他怀有期待,在他丰富的人生道路上,奇遇还会增加,精彩还会不断。有时,飞翔的翅膀是会沉重,但是只要你在飞翔,就一定会到你要去的地方。

出生年月：1954 年 8 月　　籍贯：江苏南京　　供职企业：格力电器

格力电器总裁
像男人一样战斗 │ 董明珠

…… 36 岁南下打工。1990 年进入格力时，连营销是何物都不知道的她凭借坚毅和"难缠"，连续 40 天追讨前任留下的 42 万元债款，成为营销界茶余饭后的经典故事，那年她的销售额竟达到 1600 万元。

…… 随后，她被调往几乎没有一丝市场裂缝的南京。隆冬季节，她神话般签下了一张 200 万元的空调单子。一年内，她的销售额上蹿至 3650 万元。

1996 年 空调业凉夏血战。已升为销售经理的董明珠宁可让出市场也不降价，她带领 23 名营销业务员奋力迎战国内一些厂家成百上千人的营销队伍。8 月 31 日，她宣布拿出 1 亿元利润的 2% 按销售额比例补贴给每个经销商，促使该年格力销售增长 17%，首次超过春兰。

1994 年 年底出任经营部部长，从 1995 年至 2005 年，格力电器连续 11 年空调产销量、销售收入、市场占有率均居全国首位。

…… 在长期的市场实践中，董明珠摸索出一整套独特的经营方式，销售模式连年创新，被空调界同行及新闻媒体誉为"格力模式"。

…… 在她的带领下，格力电器业绩斐然：从一个当初年产不到 2 万台的毫不知名的空调小厂，一跃成为今天拥有珠海、丹阳、重庆、巴西四大生产基地，员工人数 25000 多人，家用空调年产能力超过 1500 万台、商用空调年产值达 50 亿元的知名跨国企业；净资产达 20 多亿元。

2005 年 11 月，再次荣登美国《财富》杂志评选的"全球 50 名最具影响力的商界女强人"榜。
2006 年 3 月，荣获"2005 年度中国女性创业经济大奖"。

我追求的是不需要售后的企业

叶　蓉：做空调的老总是不是最喜欢听到酷夏的消息？

董明珠：我倒不认为这一定是很好的消息，从某种程度来说天气热了可能空调会多卖一点，但是我们做一个品牌，这个产品已经不是简单地去应付一个夏天，而是作为一个普通消费品，不一定是在旺季，所谓天热的时候才有市场，一年四季都应该要有市场。

叶　蓉：您领先行业第二名大概有多少？

董明珠：我们算了一下应该有一百个亿左右。

叶　蓉：放远眼光来看，国际同行业相比较格力现在排在第几啊？

董明珠：如果是家用空调在全球比的话肯定我们也是第一。

叶　蓉：的确我们看到这些年格力是逐渐地走上了行业领军这样的地位，但是有一个数据我觉得跟这个老大的身份不是很相配，您介意我问您吗？

董明珠：没问题。

叶　蓉：就上海而言格力家用空调的销售经常是在十名之外，而在北京也同样面临这样的状况，为什么在国内的一线城市，格力的市场占有率并不是很大呢？

董明珠：最初的时候我们根据市场的需求来定位，当时空调是在长江这条线的市场上比较受欢迎的一个产品，而且市场需求的量也比较大，后期才逐步逐步发展到北方区，我觉得这是一个发展的过程，那这段时间格力空调基本上是供不应求的，所以我们就主要满足了我们现有市场的需要，这是第一个原因；第二个原因上海和北京有一个很大的特点，基本上是走大卖场百货公司的形式，而且当时消费者认为所谓的洋品牌是最好的，这要有个认识的过程。比如说我们格力空调已经是世界名牌，世界名牌本身就不是简单的销量，它更多的是关注品质，产品质量和核心技术。格力电器就通过这十几年的发展，在很短的时间内，拥有自己研发的核心技术，而且有很多项目在世界上处在行业的领先位置，慢慢的消费者的需求才越来越大。

叶　蓉：消费者也有崇洋的心理，听了您的介绍，格力似乎走了一条练内功的路子。

董明珠：我们坚持研发产品，直到我们对产品最满意的时候才拿到市场上来。而且我们一直坚持不拿消费者作试验品，因为不成熟的产品推销给消费者以后本身就是对消费者的一种不尊重，我是这样认为的。我希望我的空调售出以后不要再维修，所以我们提供六年免费的服务。

叶　蓉：六年？

董明珠：这实际上就意味着六年基本上是不需要售后服务的。很多人说售后服务好的企业就让消费者放心，如果这个企业承诺你不需要售后服务可能你更放心。

叶　蓉：什么样的企业不需要售后服务？

董明珠：我们追求的就是不需要售后服务的企业。

叶　蓉：格力被评为中国唯一的世界家电名牌产品，它是纯粹以市场占有率和销量来进行评估，还是有其他一些考量的数据？

董明珠：很多，特别是质量、技术。格力空调是唯一一个不用外资和外来技术，也不要外国管理的品牌，格力拥有自己独特的企业文化，所有的技术都是自己的。比如压缩机，现在很多厂家的压缩机都用我们的，我们已经有了一个压缩机生产基地，这种核心的技术完全是我们自己掌握的。

董明珠走过的路都长不出草来

叶　蓉：格力每年突破两百个亿的销量中，更多依靠的是自己经销商铺市场，是这样吗？

董明珠：应该说是大部分。因为他们的服务更周到，这种专卖店从你买开始，一直到你家里装好、使用，整个服务流程都非常紧凑，如果有疑问，任何一个店都可以给你服务。

叶　蓉：如果生产商自己进行销售的话，是把这个利润空间留给了消费者，留给了自己。然而管理经销商是个非常费力气的事情，格力的这条路走得很顺畅，但是也碰到过大波折，比如在您销售起家的大本营安徽就碰到类似抢夺财务公章的事件，当时是一个什么样的情况？

董明珠：我们的销售公司成立初期的时候，认为这些大的批发商因为市场的价格竞争已经进入一个恶性状态，大家都没有利润，甚至有一些经销商是完全亏损。他的亏损也导致了我们底下更多经销商的亏损，所以整个渠道里面非常混乱，要想改变它唯一的办法就是把我们的文化输入进去，就是要用真正的一种诚信的态度去做渠道。这时候我们就开始插手渠道建设，成立格力销售公司，成立初期效果非常明显。这也存在另外一个弊端，就是经销商在中间截留利润，这是我们不愿意看到的，我们希望销售渠道的建设可以让所有的格力经销商都富起来，但销售公司往往在这上面出大问题，所以就出现了安徽抢公章的问题。抢公章是因为他们觉得在这个中间他们可以为所欲为,争取个人利益更大化,这是绝对不允许的。

叶　蓉：其实当时状况已经很紧张了。

董明珠：应该是,因为他们觉得财务不听他的话,而财务认为他们的行为是不对的。第一个就是募集资金,第二个是他们自建了一些专卖店,这种行为可以称为暗渡陈仓。财务跟他们发生冲突以后就把情况报告给总部,在我们采取措施以后,有几个利益一致的股东联合起来,利用了很多不明真相的人在里面搅局,当时我们应对这个场面的人也很紧张。

叶　蓉：你们当时去了几个人?

董明珠：我、律师,还有两个保安。保安先到,保安去的目的是要把财务账保护好,要使格力电器没有任何损失。第二步他们就开始跟我们抢货,因为经销商几十万的货在那里,后来我们又采取一些紧急措施,总算把这件事情给遏止住了。

叶　蓉：当时对方有多少人?

董明珠：一百多人吧。在一个销售公司里面,大概是两百平方左右的地方。他们就是在那儿胡闹、造声势,用人群的力量给你施加压力。

叶　蓉：您害怕吗?

董明珠：当时没有意识到害怕,但是事后想想如果我们处理得不巧妙的话,当时很容易出问题。

叶　蓉：您当时表现得失落吗?

董明珠：没有,因为没有理由。我们代表正义的一方,没有理由被他们压迫。当天快黑的时候,我提出撤离这个销售公司的会议室回到酒店,因为酒店有安全保护措施。

叶　蓉：我觉得您有一种气场在,如果您板着脸一般人不太敢动。

董明珠：当时他的目的不一定是想动我,但是他希望镇住我,要我退出去,而且当时他们几个利益达成一致的股东已经联合起来了。

叶　蓉：局面控制住之后的结果是什么?

董明珠：结果很好,我们比前一年增长了 1.8 个亿。真正保护了经销商的利益,让他们更觉得跟格力走没有错。

叶　蓉：这些经销商说过:董明珠走过的路都长不出草来。

董明珠：地上走多了就不长草,他们的意思是我算账特别精。

叶　蓉：精到什么程度?

董明珠：精到想在我这里打马虎眼,想混过去是不可能的。

叶　蓉：你们靠什么对经销商进行管理和约束?

董明珠：靠制度。

女性管理者的刚柔并济

叶　蓉：您会不会觉得媒体有时候比较讨厌？我看到过一个标题"董明珠逼宫格力"。

董明珠：外界怎么说，其实并不重要。想堵住别人的嘴是不可能的，关键是你做的是不是正确，你觉得做的没错，那别人怎么说都没有关系。有些媒体可能暂时被利用，但是大部分还是好的，所以我总是很坦荡地面对。

叶　蓉：那今天的董明珠似乎已经是刀枪不入。

董明珠：不是刀枪不入，要不断学习，不断提高。

叶　蓉：能不能告诉我们，去格力之前的董明珠是什么样的？

董明珠：其实到现在为止，很多人都不了解我，说董明珠这个人好像是很厉害的。其实我这个人不是很厉害的人，也比较随和，不是太斤斤计较。但是工作的时候你必须讲原则，随和与原则是两个不同的概念。随和是当个人利益受到一点伤害的时候，不要去斤斤计较，但是企业的利益不是个人的利益，是大家的，就要讲原则，不能丧失原则，拿企业的利益做交易，或者是自己做个好人把企业利益拿出来，也是交易，这样不行。我刚到格力的时候，觉得这辈子可能都搞营销了，更没想过今天做到总经理的位置上，但我觉得一个人无论在哪里，把现有的工作一定要做到极至，做到最好。很多人讲董明珠老是追求完美，因为追求完美才可能觉得不足，如果我觉得我做得很好，那我就不要上进了，不要去努力了，不要去学习了。我总是觉得自己做得不够，总会找出自己不足的地方。

叶　蓉：但是这样会不会把自己搞的很累？

董明珠：不会啊，我也没有事无巨细都如此，我天天抓的就是一些小事，大事都给他们抓了。我们有很多的副总，我尽量锻炼他们。而且在这个过程中我尽量培养年轻人，因为打造百年企业必须要有人接班，企业家最重要素质就是道德素质，道德素质第一个就是诚信；第二要有责任；第三个就是不能有个人利益。权利太大，个人利益摆在首位的话，可能企业就有灭顶之灾。

叶　蓉：我想对于女人而言，还有一笔重要的财富就是家庭和孩子。

董明珠：对于任何一个人，家庭都应该是最重要的。我对于家庭的观念其实是把大家和小家融为一体。几十万人都要靠这个品牌去生存，企业的责任可能更大。

叶　蓉：我们翻看所有董明珠的传记、评论、采访，很少会谈到您的小家。

董明珠：因为没有更多人去关注我的小家问题，大家看到的都是你怎么样把格力做好了，我跟格力这个名字是联在一起的，把这个企业整体改变了，两年的时间让它成为全国销量第一。

叶　蓉：非常了不起。所以可能这个光芒掩盖了您另外一面的光芒，很少有人知道您是一个了不起的母亲。

董明珠：没有什么了不起。我今天这个权力只是一种责任，我下班以后我就是一个很普通的人。但是在工作的时候，我的心里只有格力，只有如何把格力做到更好。

【点　评】

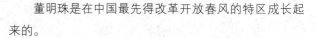
南方的成长

董明珠是在中国最先得改革开放春风的特区成长起来的。

毅然南下的她，从广州到深圳，再到珠海。并不是所有沐浴阳光的人，都有一身小麦色和不缺钙的骨架。就像一位伟人所说，温度不会使石头变成鸡仔。

从一个推销员起步，十年风雨，成为营销皇后。第二个十年，领导格力打天下。手中的利器和法宝，是她在长期的市场实践中摸索出的一整套独特的经营方式，让业绩连年创新。道理是简单明了的，没有销售的胜利，商品的利润就不能实现，企业的发展和壮大更是无从谈起。特别是她独创和总结的区域销售公司模式，被业界誉为"二十一世纪经济领域的全新革命"，并荣获"广东省企业管理现代化优秀成果"。

她的经历足以构成一部传奇的电视剧。不管是作为一个女企业家，还是一个单亲妈妈。

她是一个漂亮的女人，浓眉大眼，一副飒爽英姿的模样；可跟她做生意的，恐怕不会生出这样的感觉。做家电的她，敢同家电销售的老大黄光裕叫板，这已不能单用"强势"这个词来描述了。

她不同于那些像男人的女企业家,但那些形容男性的词儿是完全可以用在她的身上。譬如,大度、雷厉风行,等等。她也不同与那些时不时要露出些许小女人样的女企业家,女企业家的小女人一面,还是放在家里的好。

　　我一点不替她感到遗憾。我对光明磊落的人,对这样一拳一脚打拼出来的女人是佩服的,更是敬重的。

出生年月：1966 年 7 月 　　　籍　　贯：江苏常州
创业年份：1986 年 　　　创建企业：红星美凯龙

红星美凯龙国际家居连锁董事长

家居业的沃尔玛 | 车建新

1982 年　16 岁的常州人车建新木工出师，开始在全国各地做木工
　　　　　活赚钱。

1986 年　刚刚 20 岁的车建新靠着从姨父那里借来的 600 元钱，开
　　　　　始了自己的创业之路，两年后拥有了自己的第一家家具
　　　　　门市部。此后八年，车建新的家具门市迅速发展，在全国
　　　　　共开设二十多家红星家具城。

1994 年　红星家具集团成立。

1996 年　建立起 24 家连锁店的车建新到美国向沃尔玛"取经"之
　　　　　后，决定大做"减法"，毅然将 19 家不盈利企业全部关闭，
　　　　　整合成 5 个红星美凯龙大卖场，踏上了专业化的品牌经
　　　　　营之路。

2008 年　红星美凯龙在全国已建起 44 家大卖场，车建新以 75 亿
　　　　　元的身价荣登胡润百富榜第六十八位，成为中国家居行
　　　　　业最有钱的人。

我们的目标是百年老店

叶　蓉：红星现在在全国一共有多少家店？

车建新：目前已经开了四十多家店，其中将近三十家是自己造的。以前我们经常要花时间拍房东的马屁，这个日子不好过。于是我们就自己买地，自己建房子，现在我们在全国建了将近有三十栋房子，在北京建了三栋，天津建了二栋，重庆、成都、郑州、上海也都是我们自己的房子。

叶　蓉：这样资产就升值了。

车建新：开始的时候我们并没有有意地去投资房产，主要是租赁有很多的不确定因素。今天租了，明天提租金了，或者赶我出门了，这些我都没有办法控制。这样不仅不利于红星的发展，而且一旦发生特殊事件，红星唯一的出路就是转嫁成本到消费者身上，这是不利于红星长期发展的。

叶　蓉：您这算是无心插柳，还是已经预估到了商业地产以后肯定会涨价？

车建新：没有预估到。我们的目标是做百年老店，如果给房东扫地出门了，你商场都没了，还是什么百年老店呢？第二个我们为了降低成本，我们的商场都是自己的工程队建的，这样的成本是很低的。

叶　蓉：这两年，国家的宏观调控政策对商业地产的冲击还是蛮大的，红星按照这样的速度拓展自己，会不会受到国家宏观政策的影响，资金链发生问题？

车建新：不会。一方面我们自己建卖场，成本比较低；另一方面我们都建在郊区，等郊区发展成市区，我们占有地区差的升值。这个优势也是比较大的，所以我们的资产质量也比较好。第三我们有循环的收益，第四我们也会吸收一些投资资金。所以资金链基本不存在问题。

叶　蓉：您的投资方是作为财务投资者，还是战略投资者？

车建新：战略投资者，他们的投资对我们还是非常有帮助的。在人才、管理，特别对我们组织的建设方面帮助非常大，所以我们的发展速度也比较快。今年上半年，到6月份为止已经开了五家店了，我们今年下半年在全国还要开将近十家店。快速发展了以后，在中国形成一定的号召力，我们就可以让中国的工厂跟着我们一同打入国际市场。

叶　蓉：如果三年以后跨出国门，那在三年之内您准备将分店开到多少家？

车建新：三年之内我们打算开到 100 家吧。1999 年的时候，我们只有七家店，平均每家两万平方米，其中 70% 是租赁，到 2008 年我们有 40 家店，70% 是自建的。比起 1999 年，我们的资产增长了 50 倍。我们现在提出了第二个奋斗目标，到 2020 年，要在全球建成 200 家红星美凯龙，打造出一个中华民族的世界级商业品牌。

叶　蓉：红星美凯龙选址总会找麦德龙、沃尔玛作自己的邻居，为什么呢？

车建新：一方面他们的选址思路和我们接近，都是选在郊区，因为郊区成本低而且有升值空间。第二就是我们和他做成一个商圈，有互补效应；第三方面我觉得在国内就要竞争、演练，不然今后到国外怎么去竞争？早晚会和这些商业巨头有那么一仗。

叶　蓉：你不怕客流都跑到人家那儿去吗？

车建新：首先自己要有底气，我不怕客源跑过去，而且我还想拉他的客源。我相信我们中国人卖的产品，因为我们的产品也是非常好的，我们为什么不能吸引顾客呢？

经营商场这个产品

叶　蓉：为什么取名为红星美凯龙呢，有什么来历吗？

车建新：刚开始我们叫青龙木器厂，后来我们把工厂搬到了红星村，就改成了红星家具城，后来我总觉得红星闪闪不那么洋气，太具像了。有一次，我看了一本杂志，知道了麦德龙，我就觉得既然我们有进口货，为什么就不能叫洋名呢。后来就叫了红星美凯龙。

叶　蓉：红星美凯龙是从什么时候开始不生产家具，专门做卖场的。

车建新：从 1995 年开始，当时我们生产的量也不够大，商场也有一部分，两边都不是太好。当时我就在思考这个问题，我究竟把精力花在工厂上还是花在商场上？我是喜欢商业的，并不喜欢工厂，我每年只去工厂两三趟，但是我一有时间就天天待在商场里，住在商场里都不回家的，最后我下定决心把工厂交给别人做，自己专做卖场。从那以后我就专心地在商场上走，走到今天还不错。所以那一次是改变了我，也改变了我的方向。

叶　蓉：在红星美凯龙前些年快速成长的过程中，你的店铺扩张速度非常快，但是曾经有一度你停了下来，并且用壮士断腕的决心，砍掉了自己很多开出去的商场，为什么呢？

车建新：我们在做大卖场之前，是做三千平方的专卖店。后来小专卖店不适合时代了，消费者希望店家有琳琅满目的商品，很多工厂的产品，有更多的选择余地。但是我们的小商场已经不能满足消费者的需求，所以我下定决心关停并转，然后转成做市场。关店，当时也觉得自己好像没面子，听上去你是失败了。其实内行还能理解，因为你是调整，你必须要调整。我觉得我这个人还是蛮有魄力的。

叶　蓉：现在您已经在全国有四十余家店，并且有一个长远的目标，要把店开到国外去。这么多的事情，需要您做战略方针的制订、投资人的选择、员工队伍的培养等等。但是您的下级说您是一个非常善于抓大放小的人。您抓什么，放什么？

车建新：应该说我比较注重战略，学习花的时间比较多。三分之一的时间我都在学习，每年我大概读一百本左右的书。1996 年的时候，我去拜访苏州原来电视机厂的一个厂长，他教给我两句话，第一句是每天要读一小时书，第二句是要注重战略、组织、实施、执行。我觉得非常对，要注重战略，要学习。所以我每天读一个小时书，到现在为止，坚持将近十五年了。

叶　蓉：红星发展的速度和规模都非常令人吃惊，我们非常想知道您是怎么解决人才问题的，尤其是管理人才。

车建新：我们有一个理念就是要把卖场作为产品来经营。既然是产品就要零缺陷，这是第一，第二是产品可以生产化，我们现在就把卖场的建设当作一个流水线来做，也就是生产商场，比如买地的叫买地车间，人力资源车间就是加工人才的，还有招商车间、运营车间、财务车间、企划营销车间等等。我们的人才通过这种方式打造，变成人才生产流水线了。我们的人才应该说做得很好，而且我们有很多年轻的人才出来。

叶　蓉：您不怕您培养的人才被高薪挖走吗？这样的事以前肯定发生吧。

车建新：有。假如说我们的竞争对手挖我们的人才，出两倍的价钱他们不会去的，三倍可能要考虑一下，一般都要五倍的价钱才有可能会去。

叶　蓉：为什么红星有这么大的吸引力，五倍之内不会考虑？

车建新：首先我们每年都提供很多的培训和学习机会。第二，我们我们的晋级体系还比较完善，晋升的机会比较多。第三，我们允许犯错误，犯错也是一种锻炼，人才都是锻炼出来的。做领导也是做教练，三分之一的时间我都在做教练。

叶　蓉：您最早是做木工起家的，什么时候开始您觉得自己肯定不止仅仅当木工，可以当一个很好的家具商？

车建新：我也没有感觉到我有多大能耐，我 20 岁刚开始创业的时候，我就善于接活，配料，一个是做外交，一个是做组织。我就善于这个，这个本身就是我的强项。

家是风雨同舟的船

叶　蓉：您的生活似乎只跟家具、家居有关。那么在您的理解当中家居、家具以及家到底有
　　　　什么联系？

车建新：家首先是一条风雨同舟的船，家不光是指漂亮的房子或者豪华的装修，家还是家庭
　　　　里每个人的心灵港湾。既然家是心灵的港湾，那我们卖家具的是干什么的？我觉
　　　　得我们是心灵的化妆师，我们要把人的心灵净化得舒服、宁静，让他有品位。所以
　　　　我们做家居的，就是做家庭硬件的提升，硬件可以改变人的软件，生活状态提升了，
　　　　就会提升人的生活品位，最后会提升人的气质和素养。我和红星所有的人说，我们
　　　　不是卖家具和建材；我们是卖生活方式，是卖感觉。让消费者对生活充满激情，我
　　　　们就成功了。

叶　蓉：你们有兄妹五个人，会定期聚会吗？

车建新：每年年初一聚一聚，一年也就是这么几次，大家吃吃饭，聊聊天，交流交流。我不赞
　　　　成大家，今天到你家，明天到他家吃，这是近亲结婚，我是要近亲思想交流，一年就
　　　　见两三次，大家在一起吃一顿，聊一聊。

叶　蓉：在企业中您会对自己的兄妹通融或者稍微特殊化一些吗？

车建新：绝对不能有特殊，家属制更不能有特殊。我们家庭的人员首先要为企业的优秀人
　　　　才服务，第二个就是以身作则，第三个就是有一个制度，就那么简单。

叶　蓉：您生活中的乐趣也跟家居有关，是吧？

车建新：对。我特别喜欢家居，看到浴缸的波纹、家具的木纹，我的心就怦怦跳，会激动，我
　　　　对家居的情感实在太深了。

叶　蓉：你最崇拜的人是谁？

车建新：我最崇拜的就是鲁班。我一个做木匠的，不崇拜他崇拜谁？鲁班有很多创新和发
　　　　明，我们应该学习他创新和发明的精神。

叶　蓉：如果可以选择，你希望让什么重现？

车建新：希望我母亲能够看到我们今天的事业。

叶　蓉：你认为自己最伟大的成就是什么？

车建新：我自己好像没什么伟大，也没有什么成就。我有很多梦想，只能说我在实现梦想的
　　　　途中。如果红星美凯龙开到了世界各地，数量达到 100 家的时候，我又会想进入全

球500强。我的目标随时随地都会膨胀，所以我没有感觉到成就，只有很多没干完的事情。

叶　蓉：如果说您是个木匠，您评价自己是个什么样的木匠？

车建新：我是一个有梦想的木匠，我要把每个经过我手的木头都变成艺术品。

叶　蓉：能谈谈您对财富的看法吗？

车建新：财富确实让我变得聪明了，因为我们在创造财富的过程当中锻炼了很多，在锻炼的过程中我的生命也延长了。

【点评】

跳　跃

没想到，车建新对我们节目的熟悉程度，超过了我们对他的了解。

这个小木匠起步还是比较早的，但是发展极其迅速。近来，已经在准备上市。除了他的天赋高于常人、直觉准、气魄大、敢于突破、富有想象力之外，更为主要的一点，就是他采取了跳跃式的发展，颠覆了原先传统的发展路子。不像大多数人，按照别人设计的路线来完成本业。

跳跃使车建新领先于他的同行。别人在零打碎敲揽木工活时，他已经与店家挂钩接定单了；别人在有一顿吃一顿时，他已经在开工场组织批量生产了；别人在以租赁扩张门店时，他已在投资商业地产，开拓自己的家居卖场……

就是这样的不断跳跃，车建新才有了今天。按他的话来说，发展还有这样的好处："因为我们做的事情做得比较大了一点，相当于我们的生命也延长了。"

谁不想跳跃？花最少的时间和路程，缩短创业立业的周期，完成旁人要多费N倍才能实现的。要做到跳跃式的发展，第一就要不拘一格，挑战自我。第二就要破除小富即安，不患得患失，不故步自封。第三就要善于换位思考。第四就要有商业嗅觉，有较快较准的宏观判断。

还有一点,就是不断的学习。车建新是个善于学习和总结的人,我们可以从他写的那些书里,见到跳跃的足迹。

　　中国的改革开放,之所以能在短短的 30 年里,取得其他国家在更长的时间里才获得的成绩,不也正是走了一条跳跃式发展的道路么!

1997—2001

大江东去,跨山越岭。跨越世纪的中国,跨越世纪的改革。

有一座里程碑应当铭记,《中华人民共和国宪法》白纸黑字首次载入:非公有制经济是社会主义市场经济的重要组成部分。

从1982年《宪法》对个体经济合法地位的确认、视为社会主义公有制经济的补充,到1988年《宪法》允许私营经济在法律规定范围内存在和发展;从1993年《宪法》明确非公有制经济的地位及作用,到1997年将其纳入社会主义初级阶段基本经济制度框架之内。从"同路人"变成了"自家人"。

改革开放30年来,对于私营经济的称谓一直在变:个体也好,民营也罢,一个"私"字是避讳不了的。同样,这一群体的作用和贡献也是难以避讳的。

跨越的动力,无不是正视现实和尊重实践。

1997 年　香港回归

1997 年 7 月 1 日,中国恢复对香港特别行政区行使主权。香港的回归,结束了中国近代以来近百年的屈辱史。时间转瞬即逝,事实证明"一国两治"、"港人治港"下的香港依然繁荣自由、充满活力,并获得了全世界的普遍美誉。背靠祖国的香港在经济、文化等各个领域皆焕发出新的生命力。

1998 年　香港金融阻击战

1997 年 7 月,亚洲金融危机爆发并迅速扩散,刚成立的特区政府遭遇严峻挑战。危急时刻,国务院总理朱镕基向海内外郑重承诺:"中央将不惜一切代价维护香港的繁荣稳定"。时任财政司长的曾荫权决定干预股市及期指市场,动支上千亿港元,成功击退炒家们的疯狂沽售。此役胜利稳定了香港金融市场,收复的不仅是失地,更是人们的信心。

1997 年　重庆直辖

1997 年 6 月 18 日,重庆成为继北京、天津、上海之后中国最年轻的直辖市。11 年后的今天,重庆已脱胎换骨,今非昔比,成为西部大开发的前沿重镇。

1998 年　国务院机构改革

1998 年国务院开始了机构改革,改革目标是建立办事高效、运转协调、行为规范的政府行政管理体系,逐步建立适应社会主义市场经济体制的有中国特色的政府行政管理体制。中国政府以强有力的执行力果断地拿自己开刀,为改革开放、国家复兴扫平障碍。美国《时代周刊》对此不吝赞词:这是一个了不起的改革,这是一个了不起的民族。

1999 年　西部大开发

1999 年 9 月,中共中央开始实施西部大开发战略,要从根本上改变西部地区相对落后的面貌。近十年的时间过去了,西部开发虽仍面临着不少困难和问题,但是成绩斐然,居住在三分之二国土上的西部人民的生活发生了天翻地覆的变化。

2001 年　中国加入世贸

2001 年 11 月 10 日,世界贸易组织审议并通过了中国加入世贸组织的决定。从 1986 年递交申请起,这一天我们等了漫长的 15 年。加入 WTO,意味着我国新世纪的对外开放将要从政策层面上升到体制和制度的层面。入世的承诺将变成一步步的行动,各行业将在充满机遇与挑战的世界经济竞赛场上开始新的拼搏。

| 出生年月：1964 年 | 籍　　贯：浙江杭州 |
| 创业时间：1999 年 | 创建企业：阿里巴巴 |

阿里巴巴集团董事局主席
商务帝国的神话 | 马 云

1988 年　毕业于杭州师范学院英语专业，之后任教于杭州电子工学院。

1995 年　做为翻译首次访问美国，在那里接触到因特网。回国后，开设制作主页的公司"海博网路"。后被任命为中国政府的电子商务推进组织负责人。

1999 年　3 月，辞职创业，以 50 万元人民币创建阿里巴巴网站。明确提出互联网产业界应重视和优先发展企业与企业间电子商务(B2B)，观点和阿里巴巴的发展模式被称为"互联网的第四模式"。

1999 年　该年 10 月和 2000 年 1 月，阿里巴巴两次获得国际风险资金，共 2500 万美元。借此，马云全力开拓国际市场，并培育国内电子商务市场，为中国企业尤其是中小企业构建了一个完善的电子商务平台。

2003 年　5 月，阿里巴巴汇聚了来自 220 个国家和地区的二百多万注册商人会员，每天向全球各地企业及商家提供一百五十多万条商业供求信息，是全球国际贸易领域内最大、最活跃的网上市场和商人社区，是全球 B2B 电子商务的著名品牌。

2003 年　挥师转战 C2C，投资亿元打造淘宝网。由于采取不收取佣金的手段，目前淘宝网经营得相当不错，注册会员日益增多。在易趣等网站多年来投入巨资已将市场培育成熟之后再低成本地进入体现出浙江商人特有的智慧。

阿里巴巴是个谦虚的青年

叶　蓉：神话故事中的阿里巴巴行事特别低调,属于闷声发大财的类型。您给网站取名叫阿里巴巴是不是也有闷声发大财、发现宝藏自己慢慢挖的意思?

马　云：我们希望做一家80年的企业,也希望全世界商人都会用。这样的想法需要一个优秀的名字让全世界的人都记住。那时候想了好多天,最后觉得阿里巴巴这个名字很好。第一,容易记,全世界发音都一样。第二,阿里巴巴是一个善良正直的青年,他希望把财富给别人而不是自己抓财富。我们也是给中小型企业在网上芝麻开门,没有想自己发大财,我从来没想过自己能发大财。

叶　蓉：您要做80年的企业。为什么不是百年老店而是80年?

马　云：中国人都在讲百年,但有八成的中国企业平均寿命只有六年到七年,13年的很少,18年的更少。我觉得80年是一个人的生命周期。

叶　蓉：前段时间,前程无忧的CEO甄荣辉说,前两年做互联网日子很不好过,但是互联网的春天好像一下子就来了,像网易、新浪都宣布盈利了。现在阿里巴巴的经营状况怎么样?

马　云：我并没有觉得互联网的春天来了。我天天准备着冬天,希望冬天越长越好。首先,我是个乐观主义者,我觉得有冬天一定有春天,如果一年四季如春的话你会过腻的,对不对?人也会生病。另外,在冬天的时候不一定人人都会死,在春天的时候也不一定人人都会开花结果。任何一个产业都有这样的过程。所以今天大家都好,我反而更加警惕,大家都好不等于我会好,以前冬天的时候大家都不好,不等于我们不好。阿里巴巴现在经营一直不错,2003年的利润会在一个亿以上,整个公司已经进入一个比较好的状况。

叶　蓉：阿里巴巴现在用户有多少?

马　云：国内有170万家,国外有70万家企业,分布在两百个国家。

叶　蓉：我做节目接触了不少企业家,但很少听他们讲他们的业务是通过阿里巴巴做成的。

马　云：到你这儿来的人大部分不是我的客户,我不希望他们成为我的客户,因为到你这儿来的大部分都是大企业家。目前在全世界的B2B领域里,我们是第一位,无论访问量还是客户数量都是第一位的。原因很简单,美国都是为大企业服务的,等到这些大企业搞清楚怎么做的时候,他往往会自己做,他会把你甩了。我为中小型企业服务,因为中小型企业最需要帮助。但中小型企业你不可能去想办法帮他省钱,他的钱已经省到了骨头上面了,我的思路是帮助他赚钱,让他通过我们的网络发财,等他有了这个思路的时候,他就会赢。所以到你这儿来做节目的人,一定不会用我们的网络。广东、山东、福建、江苏、浙江那些中小型企业的贸易商、制造商都是我们的客户,去广交会的80%都是我们的客户。

外行是可以领导内行的

叶　蓉：我采访过很多IT界的精英,这批人大都给人天才这一印象。您是不是也属于神童?

马　云：读书我从来就没进过前三名,也没滑过十五名以下,中等偏上。高考我考了三年,考了个专科。1982年我第一次高考,数学只考一分。第二年我复读,认真准备,结果数学考了19分。到了第三年,我就教同学外语,同学们教我数学。在高考之前的一个礼拜,老师说我要是考得上的话他的名字倒过来写。结果我数学考了89分,成为我的最好成绩,教我数学的那个人只考了62分。所以我经常说,如果马云能够创业成功,中国80%的年轻人创业都能成功。

叶　蓉：我知道在下海之前您还当过几年的教师,对吗?

马　云：我进了杭州师范学院,但我感觉没有一个男孩子喜欢当老师,我们那时候天天想的问题是将来怎么能不当老师,真的!我大学毕业的时候,全校500名毕业生就我一个分到了大学教书,其他统统到中学教书。在我们校门口,当时的校长,现在浙江大学的常务副校长黄书孟跟我讲了一句话:"马云你到那个学校五年以内不许给我出来。"他的想法是我要是跳出来的话,学校今后谁也分配不到大学里了,我得树一个榜样。我说好,五年以内我不出来。这个承诺让我在学校里教了六年半,这六年半内有很多机会,深圳开发、海南开发,每一次我觉得要走了,一想那个承诺,就静下来了。

叶　蓉：为什么在创业之初您选择建造这样一个电子商务网站?是因为在这方面有专长吗?

马　云：我对电脑不懂,到现在为止只会做两件事,收发电子邮件和上网浏览,其他我真的不懂。我告诉我们的工程师,你们是为我服务的,技术是为人服务的,人不能为技术服务。再好的技术如果不管用,瞎掰,扔了。我们的网站为什么那么受普通企业家的欢迎,原因是我做过一年左右的质量管理员。他们写的任何程序我要试试看,如果发现我不会用,赶紧扔了,80%的人跟我一样,希望不看说明书,不看任何东西,上手就会用。所以说外行是可以领导内行的,关键是要尊重内行。

叶　蓉：仅仅尊重就可以了吗?

马　云：其实领导艺术无非是这三样:眼光、胸怀和实力。眼光,"读万卷书不如行万里路"。经常跑,经常看,就知道眼光要比别人看得远。眼光比别人看得远,别人就会钦佩你。还有,领导者一定要有胸怀。不懂没关系,尊重懂的人,十个有才华的人九个都有些古怪。要去包容他们,男人的胸怀是被冤枉撑大的,有眼光没有胸怀是会死得很惨的。还要有实力,一次一次地失败,一次次地被打倒,再起来再打倒,再起来再打倒,这时候才会有实力。跟人打架最怕的是什么,不是他出拳准出拳狠,而是你打在他身上他一点反应也没有。咣咣咣三拳,他说你还有没有了,这下你是彻底怕了,这就叫实力。实力强的时候可以和任何人合作。

叶　蓉：您个人在阿里巴巴当中持多少股份?

马　云：应该在10%左右吧。

叶　蓉：那您个人并没有控股?

马　云：我从第一天就不想控股。一个CEO,一个公司的头绝对不能用自己的股份来控制这家企业,而应该用智慧、胸怀、眼光来管理、领导这家企业。如果我控制这个公司的时候,所有的人是因为我控股而跟着我,是没有意义的,一批乌合之众跟着我。我在公司的建设中不让任何一个人、任何一个机构、任何一个投资者来控制这个公司。

叶　蓉：您会不会有类似王志东这样的担心,您没有控股会不会被您的投资者抛弃掉?

马　云：我想都没想过,第一如果我的投资者抛弃我,我的团队也抛弃我,我就该走了,说明我并不能领导他们。

叶　蓉：如果投资者要干预您的企业发展方向呢?

马　云：为什么不仔细听听看,别人为什么要干预呢? 投资者也不是傻瓜,拿了几千万美元来瞎干预。他不同意,就应该跟他沟通。董事会不是一个争论的场所,开董事会之前就要花时间跟董事一个个交流。

叶　蓉：从某种角度来说您非常信赖您的团队?

马　云：那当然,没有他们哪有我?

叶　蓉：可是如果您的竞争对手挖走您整个团队怎么办?

马　云：天下还没有人能挖走我的整个团队。

叶　蓉：您这么自信? 是不是在挑选人才方面,你有些独特的眼光?

马　云：我没有独特的眼光。我觉得进入我们这公司后,就必须要认同我们的文化,认同我们的理想。绝大部分人是不认同我们的,谁会相信互联网公司能做80年的企业,做八年,最好八个月上市,大家分手就走。这些人就不应该让他进来,但是他不可能写在脸上。我们根本就不让他看得到希望,没什么八个月两个月会上市。很多人看看没意思,真没意思,自己就会走了。

叶　蓉：是不是每一位员工都支持您?

马　云：作为一个CEO,有70%的人相信你的时候,你已经很幸福了。这是个社会学概念,所以心胸要特别开阔。如果我今天讲的所有人听了以后都特别同意我,那我讲的全是废话,我希望用不同的视角来看问题。

10亿美元鲸吞雅虎中国

叶　蓉：在过去的两年多里,阿里巴巴一直新闻不断。无论是成功引入8200万美元风险投资,创下中国互联网私募的纪录,或是秘密造出叫板国际巨头eBay易趣的淘宝,还是全面收购雅虎中国,爆炸性的新闻总是吸引着传媒的目光。这两年来,您一直生活在媒体的聚光灯之下。说心里话,这种感受好吗?

马　云：不好。最近尤其感觉不好。这半年来,外部和互联网的这种狂热、浮躁,泡沫不亚于2000年;内部,被聚光灯照得太多,就等于火气太旺,作为一个六年的公司,一个团队平均年龄26岁的新产业,这对我们的发展不利。所以,最近我们再度宣布公司处于高度危机状态,突然大家都关注我们、看好我们的时候,我们可能会忘掉自己是谁,可能会失去自己,这是我们特别担心的。我们不断提醒自己,今天才六岁,基础还很差,整个体能还跟不上,供血很容易跟不上;第二呢,要记住我们的影响力,随便打出一拳都可能打得天崩地裂,每走一步棋要考虑对别人造成的影响,同时要考虑自己能不能跟得上。

叶　蓉：我们把目光投回到2005年的8月11号,阿里巴巴挟10亿美金之巨鲸吞了雅虎中国,这是外部的一个评价。您跟杨致远之间这样一个默契是什么时候开始的?

马　云：我跟杨致远认识于1997年的年底,他第一次到中国来我带他逛了长城、故宫。

叶　蓉：那会儿还没阿里巴巴吧?

马　云：没有,那时我还在外经贸部的电子商务中心。那次见面以后,我们几乎就没有联系过。我在1999年创办阿里巴巴的时候,曾经给他写过一封信,我说我没有加入雅虎,但是准备创业,做的网站叫阿里巴巴。我告诉他,如果有一天这个名字改做阿里巴巴雅虎,你觉得这个名字怎么样? 他没有回音,我想他肯定感觉有些不爽。

叶　蓉: 他什么时候意识到阿里巴巴是一个可以合作的对象呢?

马　云: 2005 年的 4 月底,他突然写了一封信,祝贺我。说他一直在关注我们,阿里巴巴发展得很不错,说有机会想跟我探讨一下未来世界互联网的走势。后来我和朋友们在美国的圆石滩高尔夫球场参加一个中美高科技企业家的论坛,在那儿碰上了杨致远。他约我见一见,我们两人在沙滩上谈了 10 分钟,在 10 分钟内交换了一些想法。我很明确地告诉他,我要进入搜索引擎领域。我判断未来的电子商务中,搜索引擎将会非常关键,但我觉得阿里巴巴自己做搜索引擎的可能性不大。我加入Google,Google 会赢;加入雅虎,雅虎可能会赢。我加入谁,谁就有可能,虽然我自己不能创办,我打败谁还是有本事的。我对合资企业不感兴趣。如果他同意把雅虎中国百分之百卖给我,我和他再谈下去,否则做朋友也很好。然后,我们在 10 分钟谈话后决定了。

叶　蓉: 中美媒体对这件事情的报道角度是不一样的。著名的《福布斯》的标题是"雅虎并购阿里巴巴 40% 的股份,价值是 10 亿美金",而国内媒体的评价是"阿里巴巴鲸吞雅虎中国,雅虎 10 亿美金陪嫁"。这两种报道角度,您认为哪一种更准确一些?

马　云: 《福布斯》是抢错了新闻,在所有西方人的脑子里首先想到的一定是美国公司收购中国公司,怎么可能反过来呢? 美国人觉得中国企业海外收购都是大型国有企业。在我们收购之前,联想收购 IBM 的 PC 业务时,美国一直认为是中国政府支持的项目。我们收购以后,美国的商界和企业界很震动。我们确实百分之一百收购了它,雅虎这 40% 的股份是象征性的,他们的投票权只有 35%,永远不能干涉企业的管理权。这些政策到后面才公布,公布以后基本上西方媒体全闭嘴,他们觉得这是不可思议的事情。

叶　蓉: 虽然收购时间不长,但是雅虎中国已经开始变脸,主页不再是满屏的分类搜索,而是像 Google、百度这样非常简单的一个页面。雅虎中国变脸之前,您跟雅虎 CEO 杨致远有过沟通吗?

马　云: 没有。雅虎中国变脸以后,道琼斯和路透社发了一些稿子,雅虎看了很吃惊,怎么雅虎中国变成这个样子? 杨致远说,变得不错! 就写了一封 E-mail 过来。今天雅虎中国我把它关了都可以,别说我变变脸还要问问杨致远。我治理这家公司,如同雅虎中国这个病人躺在手术台上面,我是主刀医生,我的投资者是护士。我说刀护士给我刀,我要钳子护士给我钳子。做任何决策,除非涉及到卖公司,我会跟我的董事会讨论。其它决定，我们爱怎么办怎么办。我今天可以搞得它很瘦，明天可以搞得它很胖。

叶　蓉：那您当时用什么说服杨致远把雅虎中国交给您的？

马　云：事实上是他说服我。当时把超过 10 亿美金放在桌上的人，绝不止他杨致远一位。等杨致远下次来中国，你问他花了多少时间来说服我接受雅虎，而不是接受另外的人，我准备 10 年以后才告诉世界，中间究竟发生了什么。

叶　蓉：那您为什么选择了杨致远？

马　云：他是中国人，我们都有中国人的情结。第二，我觉得杨志远在中国七年犯的错误和得到的经验和我们一样，我们都明白了什么错误不能再犯。如果我选择了另外那些从来没有犯过错误，或者自认为老子天下第一、想打谁就打谁的人，我就没办法合作。所以找合作伙伴一定要找犯过错误的人。第三，雅虎的技术非常强，只不过在市场运作能力上差了一点，而这是我们的强项。这 10 亿美金，今天很多人认为很大，但五年以后 10 亿美金对阿里巴巴来讲是 nothing！

淘宝，影响一个世界的游戏

叶　蓉：当初您是怎么想出来，要创建一个淘宝网的？

马　云：我始终觉得 B2B（企业电子商务）和 C2C（个人电子商务）是连在一起的，电子商务是一个统一的市场。正当我这个想法刚在脑袋里成型的时候，孙正义和我有了一次有关的谈话，结果一拍即合。我发现，eBay 上面已经存在了很多小企业。有一天他也会做 B2B，只不过就是个时间问题。全世界范围内有两家公司是惊人的相似，阿里巴巴和 eBay。只不过我们专注在中小型企业，他们专注于个人电子商务，我们只是行动得更早。

叶　蓉：听说创建淘宝前后，有许多很有趣的事情。

马　云：认真考虑过后，我说我们搞试点，随意挑了六七个年轻人，给他们做了一个测试。我和 CFO、COO 几个副总裁坐在办公室，叫他们一一进来，他们从来没有看到过这么多人都坐在里面，吓了一大跳。然后我们就说，现在要派他去做一件事，要离开杭州，离开公司，不能告诉他朋友，也不能告诉爸爸妈妈做什么去，要离开公司。愿不愿意做这个项目？如果不愿意的话，现在就可以离开。愿意，好。也不能告诉他们做什么，就签一份合同，全是英文的，签下字以后 10 个月以内不能漏出一点点风声。这个合同上面没有任何好处，只有坏处，签了合同就意味着离开我们这家公司，加入一家新的公司，这家公司现在还不能知道也不能告诉别人，签下以后我们才可能告诉他干什么。这些人看了以后都签了。

叶　蓉：可是为什么你们要搞得这么神秘呢？

马　云：有的事情可以先叫板，有些不能先叫板。要叫板的时候，已经有实力了。淘宝上去以后，我们总共七八个人，要凑产品，每一个人必须在家里找出四件产品。我们翻箱倒柜，总共找了30件东西。然后我们你买我的我买你的，大家都去造人气。到今天，淘宝上有一千三百多万件产品，当时第一天只有30件，而且都是我们员工自己挂上去的，我把手表都放上去了。过了一个多月，突然在我们阿里巴巴的内网上有一篇文章出来，说请公司高层高度注意，有一家公司可能成为我们的对手，请大家关注这家小公司，叫淘宝网。说这家公司虽然小，但是它很有威力，想法很奇特，而且它的构思跟我们特像。然后很多同事开始跟帖，说已经注意到这家公司了。然后又有人说，我们已经通过 IP 地址测试到，这家公司就在杭州，在我们公司附近。我们但不能说，那帮人也不能说，那帮人能看得到内网。淘宝的客户也说，从五月份到七月份淘宝涨得非常快，如果说淘宝是瞎玩玩的，没有什么实力的话，那么他们现在就不陪我们玩下去了。最后，我们在 7 月 10 号宣布，淘宝是我们阿里巴巴自己的。整个公司的人都欢呼，这个炸弹终于排除了。

叶　蓉：eBay 花了几千万买下易趣，就像一个国际巨头买下了一家饭店，占据了一个非常不错的市口，正准备大赚特赚的时候，突然一个小卒拍马杀到，就在马路对面开了一家小店，还拼命在街上忽悠，来来来，上我们家吃饭，我这家店不收钱。不知道这个比喻是不是贴切？

马　云：这世界免费的很多，一拍网当年也是免费，雅虎和新浪合作也是免费，现在 QQ 弄了一个拍拍网也是免费，现在全中国真正收费的只有几个，大部分全是免费的。免费只是一个手段，你必须创造出比收费更好的服务，创造出比收费网站更好的价值，你才有机会赢。雅虎和新浪合资的一拍网钱比我们多，品牌比我们好，访问量比我们大，也同样免费，怎么样？eBay 这两天免费了，又怎么样？

叶　蓉：eBay 在淘宝出现后不久，投入一亿美金做宣传，今天的 eBay 是不是已经把阿里巴巴作为他目前最大的一个对手？

马　云：一开始没有把我们当对手，现在太把我们当对手，这都不对。任何一个对手出来的时候，都要研究一下它有没有可能成为对手，成为对手以后该怎么办。太把他当对手，灭了他的时候，套路全部被他知道了。在竞争过程中，要经常用欣赏的眼光看对手,绝对不能仇恨,仇恨只能让人鼠目寸光。eBay 用一亿美金砸这个市场,没有技术含量,能用钱去解决问题,这世界还要企业家干什么。企业家懂得用最小的资源去把市场价值扩大化,能够发现一个价值同时又能用各种各样的办法使它产生影响力,这才是企业家的智慧。

叶　蓉：有个说法,这个年头不缺钱,缺的是想法。

马　云：我觉得不缺钱,想法也满天都是。中国缺的是有一个想法,并且能够持之以恒把这个想法不断坚持做下去的人。别人喜欢玩游戏,我不喜欢玩游戏,但我喜欢玩几千个人一起实现一个目标的游戏,这种游戏可以影响一个世界,影响很多人的就业机会,这种游戏才玩得大,那是真实商场上的游戏。

【点 评】

心中无敌

　　三年里,马云两上《财富人生》节目。

　　那天,休息室里的马云,看上去有些疲惫。一年多来的合纵连横,频频成为焦点人物的同时,也透支了他的体力。但他一走进演播室,瞬时就像换了个人,而且进入状态极快,不需暖场和预热。当年他第一次来《财富人生》,语不惊人死不休,反应敏捷,还不断开自己的玩笑。

　　他是中国较早接触互联网的人之一,但他没有成为倒在沙滩上的前浪,而是劲道十足、冲力十足地一直走在前面。

　　我眼中的他,似乎像一条清澈的溪流,激情澎湃地向前奔去。虽然清澈,可较难见底。因为你不清楚那一汪清凌凌的水下,是否有旋涡是否有潜流。但这决不是城府难量,高深莫测。

　　我们的谈话是对了频道,合了气场。一问一答间,时间不知不觉就过去了。马云自己也说,不知道为什么,一来就哗哗地止不住。

　　节目播出的第二天,我打开 MSN,不少朋友都把自己 MSN 上的签名栏的内容,改成了马云在节目中说的一句话:心中无敌,无敌于天下。

　　说是清澈难见底,这或许就是个清澈样的底吧。

我回想起他首次录完节目,拔腿就走。那副样子,就像双脚踩在了云端里。后来才知道,他是要去见荒木由美子。这位应他邀请访华的日本女演员,就是当年那部倾倒不少青少年的电视连续剧《排球女将》女主角小鹿纯子的扮演者。想来,马云也是"粉丝"一个;而且很铁。

　　能实现青春的理想是幸福的,能永葆青春的理想更是可贵的。或许,这就是开门的一粒"芝麻"。

出生年月：1968 年　　　籍　　贯：山西阳泉
创建年份：1999 年　　　创建企业：百度

百度公司董事长兼首席执行官

激情创造上帝之手 | 李彦宏

1991 年　毕业于北京大学信息管理专业，随后赴美国布法罗纽约州立大学攻读计算机科学硕士学位。

……　在美八年间，先后担任道·琼斯公司高级顾问，《华尔街日报》网络版实时金融信息系统设计者，以及国际知名互联网企业－INFOSEEK 资深工程师，是新一代互联网技术领域的权威专家。最先创建 ESP 技术，并将它成功地应用于 INFOSEEK/GO.COM 的搜索引擎中。GO.COM 的图像搜索引擎是他的另一项极具应用价值的技术创新。为道·琼斯公司设计的实时金融系统，迄今仍被广泛地应用于华尔街各大公司的网站，其中包括《华尔街日报》的网络版。

1996 年　首先解决了如何将基于网页质量的排序与基于相关性排序完美结合的问题，并因此获得了美国专利。

1998 年　根据在硅谷工作以及生活的经验，在大陆出版了《硅谷商战》一书，获得了各界的好评。

1999 年　和徐勇回国创建了百度，一年后百度成为全球最大的中文搜索引擎技术公司。

2003 年　第二季度，百度宣布全面盈利。目前，百度的竞价排名客户达 3 万余家。

2005 年　8 月，百度在美国纳斯达克成功上市，成为全球资本市场最受关注的上市公司之一。

跟随激情寻找

叶　蓉：你在北大的时候是不是就已经认定要出国留学呢？

李彦宏：在北大的时候，留学这个想法已经比较清楚。我成长的过程，是只往前看一步的过程。上中学的时候，只往前看应该上什么大学，进了大学之后，再往前看出国，但是出国之后再干什么，就没有再去想了。我得等到真正出去之后才考虑下一步干什么。

叶　蓉：你本科和出国后的专业不一样，为什么考虑要转向？

李彦宏：我当时有一点漫天撒网。当时情报学或者信息学这个学科在美国没有特别对应的专业，拿奖学金也非常难，只能找相关的专业。计算机可以算是一个相关专业，但是那个时候中国的计算机水平是比较落后的，我在学校的时候没有太多的上机的机会，刚过去就很不适应。语言不通，年龄也比较小，自主生活很不适应。总体来讲，第一年很辛苦，如果要问我成长过程当中最艰难的时期我认为就是到美国的第一年。

叶　蓉：花了多长时间才逐渐适应那个环境？

李彦宏：一年吧。一年的时间一定能够适应，别人能做到的我也一定能够做到。

叶　蓉：你成绩也很好，适应得也很快。为什么放弃了唾手可得的博士学位，拿一个硕士学位就出来了？

李彦宏：当时有一个思想斗争的过程。在我之前已经有数万中国留学生到了美国，大家的道路基本上是读博士然后再去做教授，或者是中间做一个什么博士后再去做教授，这是一个大家已经趟出来的路。但是，我觉得要跟着自己的激情走。基于这样的判断，我在做完实习后的一年，决定离开学校进入工业界。

叶　蓉：你进入工业界的第一步是从哪里开始的？

李彦宏：我当时选择了华尔街。当时对硅谷的认识不够，而华尔街有一种神秘感。我觉得这些人是玩钱的，这些公司面试很讲排场，各方面都非常讲究，华尔街的工资比硅谷给我的要高一万多块钱，我认为应该选择华尔街。现在想起来这个选择是不对的，我真正在乎的是能够发挥创造性，把一些技术上的东西实现，让人使用。硅谷的工程师追求的就是用自己的智慧，用自己的技术来改变世界。

叶　蓉：你进入哪一家华尔街公司？

李彦宏：这家公司当时叫做IDD,它是给专门搞投资的人提供信息的公司。后来这个公司被道琼斯买下来了,道琼斯是《华尔街日报》的副公司。我们从1995年开始做《华尔街日报》的网站,从那个时候开始,我才真正花功夫去琢磨互联网的商业价值到底在哪儿? 它对普通人的生活的影响到底是在什么地方?

叶　蓉：当时你在对这个问题进行思索的时候,好多人都没有答案呢。

李彦宏：当时大家只是把互联网看作一种技术现象。我到道琼斯的时候已经看出来互联网是一个新的媒体,所以做《华尔街日报》的这个思路就是要把很多金融的信息,包括一些实时的信息、股票的价格,相应的公司的实时的新闻搬上去,做一个金融门户。也正是这种思路引导我去思考,互联网到底给人们带来什么?

叶　蓉：难道这样一个事业还不足以吸引你去投身它吗?

李彦宏：这也就是我为什么在这儿呆了三年半。我一开始觉得挺好的,但是等到我琢磨清楚互联网是什么的时候,我自己有了一些发明。我认为这个发明会改变以后整个有关搜索引擎的产业。可是道琼斯也好,华尔街也好他们不是做技术的,不会愿意去投资开发一个新型的搜索引擎。

抛弃华尔街投奔硅谷

叶　蓉：是什么让你离开华尔街的?

李彦宏：虽然我在华尔街很受老板器重,工作相对轻松,而且有比较大的自由度,但华尔街不理解一个新兴的技术,只有硅谷才会理解这个东西。当我意识到这件事情的时候,我越来越不开心,有劲好像施展不上一样。经过一年左右,我下定决心要离开华尔街到硅谷去,我要把我们发明工业化、市场化,把它变成一种看得见的东西,而这个东西是在华尔街无法实现的梦想。

叶　蓉：到了硅谷的第一步是什么?

李彦宏：加入了一个当时比较有名的搜索引擎,叫Infoseek。

叶　蓉：Infoseek?

李彦宏：这个公司的CTO(首席技术官)是一个华人。他领衔创造了Infoseek的第一代的搜索引擎,但是这个搜索引擎在技术上存在一种局限性。在一次学术会议上他碰到了我,看到了我的超链搜索之后非常激动,一定让我过去。当时有好几家公司都想要我,但是Infoseek的环境我非常喜欢,能够真正理解我技术的重要性,这种发明的重要性，我觉得 Infoseek 是最好的一个公司。

叶　蓉：这个超链搜索好像当时你已经申请了专利？

李彦宏：对，已经申请了美国的专利，但是当时华尔街的这些公司不理解，他们只是支持我去申请专利，并没有下功夫去开发这样一项技术。而 Infoseek 这个公司就说这正是他们所需要的东西。想要这些技术最便宜的方法就是把我这个人雇过去。对我来说也是很好的一步，有了一个很好的平台来施展自己擅长的东西。当时 Infoseek 每天有上千万人次在使用，在它上头查找信息，如果能够对这样一个巨大的系统进行哪怕是一点点的改进，都会有很多人能够感觉到，能够从中受益。这正是我作为一个技术人员，作为一个工程师的理想。

叶　蓉：Google 创始人在创业之前其实就和你有过渊源，或者说就有过技术上的交锋或者交手？

李彦宏：有过一些沟通吧。1998 年的时候我在澳大利亚开一次学术会议。这两位创始人也参加了。当时他们还在斯坦佛大学，还是学生，我代表工业界，代表 Infoseek 去的。我组织一个小型的聚会，把对搜索引擎感兴趣的人叫到一块儿聊一聊，结果没有想到去了一百多人，大家非常热情。Google 的这两个创始人也去了。我和我的同事各自阐述了一些大致的思路。具体的技术细节我们没有办法讲。他们两个很好奇工业界到底是怎么做的，我想他们那个时候可能已经有了创业的想法，他们过来问我一些具体的问题，这个时候大家就有些技术上的交流。

叶　蓉：但是没有想到这两个当时的学生，在后来两三年的时间就能够取得那么辉煌的战绩。

李彦宏：对，我觉得这是技术改变世界的又一个非常好的例子。硅谷很多的技术人员，包括在学校里头的学生，包括那些已经工作了的工程师都有这样一个理想：我怎么发明一个新的技术，然后把这个新的技术产品化、产业化，迅速地推向这个社会，最终改变人们的生活。这也就是硅谷吸引人的地方，它是一个可以把梦想变为现实的地方。

众里寻他千百度

叶　蓉：百度，是不是来源于辛弃疾的一首非常有名的词？

李彦宏：没错，就是这样的。众里寻她千百度。

叶　蓉：后面一句是"那人却在灯火阑珊处"。百度从灯火阑珊处走到前台是在什么时候？

李彦宏：是在 2001 年的 9 月 20 号，百度.com 这个网站突然有一个搜索框出现了，页面变得非常简洁。以前大家到百度看到的是公司的介绍，看到的是一些标志性的客户的内容介绍，9 月 20 号整个界面就改变了，变成了一个面向端用户的搜索引擎。

叶　蓉：现在在百度您跟徐勇先生的分工是怎样介定的？

李彦宏：他是我们的首席策略官。他主要负责商务发展，发现一些新的机会，比如说并购这些方面的工作或者说找一些大的合作伙伴。我现在的职责比较全面一些，从技术到管理到销售到各个方面，公司的各个方面都需要做一定程度的把关。

叶　蓉：这个分工是当初创业之初就介定下来的，还是后来做了调整？

李彦宏：实际上是逐渐摸索、逐渐适应出来的。刚开始创业的时候分得并没有那么清楚。公司就那么几个人，遇到事情哪怕端茶端水也要干。最后这个公司发展越大分工就必需要越来越明确，这一点上大家对角色的适应都还是很不错的。

叶　蓉：百度真正成立是到了 2000 年，当时的规模是怎么样的？

李彦宏：最初的时候我和徐勇再加上另外的六个人，一共是八个人。这六个人当中有一个是会计，其余五个是技术人员。我可以自豪地讲，这些人除了一个到斯坦佛去读 MBA，其余现在全都在公司里。

叶　蓉：百度出现在大家视野中的时候，是互联网是从高峰极速跌向谷底的阶段，你有没有感受到公众在态度上的变化？

李彦宏：感受到了。应该说多次明显地感受到了这种变化，但是我觉得这正是百度能够发挥它优势的一个环境。因为我们从一开始就不是在追求那些表面的东西，所以外界的环境变化只是把不适应环境变化的公司逐渐淘汰，像百度这样真正拥有核心技术，踏踏实实做事情的的公司迟早会再起来的。创业型的公司，如果一开始做就很多人看好，那做的难度会大很多，因为无数的人都跟你想的是一样的。只有在大家不看好的时候做，等到有一天大家明白这个东西很重要，你的先机已经占到了。

叶　蓉：最开始融资最顺利的时候其实你没有赶上那波大潮，你开始是给几大门户提供技术支撑，是什么时候意识到要让百度成为一个网站？

李彦宏：是 2001 年的夏天，那时候我们已经给中国几乎所有的主流门户提供技术。理论上讲这个市场份额已经占了很大了，但是一个产品占了 80% 的市场份额之后还不能盈利的话，是明显是有问题的，所以面上我们都说我们做得很好很成功，所有的主流门户都在用我们，但是我内心里越来越不踏实，在想着再往下走怎么办。想来想去我觉得给门户网站提供技术这个商业模式是有问题的。问题就在于不管占多大的市场份额都对其中的一些门户太依赖。如果有一个大门户不用我们，可能 20%

的收入就没有了。这对一个公司来说是非常非常不健康的,而且很危险。研究了搜索引擎这个市场以及它可能的商业模式之后,决定要做自己的网站。

上帝之手的闪电计划

叶　蓉：在西方大家把搜索引擎比作上帝的手——让你看见什么,不让你看见什么。Google在国外就有上帝之手这样的形象。当时你要面对的最大的竞争对手就是1998年跟您有过业务探讨的两个年轻人,今天他们已经变成了一个庞然大物。

李彦宏：没错没错。

叶　蓉：那你怎么面对这样一个庞然大物？它的知名度,它的实力,它的背景,当时远远超过百度。

李彦宏：搜索引擎这个产业或者说搜索引擎这个产品,最本质的不是知名度不是雄厚的资金实力,也不是无数的人做同一件事情,真正能够产生差别的就是技术。一个搜索引擎如果要想受人欢迎,必须在技术上要做得好,让用户在这儿能够找到他们想要找的东西,这是最核心和最关键的问题。从1994年开始出现商业化的搜索引擎到现在,任何一个搜索引擎都没有逃脱这个规律,如果做得好大家就会使用,如果做得不好大家就会逐渐放弃。Google起来的时候,美国还有像YAHOO这么强大的公司在做,但是这并不妨碍Google起来并逐渐变成最受欢迎的搜索引擎。在中国是同样的,只要做得比别人好,一定会有越来越多的人来使用。这就是在Google已经推出它的中文搜索一年以后,我们还敢做这件事情,敢在自己的网站提供搜索,跟它竞争的最最根本的原因。

叶　蓉：百度有一个非常有名的闪电计划,请介绍一下当时是出于什么样的构想。

李彦宏：闪电计划发生在2002年3月份到12月份总共10个月的时间。那个时候我们已经把自己推向前台一段时间,但是最初的发展不是很顺利的,没有人知道百度。这件事情让我非常着急。决定一个搜索引擎是不是受欢迎,最最关键的因素就在于技术好不好,是不是让人家喜欢让人家能够找到他想找的东西。但是在2002年初的时候我们在技术上还不够成熟,这个时候就需要在一个相对比较短的时间内赶上和超过当初技术上最先进的搜索引擎公司。为什么制定了10个月闪电计划呢？以我对搜索引擎产业的了解,任何一个搜索引擎从它诞生从写第一行程序到变成一个比较受欢迎的搜索引擎都需要三到四年的时间。百度如果从2001年9月份开始算到闪电计划开始只有半年的时间。2002 年的 3 月份到 12 月份这一段按照常人算的话是三年历程的最后的阶段。三年如果能够把一个搜索引擎做成一个成熟的,受欢迎的,技术上处于世界上最领先地位的搜索引擎,是一个非常非常难的任务,所以就把这个计划称作为闪电计划。其含义是指以最快的速度把技术推到最最前沿的地方,这是闪电计划的背景。

叶　蓉：闪电计划出来后,你们有没有一个技术统计,使用量上升了多少?

李彦宏：这个是有的。这个也是检验闪电计划成功与否的最最重要的标志。我当时给闪电计划定的目标就是自主流量要达到一个指标。闪电计划结束后的一年,我们的流量涨了七倍,这个就是对闪电计划的最好的评价。

叶　蓉：现在百度的员工有多少?

李彦宏：现在有二百多个人。

叶　蓉：二百多个人,那么公司人员的变换速度快吗?

李彦宏：这点应该是我非常自豪。公司的员工的进出比率英文叫 turn over rate 实际上是很低的。很多很多的员工在百度一待就是好多年。这和公司的文化,和我们选择人的标准是有关系的,我们选人的时候就看两条:第一个,这个人是不是能够干他岗位的工作;第二条就是他是不是认同公司的文化。只要他认同公司的文化,进来之后干活觉得舒服,他就不会走。

叶　蓉：跟你聊天我发觉你兼具理性与感性这两种特质。比如说在公司发展进行战略性布局的时候你严谨克己,一旦发现问题的时候你非常敏锐而且做调整的反应速度极快。

李彦宏：这个是必需的。一个创业型的企业,必须具备这两点。就理性来说,你要想做成必须要有一定的理性分析和思考。感性,我觉得更多的是激情,我一旦认准了的话我就一定要把它贯彻下去,一定要把它做成。

叶　蓉：工作上是这样,你生活当中呢?你觉得是理性多于感性,还是感性跟理性结合得很好?

李彦宏：两者都有吧。我这个人平时给人的感觉是挺沉稳的、非常理性的一个人。但是我如果说出来很多事情的话,大家就会觉得这是一个很感性的人才会做的事情。

搜索：寻找烙印

倘若要问，在改革开放的30年里，中国人生活发生的最为翻天覆地的变化是什么？我想，改变人们生活的网络是要算上一个的，尤其是网上搜索。

只要输入你要搜寻的内容，轻点鼠标，就能如愿。创造这般神奇，带来如此便捷的，多是"百度"。

年轻的李彦宏，在搜索引擎发展初期就是最早的研究者之一，并且最先创建了 ESP 技术。1999 年，回国创办百度。现在，百度是中国人最常使用的中文网站，全球最大的中文搜索引擎和中文网站。2005 年 8 月，百度成功上市美国纳斯达克。

百度如雷贯耳，而李彦宏却是需要百度才知。

这是一个略带腼腆的阳光男孩。他使我想起先前的嘉宾，另一位阳光男孩邵亦波。他们的身上，有着不少共同的烙印：受过高等教育、出洋留学美国、回国创业 IT。事实上，人生的烙印远不止这些。

在一个人的人生烙印里，最令人难忘的，无疑就是经历过的欢乐和苦难。而在对他人倾诉时，往往是呈现苦难的一面较多。李彦宏对此的分析是有些道理的，他认为："越艰难的时候越令人难忘"。

不同的时代，给每一代人都留下了不同的烙印。

记忆不是目的，倾诉不为满足；搜寻烙印的意义和价值在于：把它转为一代人及几代人成长的养分。

出生年月：1954 年　　籍　　贯：内蒙古
创业年份：1999 年　　创建企业：蒙牛乳业

蒙牛集团董事长

小胜靠智 大胜靠德 │ 牛根生

1954 年　牛根生出生于内蒙古；一个月后就被贫困之极的父母以 50 元的价钱卖给了别人，从小随养父在大草原上放牛，后来进回民食品厂当了一名洗瓶工，靠苦干升到车间主任。

1992 年　担任主管经营的副总经理。由于他分管伊利的市场营销与广告宣传，因此在媒体上表现得十分活跃，外界一度"只知老牛不识郑"。

1998 年　被当时的伊利总裁郑俊怀赶出伊利；并被逐出内蒙古地区。

1999 年　在深圳转悠一圈的牛根生创办蒙牛乳业，在"一无工厂，二无奶源，三无市场"的困境下开拓进取，使现在的蒙牛"一有全球样板工厂，二有国际示范牧场，三有液态奶销量全国第一"。

2002 年　牛根生进行了股权上的创新。摩根士丹利、鼎晖投资、英联投资三家国际机构宣布投资6000 万美元入股蒙牛。

2004 年　6 月 10 日，蒙牛在香港联交所挂牌上市，共募集资金 13.74 亿港元，牛根生以 1.35 亿美元的身价进入当年度《福布斯》的"中国富豪榜"。

……　　目前，蒙牛已在全国 14 个省级行政区建起二十多座生产基地。产品覆盖全国除台湾省外的所有地区。开发的产品有液态奶、冰淇淋、奶品等三大系列一百多个品种。从成立至今，十年不到的时间，蒙牛的业务收入在全国乳制品企业中的排名已经由第一千一百一十六位上升至第二位。创造了在诞生之初一千余天里平均一天超越一个乳品企业的营销奇迹！"蒙牛速度"，成为中国企业的一面旗帜。

从洗瓶工到年薪百万的副总裁

叶　蓉：在伊利的时候，您从一个普通的洗瓶工成长为一个上市公司的副总裁，仅仅用了十年的时间。您有没有总结过成功的原因？

牛根生：没有。但我想，可能跟我的性格有关，我自己做事情追求完美的程度比较高。我不管干什么事情，就一定要把它干到最棒，比如做洗瓶工的时候，我就琢磨怎么样把瓶子涮干净。过去我们对牛奶的价值认识还不是很清楚。后来才发现，凡是发达国家三分之一餐桌上有牛奶，有些国家甚至立法让孩子们喝牛奶。为什么呢？因为知道营养价值，连不会说话的细菌都知道。那个时候洗酸奶瓶、牛奶瓶，由于细菌在牛奶里繁殖的速度太快，所以每天收回来的奶瓶要涮干净特别难，因为它还要重复使用。当时我是涮瓶组的组长。在我们工厂牛奶班组里，有罐装组、洗盖组、洗箱组、涮瓶组。我把这个组带得最棒，我们总能够以最短的时间把瓶子弄干净。那个时候我不仅把牛奶学习了，而且在北京学习期间把酸奶、奶粉，把一些其他的不该我学习的东西都学了。最后在选择专业职务的时候，同样的班组我带得最棒，我的专业知识也比别人多，自然而然就成了工段长。在所有的工段里，包括雪糕工段、冰淇淋工段、汽水工段、面包的工段，还有我们牛奶工段里边，我又是最棒的。在选车间主任的时候，我又被选上车间主任。

叶　蓉：您当车间主任的时候，还当过您夫人的领导。您夫人说您那会儿让她干最累最苦的活。

牛根生：就是啊，最累最苦的活你不去干，那其他人怎么能摆平呢？所以我过去到现在一直是以牺牲自己、牺牲家庭、牺牲咱们所有的事情来办成这件事。最后实际上不是牺牲，比如说我的妻子，别人家的妻子可能还在骑自行车的时候，她已经开上汽车了。最终的结果我觉得不是牺牲，只要我们牺牲了这件事，一件又一件地在同一个平台上做牺牲，我们就会上另一个平台。在另一个平台上做牺牲，我们又会上更高一个平台。我想是这样的一个过程。

叶　蓉：您1997年的时候年薪已经上百万了。我知道您在这个平台上牺牲更大了，您把这笔本该属于您自己的薪水都分给大伙了。有这回事吗？

牛根生：是的。因为我这一百多万年薪不是我个人创造的。因为我这个管理团队优秀，总公司每年都会把创新任务放在我那个部门。这个部门那么多的人，每个人的努力和聪明才智都发挥到最大的时候,这个部门的成绩才能得到。

叶　蓉：可是这是您的年薪,不是您的奖励啊!

牛根生：是啊,我如果把不属于我的给大家拿过去,我的作用不大;如果把属于我的分给大家,这才能影响和带动大家。实际上这一次分薪水对我后来蒙牛的影响应该说太大了,这个收益太大了。试想一下,1997 年我拿到伊利的 100 万年薪给大家分了,所有原来中层以下的人都知道老牛有分钱的习惯。另外,过去跟我发生过上亿业务关系的,觉得老牛自己的钱都能给别人分,很实在,所以 1999 年办蒙牛的时候,大家都说,把他们的钱放到老牛这儿,放心。连自己的钱都不准备花,给别人,他能把我们的钱怎么样。

叶　蓉：您不担心有人说您这是收买人心吗?

牛根生：我觉得这不是收买。因为收买人心,你一次两次算收买,三次五次算收买,但我是始终如一的。当我还是小孩的时候,我只要有两个钱,就跟小朋友们一起花了。以后就让他去做点"坏事",他也跟着你去做。

叶　蓉：可是我觉得这事带给您和您的团队的带来的还真不一定是好事。1998 年您和您的团队为什么被赶出伊利呢? 1998 年,以什么理由免去您伊利副总裁职务的?

牛根生：分析了深层的原因后我平静下来了,我觉得这好像也是正常的。因为当时伊利是一个国营企业,如果厂长或经理、董事长的位置被取而代之,那他可能什么都没有了。

叶　蓉：也就是说您当时已经意识到,您的存在已经对某些人的位置构成威胁了?

牛根生：是。原来的企业,每两年都要换一次管理层,他的文化就是一个换人文化。在这种换人文化里,我还待了 16 年,还真是待得时间最久的一个。应该说我比那些两年一次、三年一次被换掉的人更幸运一点。

蒙牛的牛犊时代

叶　蓉：最初的蒙牛让我们看到的是广告,那时候不要说工厂,连基本的产品都没有。这种状态下,您就拿出了三百多万做广告,您当时是怎么想的?

牛根生：如果说工业发展是电力先行,那么商业发展应该是品牌先行。做消费品,至少要让消费者清楚地明白。消费者在买东西之前,如果不明白你的名称,不明白你的品牌,不了解你企业的情况,不了解你产品的情况,那消费者心里不会那么踏实。这

跨山越岭 1997—2001

163

是我站在消费者的角度看。

叶　蓉：先得吃喝给别人看？

牛根生：对。按理说我的宣传这么大，300万是不够的。但是我一共才有1000万。这300万是整个总金额的三分之一，如果当时这1000万都做了宣传费我觉得都不多。但是只能有三分之一做这样的事。另外三分之一做工厂的建设，还有三分之一做些货柜啊、租凭啊、承包啊、企业产品改造升级啊，或者设备的调整。

叶　蓉：但您这个花了巨资的广告一开始就遭到了别人的责难？

牛根生：是的。虽然我们仅仅花了300万，在我们内蒙古呼和浩特市的街头，可以说是一夜之间，遍地是蒙牛的广告牌。但第一天晚上，就有许多广告牌遭到破坏。那个广告牌正文写的是，振兴乳业，做内蒙古第二品牌。头一天街头上有四百多块广告，第二天就被砸了48块，这也是建国以来内蒙古最大的户外广告破坏案。

叶　蓉：这个破坏的人抓到了吗？

牛根生：不好说，当时抓到也没办法。实际上，人世间的所有事情，战争也好、竞争也好，只要你不还手，是打不起来的。这是内蒙古最大的户外广告破坏案，报了案以后，会有人管这个事。我们在弱小的时候是不能还手的，不还手你挨打的次数还少一些，挨打的力度还轻一些。如果你要是还手，那不就尽是挨打了吗？站在弱势角度，这样保护自己应该是最好的方法。如果想活下来，想活得长久一些，挨一点打吧，只要你不还手挨得打就少得多；还了手以后，你被打死的可能性就会很大。

叶　蓉：在2003年年底的时候，蒙牛花了三个多亿拿下了央视的标王，在成为标王的同时您似乎也成为了一个标靶。

牛根生：对。我记得头一年光明是乳业内的标王，第二年伊利是标王，第三年是我们在央视花的钱比这两家稍稍地多一点。实际上是这两家乳业公司在战略上做调整。包括我们也一样，哪一年应该在央视多花钱，在主流媒体多花钱；哪一年是在地方电视台多花钱，都会调整。令我们措手不及的是，马上就有四百多家媒体做我们的负面报道。其中标王是第一个，还有什么航天奶的问题，早产奶的问题，甚至牛根生个人的2003年CCTV年度人物问题。他们策划了个霹雳行动、穿透行动，说一定要擒牛、斗牛，最后把蒙牛变成死牛。公安部后来破获这个案件，人也抓到了。道歉、赔偿损失这些我都不计较，唯一坚持的就是对方必须保证以后不再犯。

叶　蓉：我知道在这个案件结案的那天您哭了？

牛根生：因为这件事情关系到广大消费者，关系到几百万奶农的生计问题，还有好几万员工工资收入的问题。尤其是广大消费者，我始终把消费者的安全与健康放在第一位。

当时的负面报道，真是铺天盖地。在万般无助之下，我给温总理写了封信，我坚信总理一定会给我回话的。因为他不是给我回话，在我后面关系到几百万奶农的生计。我当时还讲市民健康一杯奶，农村致富一家人。而我们的温总理是最关心农村三农问题的。所以我在写这封信的时候，我们班子的所有成员都流泪了。

叶　蓉：如果在那个危机关头，政府没有出面，没有出来主持公道，蒙牛现在会怎么样？

牛根生：死定了，我就感觉到死定了。我也是后来案子破的时候，才知道总理和公安部的周部长对这个案子有一个批示。所以这个案子很快就破了。

作为总裁，一定要想全球的事情

杨文俊，1967 年出生，今年 42 岁。在伊利工作期间与牛根生相识，1998 年因人事纷争被迫离开伊利，成为最早跟随牛根生创业的蒙牛元老之一。

2006 年 2 月杨文俊接手总裁，蒙牛业绩同比增长 50%，交出了一份令人满意的成绩单。有意思的是，杨文俊与伊利现任董事长潘刚年龄只相差 3 岁。

叶　蓉：前年蒙牛搞了声势浩大的全球范围总裁招聘，最终蒙牛的创业元老杨文俊当选。有人说是作秀，您给我们描述一下当时的情景。

牛根生：我们全球招聘总裁的时候，一共来了 11 个国家六十多个应聘者。第一轮一半被刷下去了，第二轮又有一半下去了；到了第四轮第五轮的时候剩下六个人，这是杨文俊最紧张的时候，他找我谈话，我说这个事情我全权委托了中介机构。无论是北京的人才中心也好，还是心理测评机构也好，基本上动用了中国人力资源的最高机构在测试这些事。那天招聘现场，我们蒙牛管理层团队，我们境外的投资者，我们的股东，我们的董事会成员，包括呼和浩特当地县政府的领导、市委组织部的人，都参与进来了，加上蒙牛的最高层领导一共一两百人。最后现场有四个选手，有台湾的，也有韩国的。那一天整个的招聘过程中现场唱票、现场揭牌、现场录制、现场答辩、现场评分，一下子全部搞完。台胞很感动，说这样的事情敢现场，就因为这样所以杨文俊捏了一把汗，但是他最后确实是以高分胜出。

叶　蓉：当初蒙牛起步阶段的三个分部当中，杨文俊的业绩是最好的，您是看着他成长起来的，内心里面您是认同他的，那为什么还要搞这么一大摊，很庄重很严肃，也很正规的竞聘呢？

牛根生：我这个总裁只做了六年，我原来在伊利的时候没有做过总裁也没做过董事长，实际上我还没过足瘾呢。但是我们的章程里规定总裁只做两届，最多也不能超过三届，包括杨文俊，今后谁做都不能超过三届，就是不会超过九年。为了能够把这个制度执行下去，我就用牺牲自己总裁的这个位置为代价。

叶　蓉：那么为什么要全球招聘呢？

牛根生：也许这第一次全球招聘，美洲的、欧洲的、亚洲地区的这些人不一定合适，但是第二届、第三届、第四届就不一定不合适，所以这个头一定得这样子起，无论代价有多大。另外全球招聘以后内部上的机制，它不再考虑一个企业的事，都在考虑一个地球的事，都在考虑一个国家的事，它一定在想我跟雀巢怎么打，我跟达能怎么战，我跟娃哈哈怎么生存，我跟谁谁谁这样一个事情……因为中国已经加入全球化了，作为总裁，一定要想全球的事情，如果不想全球的事就想内蒙古的事，就想蒙牛的事，就想中国乳业的事，我估计他不会走得很远，基于这几个方面考虑我们决定全球竞聘。

叶　蓉：牛总给人的感觉，快人快语，行事很高调，但是真的一接触会发现您实际上是一个非常低调、善于隐藏自己实力的人，您认为呢？

牛根生：我不知道您是从哪个方面感觉我善于隐藏自己的实力的。

叶　蓉：比如说在创业之初的时候，您就懂得去花2000元钱租一个偏僻的民居，为了不招人注意，没有必要让企业承受一些打压。

牛根生：是，做人做事我一般都是这样，看我说话的时候嗓门挺大，声音挺高，然后哇啦哇啦喊，让很多人接受不了；但是从内心里来说我还是非常非常的低调和谦虚。因为我老在想这个事情做出去别人会怎么样，声音大是天生的，这个改不了，可能是比较大的一个缺点。我们蒙牛出生在那样一个地方，包括门面选择，竞争对手都不能一下子感觉到你会成什么气候。我们感觉到哀兵必胜，从这个角度说我在做大的事情方面一定要符合规律。

老牛专项基金

叶　蓉：2004年年底，您突然成立了老牛专项基金。要把您你现在在蒙牛差不多10亿元的资产都放在这个基金里，所有亲属都不能继承。这事是您心血来潮吗？

牛根生：不是。这件事我已经筹划了三年多。当时因为国家相关法律法规的限制，对于这样一个基金的具体运作需要审批。我的设想是要把蒙牛打造成为一个百年老店，而老牛基金将是其中最重要的一个制度保证。

叶　蓉：您听到过这样一种评价吗？说这是老牛在作秀，他只不过把自己左边口袋里的钱掏到了右边口袋。您的子女后代可以通过这个基金会的拥有权行使他们的权利，实际上这个企业还是老牛家族的。

牛根生：没有。基金会的章程里规定拥有权，不是我们家，是蒙牛公司。基金会不是属于个人的，也不属于我们家属，儿女都没有的。

叶　蓉：这个基金会的管理人有介定吗？

牛根生：有。谁是这个企业的负责人就是谁管理。比如说我们的董事会或者我们的经理层团队。

叶　蓉：那您有没有考虑过，您把属于自己的股份都捐出去，把现在分红的一半以上都拿出来给企业，自己能够留给子女的又是什么？

牛根生：我是这样想的，如果我父亲像我今天一样能给儿子留得下什么的话，可能也就没有我的今天了。能不能使自己的财富留给后代和能不能把自己的事业留给后人，这应该是两方面的事情。

叶　蓉：有一天您的子女谈到自己父亲的事业，您觉得您留给他们的哪一部分是让他们最引以为傲的？

牛根生：我儿子今年23岁。到他的孙子再谈起蒙牛的时候，假设那个时候蒙牛还活着，而且活在全世界10强或者20强里面，乳业里边一提起蒙牛家喻户晓，就像可口可乐、雀巢一样。这个时候别人在介绍他的时候会说，这是蒙牛创始人的第五代或者第三代后人，我觉得留给他这些可能要比留给他钱好得多。

叶　蓉：欧美很多大的家族企业，他们的后人都是把管理权交给职业经理人来经营，实际上他们的子孙后代还是拥有这个企业的所有权。这似乎是欧美一些大的家族企业发展到第三代、第四代常用的延续方式。那么您设置这样一个基金，是不是中国民营企业发展到今天，在体制上一个必然的改革思路呢？

牛根生：可能不一定是必然。我跟这些跨国巨头竞争的时候非常的难。我有什么样的能力、什么样的制度、什么样的理论、什么样的做法，能使蒙牛和他们竞争？我比他们的优势就是"天苍苍、野茫茫，风吹草低见牛羊"。资源没问题。那么缺的是管理人才、缺的是能够驾驭世界级跨国公司的人才。这些人才为什么要到我们的企业来？同样的年薪，比如说老板总裁的年薪是500万或者1000万，在年薪之后又能拿到一个可支配的专项基金，来奖励他的生产有功者、经营有功者、销售有功者、市场有功者、研发有功者，包括原料基地的建设者。

叶　蓉：基金在蒙牛未来的管理上，是不是起到一个补充作用？

牛根生：不仅仅是补充，应该是另外一种激励机制。我们是上市公司，香港联交所的规则不允许公司的一把手拥有这样的自由开支。再比如员工遇到天灾人祸、遇到过不去的事情的时候，也可以直接向专项基金提出申请。这样，我们企业的管理层能够拿到这个其他企业没有的东西来激励企业的员工。这样就是管理层的管理弹性更大，管理效果也会更有成效。这也是我要留给我的继任者的，为继任者提供更好的管理空间。

叶　蓉：您觉得自己是个富人吗？

牛根生：我没觉得。我现在拥有蒙牛10%左右的股权，这些股权现在的拥有人就是老牛基金。董事长的股权也不能来回地买卖，即使允许买卖了，董事长家庭里的股票怎么能买卖呢？股民的信心会怎样呢？我肯定永远也不会套现，不会把它变成现金放在自己的腰包里。

叶　蓉：那么闺女理解吗？

牛根生：客观地说，女儿确实有不理解的时候。说我爸爸真傻，咱们当时留下一些钱不捐出去多好，你看现在什么都买不起。我跟他们讲，富贵不过三代，无论是物质财富也好，权利或者精神上的也好，再好也带不到坟墓里面，人不能把金钱带进坟墓，但是金钱却能把人带入坟墓。我们现在世界上有60亿人，但是死去的远比60亿多，谁把财富带走了？如果那些人能把财富带走社会就不进步了，谁还干？我结婚的时候连新衣服都没有，现在家里的汽车有两三辆，还是日子好了。但是中国有那么多的人，国家资源又不丰富，现在我们倡导的是和谐社会，我们站在富人的行列里，那是有危险的。我对他们说你看到别人吃不上东西，你吃的很好的时候，你什么感觉？看到别人都没有穿的没有戴的，会有什么感觉？慢慢地孩子觉得爸爸可能说的对，后来发现确实我和他们现在无论走到哪儿都很受人们尊重。这一点是花多少钱，四万、四十万、四十个亿能买得来吗？

牛 人

三聚氰胺，无疑是席卷中国乳业的金融风暴。也是牛根生创业以来面临的一个最为严峻的考验。牛根生说，无论什么原因，出现这样的产品，企业是有罪的。

有责任的男人是不会倒下的，有责任的男人才是有胸怀的。

我们先前看到这个男人的胸怀，观察的窗口主要是与先前的大哥、上司，他后来的竞争对手——伊利集团前老总郑俊怀的恩怨交织。而恩恩怨怨，则是能够锤炼男人的胸怀。

郑俊怀说牛根生是露牙的狗不咬人，露不露牙那只是个形式。只要你咬了人，那就会被人记着。到头来，被咬的是他，咬他的是郑俊怀。从读书释兵权，逼出伊利到被自立门户后被砸了招牌。

对于这一切，牛根生没有记仇。郑俊怀出事，郑太太打的第一个电话，就是给牛根生的。人做到这份上，已经不是"胸怀"两字可以说得尽了。其实，这也只是男人胸怀的一部分。

他做到了全国的销量第一，实现了他日思夜想的目标。但他把这越来越大的影响力，看成是不断增加的激励。

赚钱对他已不是第一位的事了。老牛基金是他种下的善种，而且是日长夜大。可他自己，出差北京一直是住办事处；来上海为儿子买结婚用品，还有他下不了手的商品。

这么些年的风雨走过，牛根生的心里是早已明白：做人要做怎样的人。

出生年月：1941 年　　籍贯：北京　　创建企业：香港富华国际集团

香港富华国际集团董事会主席
唯有情深最可贵 ｜ 陈丽华

...... 陈丽华幼年因家境贫寒，读到高中便被迫辍学。由于生计所迫，陈丽华做起了家具修理生意，很快她成立了自己的家具厂。

1982 年　陈丽华移居香港。她在比华利买了 12 幢别墅后高价卖出，赚取第一桶金。迅速完成了原始积累的陈丽华及时地向港岛外拓展投资。陈丽华的富华国际集团在北京已拥有数家房地产企业，包括长安俱乐部、丽苑公寓等，总投资已超过 35 亿元。

1999 年　国庆前夕，她斥资 2 亿元投资兴建了中国紫檀博物馆，其中除了她收藏的三百余件明清家具外，其他两千余件都是二十多年来在她自己的工厂生产出来的珍稀紫檀精品。

...... 近年来，她资助体育、教育、卫生、公安及赈灾的款项达数千万元人民币，受到国家和政府的表彰。她坚信"人生的价值在于奉献！"

...... 在《福布斯》中国内地 100 富豪榜上，60 岁的陈丽华排名第六位，身价 6.4 亿美元，媒体追捧她为"内地第一富婆"、"内地最富有的女企业家"。

最在意的还是紫檀博物馆

叶　蓉：您跟紫檀的情缘是从什么时候开始的？

陈丽华：从小时候开始的。因为我们是满族的家庭，在过去那个时代家里头都应该有紫檀。

叶　蓉：我听说您是生在颐和园，而且是长在那里面？

陈丽华：是的，我很小的时候。

叶　蓉：什么人家可以住到颐和园里啊？

陈丽华：因为是满族人啊，就可以在住颐和园的后宫门，就是北宫门的东西朝房。那时候我姑姑她们都在那个里头。后来解放了就不行了，就出来了。

叶　蓉：您小时候知道这个家具跟其他家具不一样吗？

陈丽华：能感觉出来。比如说紫檀的木头细腻，油度就好像看到一个姑娘一样。就好比几个女孩在一块儿待着，真正的小姑娘的那个皮色是非常漂亮的，最美的18岁那个是能一下子看得出的。所以看紫檀一眼就能看出来，假的也一眼就能看出来。

叶　蓉：您从小吃了不少紫檀的苦头，是吧？

陈丽华：经常给磕得青一块紫一块的。我现在还有一块紫檀扎在肉里头。

叶　蓉：我知道一个故事，说是你们曾经把家里的紫檀家具埋到土里面一段时间，这是为什么？

陈丽华：因为文化大革命的时候那都是四旧啊，埋了差不多18年才把它挖出来的。挖出来的时候已经散了，上面的金属都坏了，但是木头平平整整，完好无缺，所以紫檀是个神奇的东西。

叶　蓉：您的头衔有好几个，比如说富华国际集团主席，长安俱乐部董事长，富华家具董事长，以及中国紫檀博物馆馆长，在这几个称谓当中，您自己最在意的是哪一个？

陈丽华：最在意的还是紫檀博物馆，因为它是我一点一滴的心血凝聚成的。当然，我们公司也是慢慢扩大的，这也算是改革开放的机遇吧，我们很珍惜这样一个好机会。从过程上来说，我们公司的发展跟紫檀博物馆的建设是同时并行的，这么多年来确实是也很辛苦。

叶　蓉：据说您每天都住在博物馆里，天天跟这样的紫檀珍品生活在一起是一种什么样的感觉？

陈丽华：感觉到一种民族文化的骄傲，这是老一辈留给我们中国的财富。我跟它天天在一起感觉也不烦也不累,我把它做成自己的工艺,非常的认真,非常的投入。

叶　蓉：您说到这种投入,我想可能普通观众一时半会儿还难以理解,但是可能很多人都听到过这样一句话,叫做"百年寸檀,寸檀寸金",紫檀真的有这么昂贵吗?

陈丽华：真是有这么昂贵,因为紫檀它是百年不成才,这在李时珍的书上也写过。寸檀寸金之说是在过去就积累了下来的。从我采紫檀、做紫檀的经历也感觉到确实是寸檀寸金。为什么叫寸檀寸金呢,就是说一百年都不成才,能长上一寸才能用上一寸,也就特别少。现在大家都说紫檀到处都是,但是我做紫檀几十年,就感觉一个山上的是真正的紫檀。它这个紫檀有几种,有阴面的,阳面的,东面的,西面的。最好的是阴面的,阴面它不见阳光,长得非常慢,炎热缺水,一点一点地成长,长到一百年以后,它里头就空了,而且歪的斜的都有,这样是非常珍贵的。

叶　蓉：您刚才说了它成长的缓慢和艰难,所以它珍贵,那么从木质上来讲,它还有哪些特点?

陈丽华：从木质方面看,它是一种高级药材。我今天坐的就是个紫檀的椅子,经常抚摸它会保持我的身体健康,滋润我的皮肤。另一方面,在制作过程当中,每一个花儿,每一个样,每一个叶子,每个根,都有很多很多难以言表的艺术在里边。比如说开一朵花儿,怎么样做出来能让人看了赞叹,能感觉到一片叶子在飘动,一朵花儿在开放。得在看到的时候赶快照下来,让雕刻工照这一瞬间的样子做,这样做出的花儿是绝对漂亮的。

叶　蓉：紫檀很硬,您如何展现您刚才形容的那种饱饱满满、恣意生长的美?还要带着一点动感,如何达到这样的工艺?说起来很玄啊?

陈丽华：是啊,这就需要在做的时候不把时间掐得那么紧,慢慢做。拿一块布用胶在木头上贴上样子,这时候别一下子就开始凿,那会使木头变形,等它把胶吸进去再凿,就比较准确了;凿了一遍以后你就把它放炉里头,让它再吃一吃,吐一吐,等水油度出来一点再刻;等到刻到两个月到三个月的时候再停一下,再给它搁在炉里头慢慢地去烤;两年到三年后,再拿出来做,这样一件花费五年到十年的东西才是真正的宫廷工艺品。

叶　蓉：在咱们紫檀博物馆一共收了多少件紫檀作品?

陈丽华：具体这个数字也不太好说。我有几个库,可能十年就不开它,就是为了让它风化,让它裂,这样来回来地去做。到今天接受您采访,我还没卖一件。有特殊情况就是我送您,如果您特别喜欢文化,您对木器酷爱,我愿意送您一件,这样大家都特别开心。

叶　蓉：我们知道您的紫檀很多都是复制了宫里的图案的。到现在为止，您复制了多少宫里面出来的图样和式样？

陈丽华：一般紫檀博物馆和我自己库里都是来自故宫的，民间的我一般不愿意做。

叶　蓉：在商言商，您有没有计算过投在紫檀博物馆上的金钱有多少数额？

陈丽华：这个都记不清了，35年前那个时候就开始买紫檀木了。在采紫檀的时候是非常的困难，非常的辛苦。采紫檀就好像是一个梦，我们去山上采紫檀，山高不见底，云雾缭绕。一听说哪个山有我就去，去的时候我都坐飞机，有一次下飞机到了杭州，有人说一个地方有紫檀，我立刻就带人去了，十个人都拿的是美金。

叶　蓉：得拿现金去买？

陈丽华：那个时候他不要人民币，就要美金，现场现货。到了机场，就给扣下了，这么多钱是干什么的？两三次过后，他也不扣了，他知道我是买紫檀买木头，他们就比较放心了。但是采紫檀的时候，心情是非常迫切的，一定想要采到，无论什么情况都要。

你赔了就是你赚了

叶　蓉：咱们普通人真的很少有机会能够接触到这个紫檀，今天能够建成您的这个中国紫檀博物馆，其实也源自于您实业办得相当的出色。您是一个成功的企业家，您经商的第一步是从香港开始的，是吧？

陈丽华：是的。在香港之前也就是文化大革命的后期，就感觉到应该自己奋斗，靠自己努力，因为文化大革命过后很多的家庭什么都没有了，只能靠自己去奋斗、去劳动。正好赶上了改革开放，非常珍惜那个机会，就好像得到了自由，赶上了人生里一个敢想就能做的时代。

叶　蓉：您觉得什么是您事业上成功的法宝？

陈丽华：平等地对待每一个人，尊重每一个人。

叶　蓉：您生在北京，长在北京，在三十多岁的时候突然要去香港打拼一片新的天地，您初到那儿时候适应吗？

陈丽华：不适应，香港话我听不懂，英语我也听不懂。我就觉得一个人要付出，要真诚，一定要吃苦，肯定能成的。不管干什么，只要是正派的，按国法来说可以的，我们就去做，没有不成功的。那时候才三十几岁，年轻人这时候就是能干，现在我自己的心境可以跟年轻人去比，但是终究不一样的，因为年华补不上，金钱补不了年华。但人的精神不能老,觉得自己老了,等着指望别人这种心情我从来就不曾有。

叶　蓉:在商界而言,这样的性格会吃亏吗?

陈丽华:吃亏也是一时的,就算天上掉馅饼那就那么一次,不会天天掉,一定要准备吃亏的,在吃亏当中学习如何重新站起来。另外,就是要广交朋友,什么样的朋友都要有,什么样的朋友他都会有思路吐出来的,如果你跟他真诚,他吐出的都是精华,这样能帮助纠正你自己的缺点。朋友的话,关于政策的,关于法律的,关于智慧的,我都会认真地去思考,他们给我的都是语言投资,我认真地一步一步去走,所以我的成功都是大家给的。

叶　蓉:我觉得您特别的聪明,因为您刚刚谈到善于吸收精华,吸收别人的长处和思路;同时您的心态也比较好。真正让更多公众了解您,知道您,是因为长安俱乐部,这个中国最顶级的成功人士的俱乐部。当时为什么会想到在北京建这样的俱乐部?

陈丽华:北京是中国的首都。北京开放后,各个国家的人都来,包括非常有钱的富豪,但是他们没有会所,我认为北京应该有一个会所,有个会员之家。这个会员之家当然要建得好,让谁来谁感到放心。比如说出差的男士来了,您住一宿,您吃饭,您走,这期间绝对没有骚扰;女士也一样。我们做一个会员之家,就应该知道每个人内心的需求和他自己的期望,所以到目前长安俱乐部得到的评价还不错。

叶　蓉:听说连着两次被评为中国最顶级的会所,排名第一。

陈丽华:是。我们的丽晶酒店,在北京排到第二,亚洲可能是排到十五。干一件事,不管什么事,一定要干好,干认真,哪怕就是一个擦地工,也一定让他擦得干干净净的,进了这个房间,您就感觉出气都舒服。另外不要太计较,你赔了就是你赚了,如果你老赚,其实你就赔了。

叶　蓉:这是一种很奇特的思路,你赔了就是你赚了。

绕不开的迟重瑞

迟重瑞,当年红极一时的电视连续剧《西游记》里的唐僧的扮演者,和陈丽华结为伉俪已经很多个年头了。

叶　蓉:能给我们说说您的家庭生活吗?

陈丽华:我的家庭非常大,是个祖孙三代的大家庭。大家相处得都非常的融洽。有很多人都说特别羡慕我,我,迟先生,孩子,亲戚,孙子都像朋友,所以这个家庭每一分钟,每一件事能很和谐,不生气,不闹其他的故事,我认为这也是我的成功。

叶　蓉：老话一句,家和万事兴啊。

陈丽华：您说的真是,万事兴。这个成功的人士也希望有个好家庭配合,不管是男的,是女的,是老的,是少的,还是青年,都给他一个支持。不要老把孩子就当成个孩子,觉的大人多成熟。你理解了孩子的心情,孩子必然就会理解大人的心情,一定要把孩子培养成一个栋梁,绝不能让他白来一世,绝不能把孩子送到反面去。这是我们的责任,也是奶奶的责任,也是父母的责任,国家的责任。

叶　蓉：迟先生很有名,迟先生这个姓特别有意思,在您的生命当中,迟先生也是姗姗来迟。

陈丽华：是,是的。

叶　蓉：您跟迟先生相见,或者说是相遇的那一天,您还记得吗?

陈丽华：记得。就快19年了,18年半了。那时候我在国际饭店开了房子,正好学生运动,饭店就我一个人。朋友们看我一个人住在国际饭店,就介绍了迟先生和我认识。

叶　蓉：迟先生当时已经扮演了《西游记》当中的唐僧,第一次见到迟先生,当时有没有这个感觉,屏幕上的这个唐僧怎么来到生活当中了?

陈丽华：我那时候看着迟先生跟唐僧不一样,我没感觉他是演唐僧的,我也没对演唐僧这个人多么细看过。

叶　蓉：您觉得迟先生生活当中是个什么样的人?

陈丽华：他比较本份,做人来说还真也像是《西游记》唐僧那样的感觉。比如说在我们家庭相处非常好,孩子对他就是叫迟叔叔,而且大家见面都是非常客气,很融洽。这么多年大家没有一次不高兴或者红脸,甚至连不高兴的语言都没有。迟先生的确本份,人品还真是不错的。

叶　蓉：您比迟先生大了11岁,当初在结合的时候您觉得周围的目光给您带来压力了吗?

陈丽华：有压力,但是感觉他人很老实,很规矩,于是就把这个家庭组织起来了。到现在我们还是一个彼此非常尊重的家庭。

叶　蓉：您这么沉醉于您的紫檀事业,迟先生他也爱上紫檀了吧?

陈丽华：是啊,现在说起来,我跟迟先生18年了,俩人连一次一起出门都没有。

叶　蓉：为什么?

陈丽华：因为我把时间都投入到我自己的工作上,连我们两人一块去上趟天安门都没有。

叶　蓉：会不会去世界各地旅游一下?

陈丽华：都有其他人一起去。有时候我不出去,他跟孩子们一起走,哪个国家都去。我们去的时候，就是因为公事大家一起的。迟先生这个人也是很自爱的，虽然以前是演员，但是不是那种到处说笑，举止随便的人。他一直就是这样，18年来我们感觉好像十年如一日，始终这样。

叶　蓉：迟先生为您放弃了他自己的事业了吗？这两年觉得他的作品不是特别的多。

陈丽华：后来第二次拍《西游记》的时候，他不想去，我努力劝他，让他去。因为他演《西游记》演得非常好，非常成功，他就是一个演和尚的非常好的角色。如果不去了，那就真是前期后期接不上，大家对他这个唐僧还是很认可的。我就给他做工作，还找了杨洁导演来做工作。后来，他就把《西游记》给演完了，以后又演了《鉴真东渡》。他演这个戏的时候。我们全家去看他，支持他。因为他是一个演员，他愿意演的、认同的角色我们都支持。他不愿意接的，我们就不劝了。

她的事业也是我的事业

叶　蓉：18年前，您第一次见到陈丽华女士的时候，是什么样的情形您还记得吗？

迟重瑞：记得，记得。在那个年代，一个男人能找比自己大10岁的一个女人恐怕不多，所以当时我决定和董事长结合也挺时髦的。但我相信这一点，人和人在一起不受年龄的约束，主要是缘分，这很重要。

叶　蓉：您当时觉得压力大吗？

迟重瑞：很多人问我这个，当时没有，现在没有，将来也不会有。我就相信我自己的缘分，我认定的路。我自己认定的路，我就这样一直走下去，走得很好。

叶　蓉：陈丽华女士她在工作上雷厉风行，非常有魄力，那么生活当中作为妻子她是什么样的？

迟重瑞：她是个女强人，从我认识的那一天她就是这样，直到现在也是如此。

叶　蓉：那生活当中是不是也会比较强势？

迟重瑞：是，是的。

叶　蓉：那如何相处呢？

迟重瑞：我并不畏惧她的强，我恰恰很喜欢她这种女强人，而且我们生活当中也没有感觉到女强人的这个压力。我们在一起生活了18年，她跟你讲，在这18年里我们没有单独一起出去旅游啊，娱乐啊，确实是因为没有时间，一直是在忙。你看我们每年去澳洲，去美国，那都是公干。她过去是美国艺术设计学院的董事，现在是副主席，每年她到那里开会,我就随同前往,也就算是旅游了。既做了公干,又做旅游,而且我们都是一行人,最少得十个人。也就是说,我们单独在一起出去玩,那的确是没有的事情。

叶　蓉:那您觉得一个女强人,在生活当中扮演妻子的角色并不是那么尽职尽责了?

迟重瑞:我很少去要求别人,也可能我自己的生活能力比较强,我也不需要别人对我有什么照顾啊,帮助啊。大概因为我信佛,有时候我更多考虑的是对方,对我自己倒不是考虑得很多。你经常去考虑别人,别人也自然而然地会考虑你,这都是相辅相成的。

叶　蓉:今天陈丽华女士更多的精力、时间,包括金钱,大量投注在她的紫檀博物馆上,您天天跟她在一起,受到她这种精神的传染了吗?

迟重瑞:对,这点我感觉我跟董事长想的都是一样的。她的事业也是我的事业,我跟她认识那一天我就融入到里边来了,我认为这是我自己的事业,我应该做的,就这样。当初我们在一起采购紫檀,最后发展到成立紫檀博物馆,这样逐渐走了十几年下来,不是事先设计好的,一切都是水到渠成,自然而然形成的。

叶　蓉:如果今天有这样一个机会,让您背着陈丽华女士跟她说一两句话,你愿意跟她说什么?

迟重瑞:我愿意她好好地珍重身体。

【点　评】

华丽的转身

实事求是地说,正是改革开放,让陈丽华完成了自己华丽的转身。从北京到香港,从香港再到北京。掘得了第一桶金,圆了自己那一份紫檀情。

老太太身上有两个点是引人注目的。一个是她的财,一个是她的爱。

先说她财富。不说她曾经是大陆女性富豪的首富,就说她在长安街天安门对面这等地面上建起大陆第一家顶级会所——富人聚会的长安俱乐部。那就不能是仅凭钱来论事的。

她的那个紫檀博物馆,似独立王国;她呢,宛如老佛爷。这些外人看来颇为神秘的地方,进入其间,一切并非常人想象的那样奢华。就说那个富人俱乐部,沙发是布的,面子还有磨损。没有富丽堂皇的家具,没有充斥满目的艺术品。恐怕就是为了有一个能够物以类聚、能够摘下面具的地方吧。

　　再说说她被一些媒体和坊间所津津乐道的婚姻。带着三个孩子的陈丽华,与比她小 11 岁的《西游记》里唐僧的扮演者迟重瑞结为百年之好。一时间,爱情故事涌现了 N 个版本。陈丽华说,我与迟重瑞初次见面就说了这样的话:这世界上有一样东西是有钱买不到的,那就是青春。

　　已经携手走过二十多年,俩人依然是相敬如宾。一个叫她董事长,一个称他迟先生。客气得有点不像是对夫妻。那天录节目,迟重瑞见陈丽华发际线处有个疤,就拿起粉扑,一下一下,轻轻地扑遮着。

　　要说老太太真有什么不寻常的,那就是:不管旁人怎么说,都是不会改变自己过日子的方式。

出生年月：1969 年 7 月　　籍贯：上海　　供职企业：新浪网

新浪网首席执行长

第一门户的金牌舵手 | 曹国伟

1981 年　毕业于上海复旦大学新闻系，此后获得美国奥克拉荷马大学新闻学硕士及德州奥斯汀大学商业管理学院财务专业硕士。

⋯⋯　　作为美国会计师协会会员，美国注册会计师，品牌中国联盟专家，在加入新浪之前，曹国伟曾在著名的世界五大会计事务所之一的普华永道公司(Pricewaterhouse Coopers)担任资深经理，负责为美国硅谷地区的高科技公司提供审计及商业咨询服务。在普华永道任职期间，参与了多家高科技公司在纳斯达克的上市工作。

1999 年　9 月，加入新浪，担任主管财务的副总裁，

2001 年　1 月，升任公司的首席财务长，后任新浪首席财务长 CFO 兼联席运营长 COO，现任新浪总裁兼首席财务官，原联席运营官林欣禾成为首席运营官(COO)。

2006 年　5 月，起担任新浪首席执行官兼总裁。

在我们擅长的领域中去发挥、去发展

叶　蓉：在您之前，新浪的 CEO 是汪延，您觉得你们性格上最大的差异在哪儿？

曹国伟：汪延应该说是我在新浪合作时间最长的一个伙伴了。我们一直有非常好的感情，当然我们的性格很不一样，他是一个非常有激情、非常感性的人，我相对来说比较理性一点，比较冷静一点。

叶　蓉：我记得汪延说过一句话，听起来让人觉得掷地有声，就是"守城必死，创业有理"。我们也的确看到新浪在他的带领之下做了很多探索，做过搜索，做过游戏，甚至还去考察过当当网，想涉足电子商务。但是我们觉得新浪网现在做得最好的还是内容和无线业务，那么为什么在汪延想突破的领域里，您没能有所建树呢？

曹国伟：我们并没有说我们不做搜索，我们还是在大力做搜索，只不过大家可以看到的是我们的优势领域。互联网这个产业有一个特点，就是在某个领域中你做到绝对老大以后，其他的企业很难赶超，为什么？它最大的壁垒就在于它的技术跟规模化。我们在搜索的领域里面并不诉求去做老大，但是作为一个门户网站，我相信我们的爱问搜索、我们其他的垂直领域的搜索，都还是非常不错的，只不过它是门户的一部分，我们并没有把它拎出来作为一个单独的业务来大力发展。另外我觉得我们其他方面的尝试，比如说我们的博客，其实还是很成功的。

叶　蓉：的确，新浪虽然不是国内第一家做博客的网站，但是新浪一出手就很快地抢占了一个制高点，但是我在想，博客的商业前景、它的赢利模式究竟是什么呢？

曹国伟：从去年开始，我们就有很多的大客户把博客作为他们整个市场计划里面的一个不可缺少的组成部分，比如上海的通用、耐克，他们把主题博客参与到营销的活动当中，随之而来的就是个性化营销的模式会渐渐成熟。但关键是你怎么把个性化跟规模化结合起来，这是我们面临的非常重要的一个挑战。

叶　蓉：有一点是我个人很感兴趣的，我们知道全球点击量最高的博客就是新浪名人博客里面的老徐博客，去年一直炒得很热，一千多万的点击量。

曹国伟：现在是接近一个亿，九千万。

叶　蓉：我就很好奇，如果有广告商来投广告，你怎么跟老徐拆账呢？

曹国伟：这就是我讲的所谓个性化跟规模化结合的问题，我们完全可以跟老徐谈一个分成模式，这其实非常容易。

叶　蓉：她强势一点还是你们强势一点？

曹国伟：这要看了，因为每个博客的诉求是不一样的，比如说有些人是为了挣钱，有些人可能是为了更有影响力，是不是？其实徐静蕾在我们网上做了博客以后，她的知名度增加了不少，她成为很多产品的代言人。她的影响力大大增加了，她的含金量，或者说市场的价值也大大增加了。所以这是一种互惠互利的方式，对我们来说，我们也得到了内容，得到了人气。

叶　蓉：方兴东告诉过我，他正在写一本书，题目就叫《博客盈利的方式》，然后我问他你博客网的盈利方式能告诉我吗？他说我还没有找到。我们有些时候只知道这个方向是对，这个事情应该去做，但是真正的结果，可能还有一个逐渐凸显的过程。

曹国伟：没有错。所以我觉得这方面的潜力是非常大的，关键就是我一再强调的，要规模化，你规模化了，才能真正接触到它的可拓展性的商业价值。

叶　蓉：您个人是从2006年6月份开始带领新浪团队，在您的负责下开展它的全新的业务，您觉得您的施政纲领是什么？一年了，这个框架已经成型了吗？

曹国伟：我觉得对我来说，担当这样一个新的角色的确是有一个职位的变换，但我心理上并没有什么太大的感受，没有一个特别大的变化的感觉。因为其实在这个之前的两三年里，我已经是在负责新浪大部分的业务，也主管大部分的部门，所以对我来说，面对的是原来的团队，原来的模式。关键的问题是我怎样给未来定出一个非常清晰的方向，然后让这个团队能够提高它的执行力，能够朝这个方向去努力，我觉得这是我要做的事情。我想可能未来我们需要更加专注一点，在我们擅长的领域中去发挥、去发展，而不是去每个地方都参与一点儿，这可能不是我们的长久之计。

毒丸计划

　　曹国伟的毒丸计划，实际上是一份"股东权益计划"，它规定：盛大只能再购买不超过0.5%的新浪股票，否则新浪其他股东都有权以半价购买新浪公司的普通股。它大大增加了陈天桥继续收购新浪的成本。

叶　蓉：在大家的印象当中，新浪有一个金字招牌没错，但它的股权是分散的，可能正是这样一个软肋让一个人给觊觎上了，这个人就是陈天桥。2005年，他在二级市场对新浪股票施行收购，最高持股比例达到19.5%。我知道当时是您全权代表新浪去跟陈天桥坐下来谈判的,当时你们两个人在那儿正面交锋的时候,是一种什么样的气氛?

曹国伟:我们就是交换个人的意见啊,其实我们从来没有在这个问题上走到一个你死我活的地步。

叶　蓉:外界之所以说盛大是恶意收购,是因为他直接从二级市场拿股票,非常之强势。

曹国伟:是,这我觉得也很正常。

叶　蓉:包括您最后祭出毒丸计划,外界也觉得这招很有效。

曹国伟:有一个人要跟你谈判,他已经进入你的院子了,那么你是等他进入你的房间再跟你谈,还是把他留在你的院子里面?比如我就在门口架了一个障碍,就是我的毒丸计划。

曹国伟:也就是说,你不能再往前走一步了。他已经拿到了19.5%,那我们是等他拿到30%进入我的房间之后再跟我谈呢,还是让他先停一下我们再谈,其实就是这样一个道理。

叶　蓉:的确,他已经是门都不敲就进到院子里了,你觉得他是一个什么样个性的人?

曹国伟:我觉得他非常果断,而且非常敢于冒风险,我相信大部分的企业决策者是很难用这么快的速度做出如此重大的决定的,这非常难。我觉得这也是他成功的一个地方。

叶　蓉:那么这场交锋谁是最后的胜者?

曹国伟:对所有股东来说,我们尽到了我们的责任,也能让股东得到回报;而当年盛大最早进来的时候,他所谓的初衷、他最起码的一个目标也实现了,所以我觉得对双方来说都是一个比较完美的结果。

叶　蓉:您曾经预言互联网新的一轮大洗牌即将发生,这样一个判断是基于什么样的根据?

曹国伟:我觉得这是两年以前的一个判断,其实每一个公司能够把自己擅长的业务做到最好的话,也是一种不错的市场格局。

叶　蓉:在这样一个群雄逐鹿的战场上,您认为新浪的优势在哪儿?

曹国伟:中国有影响力的人群,比如说媒体的记者,比如说我们的企业家,比如说政府的很多官员,他们如果上网的话,应该说绝大部分是上新浪网的。也就是说新浪不但有最广泛的网民基础,而且很重要的是,它占有了中国最重要的最有影响力的网民,所以它的品牌、它的影响力、它的高质量的网民的数量,决定了它在这方面有一个很强的优势。

CFO 的工作很大一部分就是在做风险控制

叶　蓉：我们知道你曾经是上海复旦大学的毕业生,百年复旦今天也成为了很多新型企业家的摇篮。刚才我们谈到的陈天桥,他好像是经济系毕业的,郭广昌和虞峰是哲学系的,梁信军好像是遗产工程系的,您是新闻系。但是我知道您经常翘课是吧?

曹国伟：我上课上得比较少,出去活动比较多一点。但这也不是故意的,我只不过觉得新闻系的课程比较简单。

叶　蓉：当时翘课都干嘛去了?

曹国伟：我比较喜欢拍照,有的时候我会临时想起了去哪里拍照,第二天我坐了火车就走了,我走遍了中国东边的很多地方。有一次去江西的三青山,因为天气的关系上去以后连着下三天暴雨,所以就没人上山了,就我一个人住在山上。

叶　蓉：那时候的感受就是那山都是你的。

曹国伟：就是觉得这一片大自然都是我的,这种感觉非常的平静,也非常的心旷神怡。

叶　蓉：您觉得您骨子里有爱冒险的天性吗?

曹国伟：至少年轻的时候有吧。工作了以后,其实也不一定是性格变化了,而是工作的环境跟责任促使你改变你的做事方法。比如说当我掌管一个公司以后,它整个的运营也好,它的未来方向也好,它的业务也好,你就不可能说我今天想做什么就做什么。我做 CFO 一共做了六年,CFO 的工作很大一部分就是在做风险控制,其实有时候 CFO 要被叫做 Chief Risk Officer,也就是控制风险的人。

叶　蓉：需要理性严谨。

曹国伟：你必须考虑各种各样的风险。所以我们并不是说不去开拓,不去做新的业务尝试,不去冒险,关键是你要知道自己在冒什么险,然后有风险控制,我觉得这很重要。

职业经理人成熟的话,应该去管理股东

叶　蓉：从您的履历上看,咱俩还算同事呢,你曾经在上海电视台经济部干过。当时跑哪条线的?

曹国伟：跑经济,也跑时政之类的,我们是没有限制的,什么条线都可以跑。而且因为我会

拍，所以我是自己扛机器去拍，我觉得那是非常愉快的一段时期。

叶　蓉：自己也觉得很愉快，专业也对口，而且社会地位也高，那为什么要辞了这份工，出国了？

曹国伟：两个原因，一个是私下的原因，是因为我的女朋友，后来的太太，她出国了。另外一个原因就是我自己，其实我年轻的时候，也没有什么特别的想法或者目标，只不过想出去看看外面的世界什么样儿。我觉得年轻的时候增加一点履历，一些经历，一些眼界，对未来肯定是有好处的。我的目标并不是出去一定要读什么东西，或者将来成为怎么样一个人。我出去读新闻，也并不是因为我以后一定要搞新闻，只不过那时不懂，以为本科读新闻的出去一定要读新闻才会被录取。我不知道在美国其实你本科读什么是没有关系的，你可以选择各种各样的学科。

叶　蓉：那是什么原因让你突然意识到你可以读财务方面的专业？

曹国伟：我觉得两个原因吧，一个就是我对商业有天生的兴趣；另外一个，其实在美国待了一年以后，你就会发现你要在美国从事新闻，作为一个外国人来说，语言其实不是一个障碍，其实文化是一个障碍。所以我觉得在那样一个环境里面，你要做好这个行业是很困难的。我读财务是在商学院第二年的时候，第一年我读的是一个普通的 MBA，那个时候是美国的一个所谓的经济箫条期，对外国人来说你读 MBA 是很难很难的，几乎是找不着工作的，所以我就转去了财务专业。

叶　蓉：还是有现实方面的考虑的。

曹国伟：对。我毕业以后第一份工作是在安达信，后来那个出事的公司，后来再转到普华去。我基本上是在硅谷做这方面的工作。

叶　蓉：当时在硅谷看到了那么多神话的诞生，你没有技痒吗？自己也想来创立一个公司？

曹国伟：当时没有创立公司的冲动，但是加入一个创业公司的冲动是有的。因为你是这样一个学财务的背景，你不懂技术，你很难说我创立一个产品。所以还是更愿意加入一些比较成熟的、有发展潜力的公司，我加入新浪就是因为这样一种考虑。其实我刚来到新浪的时候，是代表美国的普华到北京来，指导北京的普华审计北京新浪，我并不是新浪这个团队的人，认识王志东以后，后来才选择了新浪。

叶　蓉：王志东给我留下一个印象，就是他真的是做技术出身，一直搞技术的这么一个天才。

曹国伟：是，他是天才。王志东是一个非常聪明的人，是一个非常有智慧的技术天才。但他话比较少。

叶　蓉：你觉得他就是非常聪明的一个人。

曹国伟：他非常非常聪明，对，其实我们也都是非常聪明。

叶　蓉：顺便把自个儿夸了。但是后来新浪发生了一件事情，就是王志东被董事会请出局了。你怎么看待职业经理人和董事会的这个关系？

曹国伟：公众股东他急于得到所谓的市场上的回报，但王志东他作为一个创始人，他更想追求一个长线的发展，更看重公司长期的利益，这个时候就产生了矛盾。所以我觉得一个公司做得好不好，跟董事会与管理层的利益是不是一致，结构是不是合理非常有关系。今天我们看新浪，如果我们职业经理人能够为股东的利益负责，为他们的利益着想的话，这种关系会比较容易相处，但是如果我们跟股东的想法不一样，或对公司未来发展方向的看法不一样，或者说处理节奏、速度的理念不一样的话，有的时候矛盾会出现。关键是如果你这个职业经理人足够成熟的话，你应该去管理股东。因为很多时候是一个沟通的问题。其实我做了那么久，很重要的一个工作就是跟股东的沟通，跟投资人的沟通。

叶　蓉：刚才坐下来的时候，我在想这个上海人长得可真不像上海人。但是听了您这么一个严密的分析之后，我觉得您骨子里的上海人特性还是蛮鲜明的。

【点 评】

老人新帅

说起来，曹国伟是第五位走进《财富人生》的新浪高管。从节目开办第一年，就有姜丰年、王志东、段永基，包括沙正治相继来到我们节目。这些年来，我们一直关注着新浪这一个中国的门户网站，关注着中国改革开放的这一个地标。

来过节目的新浪人，从王志东到段永基、姜丰年等，有岁数比他大的，有资格比他老的。两厢对照，曹国伟是老成持重，非常的职业。我想，这是源自于他对自己定位的准确把握。

经历了太多风雨的新浪，走到今天，已经不需要态度上的高调。这对于曹国伟来说，生逢其时。

大家不喊他"老曹"，而是叫他"老查"，因为他的英文名叫查理。虽说年纪不大,可已是新浪的三朝元老;出任总裁,可谓是"老人新帅"。

从气质上来讲,老查很像北京人,实际上却是个地道的上海人。

这个话题,我曾和国美的总裁陈晓探讨过。他说:"你注意过没有,上海人不像上海人和外地人到上海来却很像上海人的人,大多比较厉害。"

我知道,他说的是融入与吸收,还有学习的能力。

这个上海人工作在北京,周末回到上海一定会看《财富人生》。这次,也是他第一次接受电视媒体的采访。

那天,出了演播室,见他在休息室同节目组的人聊天,一聊就聊了很久。真是个台上理性、台下率性的人。

2002—2008

封闭的内陆河,再宽再长,再美再艳,仍是前景有限的。

只有奔向大海的河,才有旺盛的生命,远久的未来。

从冰破江开到面向大海、春暖花开,我们要去的彼岸是越发的清晰——全面建设小康社会。构建社会主义和谐社会。我们护航的法宝越发的神灵——从《宪法》"公民的合法的私有财产不受侵犯"和"国家尊重和保护人权",到《中华人民共和国物权法》的施行……

怎样前进得更快? 是我们唯一可思的,也是我们唯一可做的。

2003 年　国有商业银行股改

2003 年 11 月,国务院成立了国有商业银行股改领导小组,由时任国务院副总理黄菊、央行行长周小川挂帅。作为国有商业银行股份制改革的掌舵者,这个领导小组以坚决而高效的姿态来主导整个改革。2005 年中国建设银行在香港成功上市;中国工商银行在香港、上海两地上市。相比目前困难重重的外资银行,中国三大国有银行几项主要的业绩指标已跻身国际一流银行之列。我们赢了这场输不起的改革。

2005 年　股权分置改革启动

2005 年,中国证监会宣布启动股权分置改革试点工作。如果没有股改,市场将会怎样?这是一个不可逆命题,但大盘能够从 998 点一路攀升至最高点 6100 附近,股改的作用一定是功不可没的。尽管中国股市再次在内外因作用下经受磨难,但这是中国资本市场走进成熟必须经过的历程。无可争辩的是 2005 年股权分置改革推进中国资本市场脱胎换骨,进入一个新的发展阶段。

2006 年　三峡建成

从 1992 年通过《关于兴建长江三峡工程决议》,到 2006 年 5 月 20 日三峡坝顶上激动的建设者们见证了大坝最后一方混凝土浇筑完毕,世界规模最大的混凝土大坝花费了 15 年。这期间,13 万移民告别故土,拆毁近 3500 万平方米的房屋,迁建上千家工矿企业,淹没三十多万亩农田……换来的是三峡工程的顺利建设、长江下游的岁岁安澜和"能照亮半个中国"的电力。

2007 年　《物权法》颁布

2007 年 3 月 16 日,十届全国人大五次会议,《物权法》历经反复审议获得高票通过。这部法律历经 13 年的酝酿和广泛讨论,创造了中国立法史上单部法律草案审议次数最多的纪录。漫长的审议过程,恰恰体现了科学立法、民主立法的精神。有人认为,物权法起草审议过程已经成为一个重要的社会事件。它激起了很多的国民参与讨论公共事务的一种热情,这在我们以往的法律起草中间是从未有过。

出生年月：1950 年　　籍贯：江苏　　供职企业：中远集团

中远集团总裁

驾驭超级国企航母 ｜ 魏家福

…… 　魏家福出身农家，航运业生涯长达41年。

…… 　他毕业于大连海事大学，是航运管理工程硕士，并从天津大学获得了船舶与海洋结构设计制造专业博士学位。

1983 年　至1992年，魏家福在广州远洋运输公司工作；

1992 年　至1998年，他历任中国－坦桑尼亚联合海运公司总经理、中远控股(新加坡)有限公司总裁、天津远洋运输公司总经理、中远散货运输有限公司总经理等职。

1998 年　就任中国远洋运输(集团)总公司总裁。在他的手上，中远从一个亏损的企业一跃成为全球第四大远洋船运公司，资产逾150亿美元，员工超过8万。标有"COSCO"醒目标志的船舶和集装箱在世界一百六十多个国家和地区的一千三百多个港口穿梭往来。魏家福新的奋斗目标是：以世界500强作标准，到2010年中远发展成世界级跨国公司。

…… 　在大型国有企业走出去的浪潮中，魏家福懂得经济和企业经营；了解国际情况，受过国际性教育，有海外学习和工作的经历。他是被美国商会邀请做演讲的第一位中国企业界人士，也是登上哈佛讲坛的第一位大型国企领导。

我永远是魏船长

叶　蓉：您是第一位作客我们栏目的中央国企的总裁。我们听说如果不是正式的场合，您宁愿大家称呼您魏船长，这是为什么呢？

魏家福：我是一个真正的远洋船长，我曾经驾驶过远洋巨轮航行在世界各个水域，五大洲十八洋。首先考上船长不容易，必须地理，航海，货运，物理，化学，数学，英语十一门联合国规定的考试全部通过才能拿到船长证书，难度很大。第二船长的权威性，船长在海上就相当一个国王。第三船长负有非常重要的责任，肩负着三副担子，要对船东的这条船的财产负责；对装的这船货的货主的财产负责；要对船员的生命负责。这是船长任何时候都不能忘记的责任，所以尽管我做了总裁，我还在全世界打出我自己的牌子 Captain Wei。

叶　蓉：在您的概念中，中远就是一艘大船。

魏家福：对，过去我是一条船的船长，现在当了中远集团的总裁，今天我指挥着八百四十多条船，5400 万载重的船，相当是一个巨型团队的总船长。同样我肩负着三副担子。第一，对我这八百多条船的财产负责，那是国家的财产；第二，对八百多条船每天营运装的货物的货主的财产负责；第三，对我数万名船员的生命负责。

叶　蓉：中远去年进入了世界 500 强企业，仅仅一年，就从刚开始的 488 位上升到了 405 位。您觉得这一年发生的巨大改变是在什么地方呢？

魏家福：财富世界 500 强，它最重要的排位依据就是营业额，这一年我们船队的规模又在扩大，营运能力又在增强，无论是收入还是效益，我们确确实实又上了一个新的台阶。一个公司能在全球 500 强的排名一年向前跨越 83 位确实不容易。这得益于我们国家的改革开放，得益于中国迅速发展的经济，得益于中国经济是世界航运的引擎，所以我感到生活在这种年代，中国改革开放的年代非常的荣幸，也非常自豪。

叶　蓉：港口可以说是中国经济的风向标，您感觉 2008 年对于中国来说是比较艰难的一年吗？

魏家福：2008 年，从应对通货膨胀的角度，防止经济过热，是中国近几年来最难的一年。但是这个通货膨胀不仅仅是中国，全球都在发生。现在我们最重要的两条，一个是防止结构性的通货膨胀发展成为全面的通货膨胀，一个是防止外面的通货膨胀传到国内来。经济如果不能保持健康的发展，就会大起大落。所以加强宏观调控，防止经济过热导致全面通涨,这个政策是正确的。但是我也建议,在调整经济结构和防止经济过热的具体措施当中,应该把握适当的力度和节奏,否则调整的过头也会出现另外的问题。

叶　蓉：任何一个企业都离不开周遍的经济环境,中远本身自己的成本,你货物的来源,还有燃油价格的上涨,这三点都是跟中远切身相关的。那么 2008 年经济受到一定影响的时候,会不会影响到中远的业绩呢?

魏家福：这就看各个企业了,不同的企业在同样的经济环境下会出现不同的结果。有些企业在这种调整下可能从盈利迅速下滑,还有相当一部分企业由于它的战略对头,在这种调整过程当中仍然在增长,中远就是属于这类的企业。

叶　蓉：这是如何做到的呢?

魏家福：十年前,我们就确定了中远未来十年的发展战略,叫两个转变的战略。从全球航运承运人向以航运为依托的全球物流进行转变,从跨国经营向跨国公司转变。这两个转变的战略,我执行了十年,找准了方向,中远就迅速地往前发展。这十年来,我从接班时的主业亏损,到现在主业盈利三百多亿。除了有一个鲜明的发展战略之外,还要有一个按照中央提出的建立社会主义市场经济体制道路的要求,结合中远全球化进行设计,制定了一条符合市场经济的激励约束机制,充分调动了各级经营者的积极性,大家都在各自的岗位上努力为中远创富争效做贡献,汇聚到中远集团。企业在过去一年当中确实发生了质的飞跃。

中远最大的财富是人

叶　蓉：今年是中国改革开放 30 年,您来到中远就是在改革开放第三个十年初始,1998 年的 11 月。

魏家福：11 月 6 号我上任到中远集团当总裁的时候,正赶上东南亚金融危机刚刚过去,世界经济因为东南亚金融危机受到了严重的影响,进出口贸易处于低谷状态。所以拥有一支强大的运输船队,货源不足,根据市场规则,供求关系确定运费,所以运价非常低迷。大家干得很辛苦,最后收来的运费不足以抵偿我们的成本。

叶　蓉：当时中远有多少艘船?

魏家福：当时中远有 600 条船,但是只有 1635 万载重吨位。就在那个状态下,大部分是我们通过银行贷款买船,然后经营还贷,余下的钱再滚动发展。从 1961 年四条船起家,经过我们中远几任领导人的共同努力、奋斗，到我接手时已经发展到1635万载重吨，但是银行负债率高达87%，月月要还银行钱，收入又不足以抵偿。在这个困难的情况下，我就思考，过去完全依靠贷款买船，滚动发展，自己背债，遇到了市场经济周期的严重的影响，有一点难以为继。那时候我最担心的就是资金链条如果一旦断裂，再大的企业也会倒闭。所以金融危机之后，我认为必须调整发展战略。

叶　蓉：当时中远的发展战略是什么？

魏家福：叫下海，登陆，上天，六个大字。就是海上船队，登陆搞岸上产业；上天，搞航空的货运业，就是业务面铺得非常广，主业不突出。在这个时候你的核心竞争力就有问题。

叶　蓉：您的前任应该也是为这个企业的发展想了很多的办法。

魏家福：我的前任领导非常辛苦，也非常能干，但是在东南亚金融危机这个严重影响下，难以回天。我就知道上级希望中远能够有所突破，我请了60个专家，帮我制定中远集团未来十年的发展战略。

叶　蓉：制定发展战略的时候，意见不统一的时候怎么办？

魏家福：当时会有意见不统一的时候，我们所处的位置不一样。请的专家都是帮助国务院领导预测未来中国经济走向的，他们熟悉世界经济，从宏观的角度他会感受到需要什么样的航运，这是国家需要的，是世界经济需要的，他就给我指定这个方向。这些专家，花了八个月的时间，做出了战略，那么厚一本，然后浓缩成小本子，最后精简两句话就是刚才讲的两个转变的战略。就是这两个转变的战略，我严格执行了十年，把中远带到了今天。

叶　蓉：我们知道您刚接手中远的时候，虽然有六百多艘船，但是他的资产负债率达到了80%多。您面临的就是必须改革，这个动刀的幅度大吗？

魏家福：非常之大，而且不得不大，因为只有改革才是根本的出路。根据发展战略突出我的主业，把我的主业重新调整。集装箱船队、货运公司、代理公司三大板块，我把它重新组合变成两大集团，一个是以集装箱运输船队为主的货运体系，一个是新成立的中远物流。然后我请美国的专家帮我们咨询，洋专家最后给我提出了七条意见，首先第一条就是精简下岗7000人，当时整个集团一共有28000人左右，7000人要下岗也就是说要裁员四分之一。

叶　蓉：您裁员了吗？

魏家福：没有。洋专家要叫我下岗7000人，这是美国人的思维，美国人效益不好，就裁员。我没有裁员，但是在中层干部会议上我说了美国专家的七条意见，我说除了不裁员,别的我全部采纳。大家就觉得总裁还是以人为本的,所以这六条就都通过了。公司改组以后,2005年创效50个亿利润,中远物流在北京总部,近四年来在中国物流百强评选当中一直保持第一名。可以说改革还是成功的。

叶　蓉：你认为中远最大的财富是什么?

魏家福：我不认为最大的财富是利润数字,中远最大的财富就是我拥有一批在市场竞争当中摸爬滚打,能够创造财富的那些优秀的员工,他们是最大的财富,他们是中远最宝贵的财富。

叶　蓉：面对中远最宝贵的财富,您有什么激励他们的机制吗?

魏家福：有的。我1998年上任,1999年我就提出来,要给我们二级公司的经营班子实行年薪制,基薪8万。然后设计目标,亏损的企业减亏多少就算你完成任务,亏损小的,扭亏为盈也算完成任务,盈利的增加盈利多少……每个目标设好,超额完成任务给你奖励。第一年实行下来以后,亏损企业就大幅度减少,亏损额就大幅度减少。第二年把年薪的基数调整到20万,目标设得更高,很快就盈利。根据盈利情况,2000年就给我们二级公司的总经理奖了一辆小汽车。这种做法一直延续到现在,使我们的经营效益一年上一个档次。但是我们的年薪制就是给二级公司的老总,我们集团领导没有。

叶　蓉：那您这样的国企总裁级的会不会心理不平衡?

魏家福：不会的。因为我们是党的领导干部。我有一个座右铭叫"受人之恩莫忘,施人之惠莫记"。受人之恩,我受了两种恩,父母养育之恩,这个不用说,另外就是党的培养教育之恩。国家免费提供我上学,国家培养我成才,任命我做几千亿资产集团的CEO,我永远不能忘记党的培养。国家给我多少工资,我都不嫌少,我尽力把这个资产经营到最好。但是我对我的下属,我要用完全市场化的机制来激励他们,让他们的智慧得到充分的发挥,让他的才能得到充分的展现。

铁骨柔情

叶　蓉：您对大海有什么样的感情?

魏家福：我在中远41年了。从1967年到今天,我是靠海水抚育起来的,我对大海特别有感情。即使现在当了总裁,我也经常到海港去慰问我们的船员。每当走到海边,闻到海的清香味都很兴奋,走到船上就感觉回到家了。

叶　蓉：可是我们知道出海是非常苦的，天天在海上漂，除了蓝天白云就是大海，不觉得枯燥吗？

魏家福：非常枯燥，海员就像和尚一样是孤独的单身的男性群体，战风斗浪。所以船长才有那样的权威和凝聚力。如果要完成任务，船员们必须绝对服从船长。现在虽然我不当船长了，但是还留着船长决策的性格。应该说大海赋予了我这样的性格。

叶　蓉：船员的海上生活我们都有所了解，家庭生活呢，一定需要家庭极大的支持吧？

魏家福：是的，船员在海上工作、生活的时间非常长，船员的家人如果不能理解这个职业、不能支持，海员在海上还要牵挂家庭，是很难安心工作的。

叶　蓉：您那时侯六七十年代，远洋海员的社会地位是相当高的，那会儿海员的太太都是社会上最优秀的女孩子。

魏家福：一点没错，当时有人说世上三样苦，打铁、撑船、磨豆腐。实际上我感受到海员的政治地位高、经济地位高，找对象很容易，而且船员的太太都是漂亮优秀的女孩子，我的太太就是如此。

叶　蓉：魏总刚见到夫人的时候有什么想法？

魏家福：我跟她是一见钟情的。但是有一条我是坚定不移的，就是我马上写信给组织汇报，我找了一个女朋友，请组织看看行不行。当时我们海员找对象要组织批准的，这条是坚定不移的，就是我服从组织的审查结果。

叶　蓉：这个在现在很少听到了，审查结果是什么？

魏家福：结果一个月后我就收到回信说，魏家福同志，你的来函收悉，经查你这个女朋友家庭有政治历史问题，不适合于远洋船员配偶的条件，请你另行选择。当时介绍人是我姐夫，我姐夫说绝对没有问题。我就又找单位领导核实。一个很有经验的老船长说很可能组织处弄错了，让我重新写信。这次我收到的回信就是，魏家福同志，你的来函收悉，经查我们搞错了。符合远洋船员配偶条件，请你继续发展关系。我心中又兴奋、高兴又感到很酸楚。第二年船回来以后，1970 年我就结婚了。一年谈恋爱我们是书信谈恋爱的，船员的条件就是这样。

叶　蓉：实际上船员家庭生活的时间是非常少的。

魏家福：是的，我们结婚以后，我就出海了，等我回来女儿已经四个多月了。再等我下次回来，女儿已经一岁多了，不叫我爸爸，叫照片爸爸。他觉得照片才是她爸爸。当时真是心酸得很。

叶　蓉：您说的是辛酸，我知道太太这儿还有辛苦。

魏家福：太太又当爹又当妈，我太太一个人在家，那时候房子又不大，等到我上船了，我太太把我妈妈叫回来住,婆媳两人睡一床,相依为命。生了孩子,我妈妈帮助我带孩子,三个人生活。所以后来我提出新的"三从四德"。太太出门要跟从,太太处理家庭的指示你要服从,太太这个指示你认为错了要盲从。"四德"就是太太生日要记得,太太花钱要舍得,太太发脾气要忍得,太太打扮要等得。这"三从四德"都是规范男子行为,这样一个家庭才能和谐,有了和谐家庭就可以和谐社会了。所以我就说创建和谐社会,首先创建和谐的企业,和谐企业的创建首先是和谐的家庭。这些都是我从我家庭生活中领悟到的。

叶　蓉:我们知道其实海员是个有一定危险性的职业,魏总在做海员的时候碰到过什么险境吗?

魏家福:碰到过海盗,那时侯我已经做了船长。过程是非常危险的,好在最后没有造成很大的损失。现在庆幸我只受了一点伤,其他船员没受伤,船没受伤。我是建国以后中国第一个被海盗绑的船长,过海盗出没区要求所有船舶加强防海盗的值班,现在我们都是这样。我被绑了以后,后来好多船都被海盗绑了,现在亚洲船东联合提出来要求各个国家政府起来反海盗,保证航海的安全。通过这一次生死的考验,我确实也悟出了很多常人难以悟出的道理,我觉得我父母生的那个魏家福已经不存在了,已经被杀了,留下来的魏家福,这条生命是第二次生命了,你应该给人类,给社会多做贡献。

【点 评】

海上国王

　　魏家福是个船长,是个不一般的船长。1998 年,他受命于危难之时,在国企改革最困难的攻坚阶段,接过中远的舵把子。十年搏风击浪,把一个濒临亏损边缘的大型央企,发展成为拥有 8 家上市公司、总资产 2395 亿、2007 年利润 340 多亿的超级国企航母,一个世界第二大的航运企业。驾驭这样超级中央级国企航母的嘉宾,来《财富人生》是不多的。这一与众不同的嘉宾,造就了一档与众不同的节目。人说船长就是个海上国王,我们面前的这位掌管两千多亿资产的国王,展现了他真实的一面:见闻广博,意志顽强,性格如火,磊落有真性情,极富亲和力和感染力。有热情有气度有魄力,改革大刀阔斧,困难面前不低头。超级国企航母的舵手,果不一般。

节目播出后得到了观众朋友的热烈反响和赞许。因为见到了有血有肉、坦率热忱的优秀国企管理者。

人们常说,在一个成功的男人背后有一位杰出的女人。魏总的夫人是在节目录制的中途上场的。与别人家不同,她给魏总做的早餐是三菜一汤,最少是两菜一汤;她认为早餐是一天最重要的一顿。而魏家福,总是吃得很香,哪怕是忘记放盐。

那天,俩人节目中牵手的一幕令人难忘。

下了节目,魏总对我说:想要个节目的完整版,他要送给妻子,做个纪念。

出生年月：1949年　　籍贯：山东枣庄　　供职单位：中国民航总局

中国民航总局局长
戎马商战 大道相通 ｜李家祥

| 1969年 | 20岁的李家祥参军，第二年入党。此后30年的部队生活，李家祥从基层做起，历任班长、排长、指导员、团政治处主任及政委、师政治部主任及政委、军政治部主任、基地政委直至沈阳军区空军副政委，空军少将军衔。 |

1969年　20岁的李家祥参军，第二年入党。此后30年的部队生活，李家祥从基层做起，历任班长、排长、指导员、团政治处主任及政委、师政治部主任及政委、军政治部主任、基地政委直至沈阳军区空军副政委，空军少将军衔。

2000年　11月，李家祥以少将军衔临危授命入主国航，任中国航空集团公司党组书记，中国国际航空公司总裁。在不到一年的时间里迅速扭转败局，在世界航空运输业普遍低迷的情况下，带领国航创造了被国外誉为"一枝独秀"的业绩。

……　　国航连续六年赢利，年赢利额排名上升至全球航空公司第九位，并成为目前全球市值最大的航空公司。

……　　目前，国航的客座率高达81%，比其他公司的平均水平高3%，客座率每提高1%将为国航带来近4.4亿元的收入。

2007年　12月，任中国民航总局党委书记、代局长。

2007年　12月28日，被任命为民航总局局长。

2008年　3月，担任交通运输部副部长，党组副书记。

决断和决断执行的力度

叶　蓉：和平时候的将军跟战时的将军最大的不同在哪儿？

李家祥：最大的不同是现在的将军不骑马，过去的将军骑马。

叶　蓉：六年前也是十一月份的时候，一个突然而来的电话改变了您人生的轨迹，是吗？

李家祥：应该说是这样的，我突然接到当时中央企业工作委员会组织部长的电话，让我当天晚上必须要到北京报到，所以当天晚上就赶到了北京。当时我提出，如果是通知我到北京有什么事的话应该是军队系统，而不应该是你这个系统进行通知。他说主要是时间紧急来不及了，关于军队的事情由我来进行协调，现在你先出来，否则明天早晨的活动就赶不上了。

叶　蓉：我知道第二天早上，您就出现在国航几百人的一个大会上。怎么会这么急，之前您有一些感觉吗？或者听到一些风声自己会有一个调动？

李家祥：可以说没有什么更多的思想准备，但是作为军人，服从组织调动这是天职，第二天就到了国航，宣布到国航任党委书记，那就服从这个决定。

叶　蓉：您是 1969 年参的军，穿了三十多年的军装，一个电话就请您脱下军装到国航来，心里有没有一些不舍？

李家祥：还是有的，毕竟三十多年的军队生涯，但是听从需要服从安排这个理念还是非常浓的，能够战胜其他的因素。

叶　蓉：您知道您即将面对的是什么样的一些人和事吗？清楚吗，当时？

李家祥：当时宣布的时候，我对国航还不是很清楚，心里底数不是很多，我对这个企业不是很了解，对真正调动我到这个企业来的最终的原因也不是很了解。宣布完任职的当天下午，是国务院的一位副总理给我们谈的话，谈了为什么调动到国航来，以及国航经营层为什么进行调整和改组。国航应该说是我们国家 1949 年以后民用航空发展最早的一个基础性的单位，中华人民和国成立之后民用航空发展的基础就是在国航。国航也出现了一些问题，主要一个是连续三年亏损，每年亏损是六个多亿。

叶　蓉：这加起来都二十多亿。

李家祥：对。另外当时还出现了几起案件，包括一些贪污的案件，严重违法的案件，这些方面会影响到公司的情绪，人员的思想也出现了一些波动。

叶　蓉：国航局面比较复杂而且出现了一些状况,您是不是带着一个整肃的使命去的?

李家祥：解决一个单位的问题,你需要的有什么呢? 一个是你的决断,第二是这个决断执行的力度。一个事情大家往往看得都很清楚,但是在做的时候又打了折扣,要么拖得时间很长,要么就是软弱无力不了了之,最后是带坏了作风,放松了管理,松懈了纪律,涣散了思想,这样对一个企业的损害是很大的。

叶　蓉：您在这个企业管理方面是一个铁腕人物,是这样吗?

李家祥：是这样的,事实上有些人员对我的评价是这样的,对一些问题还是有一抓到底的勇气和作风。

叶　蓉：您关掉了一些像养鱼厂、印刷厂跟国航的主业没有太大关系的企业,那可能就动到了一些人的利益,这个时候改革出现阻力了吧。

李家祥：事实上这从结构上、经营的方向和范围上就是一种改革,我们就把一些和主业关联不大的、我们不熟悉的,而且在那里流血的、亏损的企业裁减了,比如说烟台养鱼场,办了多年,而且没有多少收益,经营方向肯定是需要一些调整的。有人就说那么多年办下来的,我们过节还要分点鱼呢,我说你们光看平时吃了几条鱼,你还不知道公司一年要亏几千万扔在里面,如果买鱼几火车都拉不完的,你没有看到背后的东西。

叶　蓉：您是 2000 年 11 月到的国航,2001 年就实现了 0.4 亿的盈利,跟现在的国航盈利比起来 0.4 亿实际上不算什么,但当时却是里程碑式的一个突破。

李家祥：是。一个企业如果几年亏损,就像军队里面打了败仗。一年亏损员工思想就会动荡,两年亏损员工就会心灰意冷,那三年亏损就不可想象。就像一个军队一样,你打一次败仗,又打一次败仗,连着再打一次败仗,你这个生存就非常难了,在军队讲究的是战斗力,在企业要讲究企业的盈利能力。

吃不穷,穿不穷,不会划算就受穷

叶　蓉：国航自身发展的同时真的是碰到一系列的麻烦,我算了一下大麻烦平均两年一次,有天灾有人祸,2001 年美国发生了 911,国航是以国际航路为主的一个航空公司,当时欧美的航空业是遭受了一个重创,国航这块业务损失大吗?

李家祥：911 事件对世界航空业是一个巨大的冲击,当年全世界的航空业亏损了将近一百八十亿美金,这是亏损量很大的一年。这种冲击对国航肯定是带来影响的,但是我们又抓住了这样一个机遇,911事件后给航空业带来最大影响的是什么问题? 就是航空安全,就是恐怖分子对航空业的威胁,你要使旅客认为上了你的飞机是安全的。

叶　蓉: 国航怎么做到的?

李家祥: 我们在客户中间做了一点宣传,一个我们在蓝天保卫、空防方面投入了更多的精力和力量,比如所有航班上我们都上飞行安全保卫,而且在主要航线上我们配备了两名。同时我们自己内部还建立了飞机上反恐的联动机制,我们在机上上了一些特殊的安检设备,如果旅客带着凶器在地面上没有检查出来,我飞机上还有检查的手段。我们当时专门列出一笔开支,进口了这样的机器,据我了解当时其他航空公司这样做的不多。国内的安保我们按照国际标准来同等看待的,911事件以后我们的空中保卫人员增加了一倍,我们当年就特别招收了一些武警复员、陆战队复员的战士到国航去当空中保卫员。国航飞机上的粗壮高大、穿着服务的制服,实际上是我们的保卫员。

叶　蓉: 刚才我们谈的是人祸,那2003年的非典危机,国航又采取了哪些应对措施,刚性的客流少了,人家就不出门了。

李家祥: 2003年的非典对世界航空业特别对亚洲航空业,尤其是中国的航空运输企业,应该说是一个非常大的灾难,上半年光我们国航就亏损了19.2亿。在最艰难的阶段航班量几乎是微乎其微,曾经最少的一个航班一架飞机上就一个客人,成了专机了。但是在我们政府强有力的领导下,全国人民的努力下非典很快就被克服过去了,进入六月份,应该说就开始初步有了好转,国航下半年调整经营,一下子又盈利了22亿多,扣除上半年的亏损,那年我们国航还盈利了2.2个亿。

叶　蓉: 2005年全球原油涨价,甚至有人说这对航空业是一个致命的打击,因为燃油成本飞速地上涨。国航想了那些办法控制燃油成本而且能够尽量节省一些油?

李家祥: 第一从油价上来说,我们采取了油料套现保值,油料套现保值就是一种期货业务,是我们可以利用的,据我了解世界上多数航空公司都开展了这样一个业务。

叶　蓉: 我们知道中航油可是在做原油期货上是巨亏啊?

李家祥: 但是我们国航做的性质和它不一样,它做是带点赌博的性质,我们做期货是锁定油料成本,目的不是炒作,不是用它去赌博,在我们认为油价比较低而且我们能够承受的一个范围内,我们先把它锁定,而且分批次地锁定,有半年的,三个月的,一年的,都是这样锁定,有什么风险呢? 我不像其他的期货商,如果我卖不出去怎么办? 我本身有需求,我们每年将近三百多万吨的用油量,锁定以后,我不担心烂在我手里。

叶　蓉：听说您是专门培养了一批精锐部队,神秘的七人小组,专门操作这个事?

李家祥：是。四年前我们就开展了这个业务,效果还是明显的,从去年到今年以来,我算了一下这一块化解我们的成本,减少支出大概接近5个亿。

叶　蓉：能不能具体讲讲什么办法可以让油价能够便宜点?

李家祥：尽量在节油上下点功夫。比如飞机上让旅客阅读的刊物原来非常多,实际上都是有重量的,那么我们就把这些刊物放候机舱里,由旅客自己拿。比如餐食,国航多少年来的配餐都是按照旅客比例的125%去配的,防止一些旅客不够吃或者多要一份等等因素。但是随着国家经济状况的改善,人民的追求包括饮食结构也发生了变化,我们看到没有必要配那么多,就减掉了一定的量,不但减少了航食成本开支,同时也减少飞机上面的重量,减少了用油量。等等这些综合因素,大约使我们消化掉了航油上涨带来的不利因素的70%。

叶　蓉：那么高啊? 所以说这个家大、家小会不会操持是关键。

李家祥：中国有句老话,吃不穷,穿不穷,不会划算就受穷。这个划算就是你的计算,实际上计算就是一个管理的问题。

叶　蓉：尽管有些乘客抱怨国航的飞机上要不到第二份盒饭,但是您的成本控制并没有造成客座率的下降,相反比其他公司的客座率平均高3%,客座率每提高1%将为国航带来近4.4亿元的收入。目前,国航的客座率高达81%,这是如何实现的呢?

李家祥：我们提的口号是这样的:看到国航的飞机就像看到了祖国,因为我们有国旗。坐上了祖国的飞机就像回到了家。在部队我是一个将军,但是到了航空公司我是搞服务的,首先我要注意体现这种服务意识。有一次出行,有一位旅客包背得比较多,我就主动帮他提包去了,结果他说怎么能让你老总提包呢,不敢当。我说我也是公司的一个员工,我们干航空公司干长了,就养成了一个习惯。他问什么习惯? 我说看见包就想提。

叶　蓉：但是您今年碰到一个很尴尬的事。

李家祥：上市问题。

叶　蓉：对。破发,本来是2.80元的价格,2.78元开盘的当天,而且是持续了半个月的破发。当时您是什么样的心情? 像一个孩子交出去让人家打分,说不及格、不够好

李家祥：七月份我们有盈利点的时候,民航方面公布了下半年全中国航空业亏损25亿多,行业公布了亏损,我们路演的时候,其他一些公司在公布业绩,一公布也是全面亏损,而且亏损的数量都是超过历年的亏损数量,全赶上了。我曾提出一个方案能不能暂时不发? 经过论证,选择减发的方案还是更稳妥和恰当一些,因为还要面对一些

投资者和股民的问题,你不能说要开演了,我们准备来看了,你突然说我不演了,这样会引起国航投资者失望的心情,所以还是要演。

管理是情感的沟通

叶　蓉：好像在财富管理、个人理财方面,您不是特别有心得。

李家祥：我的习惯是不愿意管小事,包括我个人的事情。

叶　蓉：懂得抓大放小。

李家祥：我对小事情历来不太管。好多人问我的习惯,我说我没什么特殊习惯,他们说看您经常喝白开水,不喝茶,你有什么秘诀吗? 我说没有啊,为什么喝白开水,省事,喝茶你倒茶、泡茶叶,又得洗茶杯。我就是白开水,矿泉水,我比较喜欢简洁明快,干什么事喜欢省事。

叶　蓉：三十多年的军旅生涯,然后让您在六年前进入了一个完全陌生的领域,这个领域跟经营有关。

李家祥：应该说我这个人的心态还是比较好的,我还是转得比较快,事实上这个经营理念、管理的理念,和军队的东西,有些大的方面是相通的,这就叫大道相通,隔行不隔理。

叶　蓉：这些人都是精英人群,您说人管理得都顺顺的,您是怎么个管理让他们顺顺的?

李家祥：实质上人的管理,我觉得最根本的是情感的沟通,这就是人和人的关系,我们是平等的,我们是互相尊重的。举一个例子,2003 年春节的时候,年三十那天上午,有一个人我布置的事情他完成得没有符合我的心意,我在电话里就非常严厉地训了他一顿,但是我马上意识到今天是大年三十,我这样一个训斥他可能春节就过不好。到了下午,吃年饭之前,我第一个拜年电话是给他打的,从级别来说,他跟我要低了好几级,他没有想到我会给他打一个拜年电话。而且拜年电话里,我讲到了他全年工作的表现,我说非常感谢你一年来为公司所做的贡献,我对你工作是非常满意的,我相信你明年会做得更好,我给你全家拜年。这时候我听到他电话里的声音是呜咽的。和员工如果有了信任和沟通的话,我表扬他,他认为我是鼓励他,我批评他,他会真心地感到我是爱护他。

叶　蓉：跟你交谈下来,我觉得您即有铁腕的一面,又有极具亲和力的一面。

李家祥：我批评人,甚至男士被批评得痛哭流涕的都不在一两位,这次我找他谈了一次话,很可能谈得他心惊肉跳,无地自容,但是他会记忆终身,批评这一次可能管了很多年。同样一个问题,我批评一般不会有第二次,如果你这个问题还没有改,继续影响工作的话,对不起,我会挪你的位置。

叶　蓉:如果您可以继续在部队当您的将军,但同时也可以到国航开创新的事业,如果这个主动权在您手里,您会做什么样的选择呢?

李家祥:我没有这个权力,这种可能性不存在。

叶　蓉:假设。

李家祥:真要有这种选择呢,如果是我自己的选择,我到国航,国航可能开始还不接受我呢。有一次我在北大做一个讲演,其中有一个大学生问我,说李总你说国航整个管理层是公开选拔、竞聘的,如果现在你到国航来竞聘,会不会选拔你?

叶　蓉:你怎么回答的?

李家祥:我说如果六年前国航要竞聘一个老总,我来,可能国航不会选择我;今天国航如果选一个老总的话,如果我继续报名,可能还会继续选择我,为什么? 六年的时间,我觉得是得到了群众的认可的。

【点 评】

军人当家

中国这家唯一悬挂国旗的航空公司掌门原来是军人。

李家祥是迄今为止,来到《财富人生》节目的第一位将军嘉宾。说起话来是声音洪亮,虽不着戎装,却是遮掩不住一身的军人气质。

少将他同魏家福一样,也是受命于危难之时,从空军调到当时危机四伏的中国航空公司的老大——国航。那时,国航连续三年亏损共二十多亿元人民币,资产负债率一度接近98%,落后于国内其他航空公司。期间,还发生了其他恶性违法案件。

军人出身的李家祥,以从严治军之势整治国企——铁血。果断。刚毅。该杀的杀,该关的关。坚持原则,寸土不让。这些,只是他展现的 A 面。与此同时,人们又见到了他的 B 面:人性化和感性。譬如,国航的人都知道,李家祥办公室门是从来不关的。

凤凰腾飞,搏击蓝天。中国国际航空公司,终于冲进了世界最赚钱航空公司的前十位。

李家祥的成功,叫人折服。从统领军队到管理国企,转型已在知天命之年。他之所以能够完成这一个成功的转型,可以用四个字来概括,那就是:大道相通。

它还告诉我们这样一个理:不仅在老百姓与军人之间没有万里长城,在一个优秀军队高级将领与一个出色的大型国企管理者之间,也是如此。

这恐怕也是改革开放年代的一个奇迹吧。

出生年月：1963 年　　籍　　贯：江苏扬中
创业年份：2001 年　　创建企业：尚德太阳能电力有限公司

无锡尚德太阳能电力有限公司董事长

以太阳的命义狂奔 ｜ 施正荣

1983 年　毕业于长春光学精密机械学院，获学士学位。

1986 年　毕业于中国科学院上海光学精密机械研究所，获硕士学位。

1988 年　留学澳大利亚新南威尔斯大学，师从"世界太阳能之父"——马丁·格林教授。1991 年以优秀的多晶硅薄膜太阳电池技术获博士学位。后任该中心研究员和澳大利亚太平洋太阳能电力有限公司执行董事，成为世界上攻克"如何将硅薄膜生长在玻璃上"难题的第一人，个人持有十多项太阳能电池技术发明专利。

2001 年　1 月，回国创办无锡尚德太阳能电力有限公司，是目前国内最大的太阳能电池生产基地，现任公司董事长兼 CEO。

2005 年　11 月 14 日，尚德公司在纽交所挂牌上市，施正荣创业 4 年便成为第一个入主纽约证券交易所的中国内地民营企业家。他将中国光伏产业与世界水平的差距缩短了 15 年。从一位频受外界质疑的创业者，变成了华尔街和媒体热烈追捧的"有钱人"。

2006 年　8 月 8 日，被纽约证券交易所聘任为国际顾问委员会成员，成为 30 位纽交所国际顾问中唯一的中国大陆顾问。

我从没对自己满意过

叶　蓉：您出身于一个什么样的家庭？

施正荣：我是出身于江苏省扬中县的一个农民家庭，我父母都是农民。

叶　蓉：听说您受妈妈的影响很大？

施正荣：对，我觉得做任何事情首先还得做人。应该讲在学做人方面，我母亲对我的影响还是很大的，她给我的印象就是，总为别人多考虑一些，可能平时自己条件也一般，或者平时省吃俭用，但是一到回报别人，或者是帮别人做事的时候，总是那么慷慨，这些对我应该讲受益匪浅。

叶　蓉：潜移默化，自己在平时待人接物时也会这样。

施正荣：是的。

叶　蓉：您的家乡扬中县，据说是长江边的一个岛？

施正荣：对，我年少的时候经常坐在江边看着远处的山，它给你感觉就是另一个世界，当时也很想去看山那边是什么样子的。我经常会有一些遐想，应该我这个人想象力还是比较丰富的。

叶　蓉：那么支持您走过那座山，然后走出国门，不断地进取、不断地超越的力量是什么？

施正荣：我觉得也许和性格有关，我好像从来没有对自己满意过，总觉得还能找到更多的发展机会，包括现在。不认识我的人也许觉得，这小子当上了首富可能是天天生活在云彩里。但对我来讲，我觉得我还是要上班，还是要做研究，做我想做的事情，以及思考怎样把这个公司向前推进。

叶　蓉：能不能告诉我们下一个梦想是什么？

施正荣：下一个梦想是要让像你一样的人尽快能装得起太阳能发电产品。

叶　蓉：听说您在自己老家的房顶上已经铺上了太阳能电池，是吗？

施正荣：对，这个房子的发电是来自于太阳能，热水是来自于热灯。

新能源领域的专家

叶　蓉：我知道您接触到太阳能发电行业是在读博士的时候，当时就意识到这是一个朝阳产业吗？

施正荣：应该讲那是一个很偶然的机遇吧。1988 年，我作为访问学者到澳大利亚去留学。可当访问学者只有一年期限，当时出国很不容易，所以我想寻找留下来深造的机会。因为一个偶然的机会，我碰到了我后来的导师马丁·格林教授。

叶　蓉：马丁·格林教授，说起来是赫赫有名，他曾经是 2002 年的诺贝尔环境奖的获得者，被称为世界"太阳能之父"。

施正荣：对。马丁·格林教授当时是新南威尔斯大学的电子工程系的一位教授，他所在的电子工程系还有一个太阳能光复研究中心，就是太阳能发电电池的研究中心。我当时也是碰碰运气，我把来意说了，他说我这里没有工作，那么没有工作就没有机会了嘛。后来我就说，我并不是要找一个全职的工作，我只是想找进一步深造的机会。然后他说，请进。

叶　蓉：后来您成为新南威尔斯大学用最短的时间完成博士学位的学生？

施正荣：对。

叶　蓉：您是怎样做到的？您以前都没有涉足过这个领域。

施正荣：当时我们有一个课题，叫薄膜太阳能电池，就是多金硅薄膜太阳能电池，这是第二代技术。我特别感兴趣，就加入这个课题组。当时，格林教授认为我初来乍到可能对这个行业也不了解，让我做的是一个比较简单的课题，就是让硅薄膜长在玻璃上，这就相对比较简单了。我大概花了半年时间就把这个课题做完了。

叶　蓉：后来呢？

施正荣：可能跟我个人性格有关系，我这个人喜欢折腾，或者说喜欢挑战。我当时心里就在想，让薄膜长在玻璃上倒很有意思，因为老板没有把这个任务分配给我，我当时自己就到图书馆查很多的资料，然后研究了三四个月，形成了一些想法，然后开始自己默默地做实验。然后也很巧，因为我的思路可能跟之前他们的思路不太一样，三个月以后，我的实验结果比他们所有人都好。因为我当时都是自己暗暗地做，我也没有跟他们讲。这时候，我就跟一个博士后聊，把一些技术给他看，跟他分析，他说你应该向老板汇报。

叶　蓉：他已经觉得您很好了。

施正荣：是的。后来导师就正式把我分到这个课题组。我只花了两个月的时间，就使第一块我们叫连续性的膜生长在玻璃上，要知道让晶体硅长在玻璃上，那是很难的。应该讲，我是世界上第一个用新方法使多晶硅生长在玻璃上的人。实验结果出来后，我就想到这个博士论文可以通过了。

叶　蓉：据我所知，您拥有十几项太阳能国际专利？

施正荣：对。1994 年，我的导师在外面筹集了 5000 万美元的资金，要把太阳能薄膜技术产业化。我负责技术的开发，最多的时候，我要领导 18 位博士，他们来自俄国、非洲、印度、美国等很多国家。在这个公司我学了很多，如果把这个公司的工作内容全部都发表的话，至少要 100 篇以上的论文。所以说，可以不谦虚地讲，在多金硅薄膜这个领域，我是世界上少数几个真正的专家之一。

创业之初的窝囊

叶　蓉：1988 年的时候，您是我们国家比较早的公派留学生，那会儿曾经说过一句话，就是为了出国而出国，那为什么后来您又会选择回到国内再开创自己的事业？

施正荣：2000 年，我有几个朋友回来比较早。有一个朋友跟我讲，你有这样的技术应该回去，我当时也不相信。2000 年 4 月份，我花了一个月时间在国内东西南北走了一圈，发现国内变化确实蛮大。然后呢，当时就萌发了这个念头。另外还有一个原因：我在澳大利亚公司的工作也做得差不多了。

叶　蓉：那为什么后来会选择无锡来创办企业呢？

施正荣：我觉得无锡在吸引人才方面，尤其是海归人才方面，做得非常到位。我觉得这个地方是人才济济的地方，所以当时就下决心到无锡去。当然下决心归下决心，能够找到钱投资也是很困难的，我记得当时新区的一个领导在无锡的一个投资者的门口等了三个小时也没见到人，最后无锡市的一个分管工业的副书记他发了一个行政命令，说如果你们认为施博士是一个人才，你们把他放走了，我们要找你的。在行政命令下，再加上一些政府下面的风险投资基金，这么七凑八凑才把钱凑到位，才成立了这个公司。而且当时有些投资者是在政府的压力之下才把钱给我的，甚至有些人说，就当把这个钱扔在水里了。我当时决定有这个平台就得干一把，所以在 2001 年的 4 月份，我和老婆孩子坐同一班飞机回来，把那边的家具该送的送，该卖的卖，然后房子租出去。

叶　蓉：想的就是一定要干一番事业出来。

施正荣：对，当时我一方面好像很有信心，另一方面我觉得干不成也没什么大不了，干不成我再找工作我想应该没问题。

叶　蓉：可是你的公司在 2002 年的时候，经营碰到了很大的问题，是吗？

施正荣：是的。2002 年的时候我到无锡已经有七八个月了，可是还没有大规模形成生产销售。那么，这时候社会上包括公司里头就有一些说法。

叶　蓉：我知道有一个挺刻薄的说法，说是又来了一个只打雷不下雨的企业。

施正荣：对。无锡本地人就讲，这个读书人到底行不行。在这样的情况下，我当时带来的博士生，还有一开始跟我一起创业的一些骨干开始离开了。

叶　蓉：你心里有没有动摇过？

施正荣：没有，没有动摇过。因为我认为他们只了解我的一方面，或者对我不是很了解。因为我心里很有底，生产太阳能电池的设备没有来，你不能怪我呀。如果设备来了，我做不出来，或者做出来了东西卖不出去，那才是我的责任。但是在外界看来，他们会说你自己带来的人都不相信你，看来你就是不行。然后，还有一段时间就是公司确实没有钱了，640 万美金，买设备、厂房搞改造已经用得差不多了。

叶　蓉：据说有两年时间，你带头每个月只拿四分之一的薪水。

施正荣：对。四分之一的薪水，有一个月有些员工还拿不到工资。在没有钱的时候，我们的设施有很多管道、阀门都需要外面的工程公司帮我们做，有一个公司不相信我们有钱给他们，所以工人就冲到我的办公室里，那个架势要给我干仗，所以当时我有很窝囊的感觉。

叶　蓉：据说在资金不足的情况下，您还决定要扩产？

施正荣：是的。应该讲这是非常重要的决定，如果没有这个决定，就很可能没有尚德的今天。当时 2003 年的 4 月份我就提出来要扩产，但是没钱，正好这时候有一家美国公司在纳斯达克掉盘了，他们有一个设备我知道全价要 1800 万人民币。我就跟他们联系，他们问我，你要不要，我说要，半价。就半价买回来了，而且他把这个设备运到制造商那儿重新调试了以后再运回来，又帮股东们省了近 1000 万，我们就是在做这种低成本的扩张。

叶　蓉：我知道您把这个钱把得很死，该杀价的彻底杀价，还有就是我觉得国际上的信息您好像非常了解，您是不是很注重国际市场这方面信息的搜集？

施正荣：对，我一直很注重的，在澳大利亚这十多年大会小会我都参加，所以整个行业有哪些公司，有什么技术，各种技术到什么阶段，应该讲是了如指掌，在这样的情况下往往就比较容易做决策，所以我觉得对于高新技术企业，尤其在一开始，第一把手懂技术可能很重要。

中国是全世界最大的市场

尚德公司2001年1月注册,2002年开始运营,2003年年底盈利90万美元,2004年盈利1800万美元,2005年盈利5000万美元,2006年预计盈利1亿美元……

叶　蓉：渡过了这个难关以后,您的公司是不是马上就盈利了?

施正荣：是的。2002年我们第一条太阳能电池生产线是9月份投产,12月就盈利了。然后每个月都有盈利。

叶　蓉：那您是如何打开自己的市场的?

施正荣：当时我们投产以后也有人讲,把产品做出来能卖得出去吗? 所以从2002年的11月份到2003年的4月份这段时间我一直在国外,包括春节都在国外,就是找销路。到2003年的4月份,我把整个2003年我们能生产的电池全部都卖光了。

叶　蓉：您在自己的业务领域做到了一个世界顶尖科学家的地位,您做企业又把这个企业和个人的价值带到了第一的位置。那么,我想请教的是:如果要把一个科学成果转换为一个产品的话,您觉得在这个转换过程当中什么是最重要的?

施正荣：我觉得首先做企业必须要赚钱,尤其是一个新的企业。因为你不赚钱你就很难活,所以我认为首先考虑的是生存,然后才是发展。这是我在经营尚德公司的时候,在我头脑里始终很清晰的一个想法。

叶　蓉：现在媒体在采访您的时候,是不是经常问您成为中国首富之后的感受?

施正荣：说句心里话,我真的没什么感受。因为很多人讲你一夜暴富,好像一夜之间就把一个人给改变了。对我来讲,这只是一个事业发展的过程,只是一个过程。

叶　蓉：随着公司的上市,您是一夜之间跨进了中国百亿富豪的行列,很快又成为中国的首富,为什么投资者会如此看好这个股票?

施正荣：最近太阳能行业发展很快,从股市上讲总体表现是不错的。和其他公司相比,我们是世界上最大的专业从事太阳能发电产品制造的公司之一,而且可以讲,营运能力是最强的一个公司。所以说,跟很多其他公司相比,我们是具有实实在在的业绩的,并不是像很多高科技企业只是凭一种概念。另外,大家都知道全球经济发展都很快,资源消耗也在加速。据欧洲一些专业机构的最新研究,大概到2030年左右,我们储存在地球上的煤、汽和油的消耗将达到顶峰。

叶　蓉：有这么严重？我们似乎还觉得这是学界的耸人听闻呢。

施正荣：是，是，就是这么一个严峻的形势。在我们科技领域，我们有这样一个说法：如果再过 20 年，各国政府还不关注寻找新的可再生能源，可能到时候，连寻找可再生能源的能源，都没有了。

叶　蓉：您从事的太阳能这样一个行业，有些老百姓是有一些概念的。比如说，有些人会用太阳能热水器。那么，您企业的产品和太阳能热水器这样的产品有关系吗？

施正荣：我们是跟太阳能热水器完全不一样的产品，我们是太阳能发电产品，事实它是一个半导体装置，我们可能对计算机芯片比较了解，它的集成和它的很多工艺跟计算机芯片的过程是很相似的，也就是所谓的硅片，它能直接在太阳的照射下把光能转变为电能。

叶　蓉：我知道您的产品 90% 是销往美国、德国、日本。那么，为什么主要是销往这些国家？您的产品在中国找不到市场吗？

施正荣：怎么说呢，这可能是西方国家比较先进的地方。一个是政府的重视，另外一个是普通老百姓的素质。他们对能源危机的意识，至少比我们国家的国民要早很多，加上他们环境保护的意识也很浓。

叶　蓉：我们知道太阳能发电的成本价格是沼气发电的 7 倍、风能发电的 6 倍，以及火力发电的 11 倍，是不是中国老百姓经济上达不到这样一个支付能力？

施正荣：其实我们这儿有一个误区。我举一个例子，如果我们老百姓的电费，每度电费增加 1 分钱，中国就是全世界最大的太阳能发电市场。

叶　蓉：每度电增加 1 分钱就可以做到吗？

施正荣：对，你可以计算一下。在欧洲，德国就是政府给个政策，如果我们家装了三千瓦的太阳能发电站，那么我发的电全部能够卖给电力公司，电力公司会以比一般的电更高的价格收购，比方讲 5 块钱一度电收购。那么收购这个电力的公司也是一个企业，他不可能自己掏钱来收购高价的电，他会把这个多余的成本摊销到每个用户，摊销到每家每户，德国每家每户一个月要多付 1 欧元。中国的人口是德国的多少倍？那么也就是说，如果我们国内每家每户每度电多付 1 分钱，中国太阳能市场就会是全世界最大的市场，而且让你每度电多付 1 分钱，我估计你连感觉都没有。

叶　蓉：那什么时候像我这样的老百姓也能够用上你的产品？

施正荣：三五年时间。

叶　蓉：新能源领域出现一个首富，我觉得这似乎也在带给我们一个信息，那就是新能源已经在开始释放它的能量了。

施正荣：是呀，我所从事的太阳能发电事业能够给人类的可持续发展带来巨大动力，所以对我来说，金钱上的财富可能只是一个会随时更改的数字，但对事业的追求则能带给我无穷的力量和无比的快乐。

【点 评】

太阳最红

2002 年创办企业，只花了三年的时间，施正荣就成为中国大陆第一个进入纽约证券交易所的民营企业家。异军突起，凭借的是他所立足的行业。

在那一年年初的《财富人生》节目里，我与时任《中国企业家》杂志的主编牛文文、《第一财经日报》的总编秦朔聊过这样的一个话题：中国下一个首富，会出现在哪个行业里？

当时，我们预计首富诞生的行业：不是出于能源行业就是来自金融业。

事实的发展，果然如此。太阳能新能源行业里产生了新首富施正荣，我们成为采访他的第一个电视媒体。

新首富的五官是淡淡的，如同他的气质，淡而儒雅。毕竟是个下海的书生，不同于一些以前对话的富翁。

首富之新，新在诞生了一个富翁的新类型，涌现了一个创富的新样板。他拥有自己的财富源——14 项知识产权，他一手打造了由知识转化为财富的生产线，迅速进入令财富得以增长的平台——成功上市纽交所。

知识在什么时候最易变为财富？一方面取决于个人，也就是主观的元素。另一方面，则是有赖于客观的现实环境，要靠规范的市场、资本的运作和健全的法则……这一切，其实就是我们常说的造英雄的时世。

我们并不是片面强调客观的重要，但在一定的条件下，它确实对英雄的产生起到十分重要的作用。用坊间的话，就是出道早比不上运道好。2000 年回国考察，2002 年回国创业；施正荣正赶上了中国改革开放进入的一个崭新阶段。

出生年代：1975 年	籍　贯：江西
创业年份：1997 年	创建企业：苏州柳新集团，江西赛维 LDK

赛维 LDK 太阳能股份有限公司首席执行官

超光速致富 ｜ 彭小峰

1997 年　22 岁的彭小峰怀揣赚学费出国留学的梦想，只身前往苏州创业。从最初依靠老客户获得订单，到做进出口代理，短短数月后，从贸易转向实业，从针织手套、化工手套、各种材料手套，扩展到各种服装、眼镜、口罩，创立了苏州柳新集团。

2004 年　创业 7 年后，彭小峰旗下企业出口额超过 10 亿元，员工近万人，完成了从 2 万到上亿元的资金积累，成为亚洲规模最大的劳保用品生产企业。

2002 年　彭小峰出差去欧洲，他了解到欧洲正酝酿修改交通安全法——将反光背心列为汽车随车标准配备，以保障驾驶人夜间下车巡视车辆等情况时的安全。获知这一消息的彭小峰让工厂立即作好了生产准备。

2004 年　欧洲的意大利、西班牙率先实施这一要求，国内其他企业尚未有所反应，彭小峰的货已经开始销售，迅速占领 30% 的市场份额。当年，彭小峰的公司年出口额达到了 10 亿元。此后面对火爆后的滞销，彭小峰开始了为期两年的太阳能行业的市场调研，开始从传统劳保制造业改行高科技太阳能发电行业。

2005 年　彭小峰启动资金 5 个亿，开建太阳能产业——目前的江西赛维。

2006 年　3 月份，投产 75 兆瓦生产能力，预计产值达 8 亿。

2008 年　6 月 1 日，赛维 LDK 成功在美国纽约证交所上市，成为中国企业历史上在美国单一发行最大的一次 IPO。

做生产赚学费

彭小峰1975年出生于江西安福,父母在镇上做些小本生意,供养一家生计。彭小峰读书期间就开始做生意,1997年他带着仅有的两万块钱来到苏州创业,后来成立了苏州柳新集团,生产销售个人劳保用品。

叶　蓉:你小时候的理想还记得吗?

彭小峰:很小的时候就特别崇拜爱因斯坦啊,居里夫人啊,又看了很多立志的书籍,像钱学森,包括杨振宁、李政道,他们都是华人然后到美国留学,并且取得了成就,还有一些回来报效祖国的。这种书对我起了非常大的作用,所以一直想成为像中国的爱因斯坦这样的人物,甚至有一段时间连头发都要梳成像爱因斯坦一样的,蓬蓬的,不去管它,偶像一切都是好的。

叶　蓉:但是为什么当时在选择专业的时候,并没有去考大学,而去考了中专,而且去学外语了?

彭小峰:实际上我当时考的是全校最好的成绩,那个时候首先要找一个铁饭碗,找一个能供职的、比较好的、包分配的单位,这是父母的想法。所以当时一般学习好的学生反而去上中专。

叶　蓉:是潮流。

彭小峰:那几年所有县城的好学生基本上都去读中专了,因为我希望将来有机会去国外留学,所以我选了外贸学校,因为外贸学校是唯一可以再学英语的。

叶　蓉:那怎么会一发不可收拾,放弃国外留学的梦想,就开始赚钱了呢?

彭小峰:慢慢做了以后歪打正着。开始做贸易是为了赚出国的学费,以后就自然而然想着办实业,实业做起来以后,员工越来越多,慢慢变成一个责任了。

叶　蓉:为什么选择做劳保用品呢?

彭小峰:也是偶然的吧,当时创业主要都是劳动密集型产业。

叶　蓉:为什么您会把关注的目光,继而把钱全部义无反顾地投到了光伏行业? 您是什么时候接触到的光伏行业呢?

彭小峰:最早在2003年。因为经常出差到欧洲,当时欧洲开始谈论可再生能源法,就是包括风能、太阳能等可再生资源,我们就感觉到可能将来太阳能这一块有非常大的发展,所以开始关注、调查这个行业。当时国内包括亚洲已经有一些企业开始投入太阳电池和太阳模组的工作。但是我发现这个市场做上游这一块的非常少,我就想为什么我们不能参与进来?后来越进入就越发现有非常大的商业机会在里面。

投资光伏产业

彭小峰的模式并不复杂,他做的是太阳能电池里的硅片,目标是成为全球最大的硅片生产供应商。

叶　蓉：赛维从公司的成立到现在,实际上是以超越光速的速度在发展。当时新余市政府花大力气,吸引赛维到新余去,他们应该觉得非常满意吧?

彭小峰：新余市政府,江西省政府,新余人民都是对我们比较满意的。我们现在是将近8000人的企业,我们企业员工的收入待遇可能也是江西省最好的一个企业之一,现在我们不论从经济规模、发展速度,对当地的带动都是非常大的。

叶　蓉：您最初在新余从200个人中招了8个人才,但是真正的高管,或者真正的专业高技术员工可能就要从全国各地甚至是国外邀请了,你上哪里去网络了这些人才呢?

彭小峰：赛维能够不到两年时间就在纽交所上市,实际上是和我们成功整合国际资源有很大的关系。虽然我们的公司是在江西的一个不发达的地方,但是我们是一个非常国际化的公司。我们的市场分布得比较广,欧洲、美洲、日本、韩国包括国内、台湾地区,是一个非常国际化的市场。人才也是一个非常大的资源,现在二百多个人长期在新余工作,他们来自美国、欧洲、日本,和其他一些国家,包括台湾、香港的,基本上各大洲的人才我们那里都有。我们成功地整合各地的人才,另外我们的财务资源,国内顶级的私募资金、日本的私募资金、美国的私募资金、欧洲的私募基金全部进来了。

叶　蓉：他们怎么关注到在中国内陆,江西新余有这么一个好项目的厂啊?是不是跟你招来的这些高技能人才,包括高管国际化的构成有关?

彭小峰：这个很有关系。因为他做私募或者上市都有很多经验。所以我们的资金非常国际化,技术也是非常国际化的,设备也是各个国家最先进的设备,所以我们从设备、技术、人才、市场、资金基本上都是国际化的,所以可以说成功整合国际上的各种优势资源,只是工厂在江西而已。

叶　蓉：施正荣的尚德跟您的企业其实是有一定的关系的,他本身就是这个专业出身的,自己还拥有16项国际专利的技术。从这个角度看,您应该是一个十足的门外汉了,您为什么就敢对光伏产业有这么大的投资额和这么坚定的信心呢?

彭小峰：一个人能做成功一件事情就是不容易的了,像施总这样的又是科学家,又是企业家,那是天才中的天才。从商业角度来讲,世界上50%以上的企业家,都是纯商业背景。我在做赛维之前还算一个成功的商人,在商业这一块我还是有一些天分的。

叶　蓉：也就是说您嗅到了商机,而且是一个前所未有的,可能很少有人涉足的蓝海?

彭小峰：依据的就是商业的分析。另外我本身对光伏、对物理这一块有很多的了解,因为我从小的梦想就是成为物理学家。

叶　蓉：无锡尚德,它做的是光伏产业当中的组件,而你们是把触角伸向了它的前端——硅原料的生产。当时你们为什么没有像施博士那样选择产业链上的中端,而是伸向了它的前端呢?

彭小峰：国内已经有像尚德这样的好企业,任何一个行业如果下游发展起来以后,上游是一定有市场的。我想既然没有人投,那为什么我不来做这件事情呢?

叶　蓉：来自欧洲、美国等发达国家的高技术人才,以及管理团队又是被你的什么样的一个计划吸引到江西新余这样一个小地方来的呢?

彭小峰：我们一开始设立企业的目标就是,我们要建立这个行业未来第一的领袖企业。至少在太阳能晶片这一块,我们要做到世界第一。然后我们把我们的战略、我们可实施的计划跟他们讲,他们中间70%,80%的人是相信这个战略是可以实施的。而我们想成为世界级的企业,我们也希望找这个行业最好的人加入。

上市只是一个开始

叶　蓉：今天的赛维已经交出了非常好的成绩单,一个创立于2006年的企业,在短短不到两年的时间里就在纽交所上市,这是当时您描述给您的高管的愿景吗?

彭小峰：当时描述的还要稍微晚一点,我们描述是到七月份上市。

叶　蓉：你怎么有这么大的信心能够两年就把这个公司弄上市?

彭小峰：首先,这确实是一个非常好的商业机会,另外是我们特别专注这一块,所以我们一定是找真有执行能力的团队来做。我们公司的人做事非常快,或者是执行能力非常强,效率非常高。他们对工作有绝对的热忱,一般我们会觉得老外是不加班的,雷打不动的休息习惯。我们公司不管是从高级副总裁执行副总裁，或者是一般的经理、工程师，星期六、星期天都能找到他，甚至晚上十点钟还能找到很多老外，他们加班比我们现在当地的一些工程师还要多。

叶　蓉：为什么？

彭小峰：除了新余市比较小，没什么别的活动，更重要的是他们非常认可公司的执行效率，他知道公司的速度是非常重要的。我们公司都认可专注、速度和执行效率。他们知道我们公司希望成为这个行业的领袖，我们都有一个梦想，希望在有生之年能够把太阳能发电的成本降到比石油，甚至煤炭的发电成本还要低。

叶　蓉：是不是大家都有一个两年上市的奋斗目标，我们要严格按计划定的时间表来推进我们的建设速度？

彭小峰：节奏把握肯定是要控制的，但是上市对我们公司来讲只是发展中非常小的一部分，上市只是融资，上市了以后，我们公司也没有很大的庆祝，对我们公司来讲最重要的还是公司的将来。怎么样把公司的市场份额大幅度提高。

叶　蓉：上市以后，赛维员工可以说是千万富翁构成的团队，他们还能像之前一样那么卖命吗？

彭小峰：这个是金手铐，要变现还要有一段时间。另外，我相信他们最重要的还是看这个行业的发展，他也跟着公司在成长，看着公司的价值在增长，他能看到公司原来所做的计划、规范都在一步步实现。我们有很多的员工，他在美国也能有很好的收入，但是在赛维他很多梦想都能变成现实，所以这种挑战是对他人生非常大的一个挑战，因为他想实现梦想。

叶　蓉：今天在您的概念当中，有意义的事情是什么样的事情？

彭小峰：那有很多啊，首先我们现在苏州和新余两个企业，将近快两万人的企业，两万个家庭；另外我们为新能源的发展在实践，哪个新能源将来能够真正地替代石油，它的资源是无穷性的，而且能够把成本降低到比风能甚至比煤炭还要便宜的，这就是我们的希望。

叶　蓉：我始终对这个梦想存有疑惑，现在太阳能多贵啊！

彭小峰：现在太阳台发电成本要三块钱一度。煤炭发电成本几毛钱一度，国外要贵一点，一块左右。但是你想最早的手机买三万多块钱，现在300块钱就可以买到一个。最早的电脑可能几十万一台，现在一万块一台已经很好了。我们现在价格贵是因为我们的产业还非常小，将来我们的行业一定比半导体行业大。从现在的三块钱降到将来的三毛钱到六毛钱是太有可能了，我相信我们行业一起努力，可能就是五到十年的时间，就可以达到欧洲国家的平价电力，所以说可能性是非常大的。

首次遭遇信任危机

从赛维创立至今，争论和质疑的声音就从来没有停止过。其中最大一次风浪来自前财务主管司徒伟成的一封"告密信"。他认为赛维登记的硅料库存数量远远高于实际，于是向美国证监会和媒体报料，称公司虚报数字。随着"库存门"事件的影响，赛维股价一路下跌，彭小峰遭遇了一场巨大的信任危机。

叶　蓉：6月份上市，上市三个月以后就发生了一个所谓的库存门事件。

彭小峰：我相信这是所有的企业在成长过程中需要经历的，只是每个企业经历的不同。大部分在美国上市的公司，都有不同的故事、不同的版本，有不同的案例，我们是其中的一个很好的学习案例。

叶　蓉：这个案例的价值在什么地方？

彭小峰：从这个事件出来到现在全部处理完，这个过程我相信对很多中国企业在美国上市都是一个很好的学习案例。

叶　蓉：怎么会有这个事件发生，你有没有去分析过原因？仅仅是个人恩怨吗？

彭小峰：事情就是这样起来的，辞退一个员工，后面引起了一些事情。这些事情当然就增加公司的管理难度，也是公司成长过程当中一个学习的经历，因为是在美国上市，本身监管是非常严格的。

叶　蓉：因为这个事情，赛维的股价在半个月之内跌掉了近60%，您的个人财富也打折了，这件事情对企业的冲击，对员工信心的影响，以及对你个人的影响大吗？

彭小峰：对我一点影响也没有。首先我到现在没卖过一分股票，将来也可能没有意愿要折现。我现在占公司将近70%的股权，这个公司长远发展才是我最终的追求。

叶　蓉：那是您个人的感受，因为你已经脱离对个人财富的这么一种强烈心情，但是对于普通的员工，三个月股票掉那么多，士气是不是会受到很大的影响？

彭小峰：没有，我们公司的员工还是照常的工作。反正我工作更努力了。

叶　蓉：为什么在太阳能光伏行业，企业股价会因为一件并未查实的消息的影响而导致如此巨大的波动。

彭小峰：对一个中国企业，美国投资者本身就不是很了解，很多分析师从来没来过我们公司,所以消息出来后,可能会有一些想法。恢复投资者信心也是我们公司一直在做的事情。本来是可以稍微偷懒一点,现在要更勤快一点了。

【点 评】

肩 膀

在太阳能行业里,彭小峰再创辉煌、再写神话。

2005 年,当他的前辈施正荣上市纽交所时,他的工厂才刚刚在江西新余建立。他用了比施正荣少一年的时间,在两年内就走进了纽交所的大门。彭小峰是幸运的,也是幸福的。他赶上了一个神话辈出的时代,只要你有心,勤奋,抓住节点,踏准行当;就有可能谱写出神话来。

因为时代不同了。彭小峰不会碰到二十多年前,他的前辈创业时遇到的困难和问题。国门打得更开,平台筑得更大,信息更对称,资本更活跃……

正因如此,彭小峰的神话实现了,而且很神奇:成立公司不到两年就上市纽交所,身价一下子增至 400 亿。真可谓是超光速致富。这一切的迅速实现,用句老话来说:我们是站在了前人的肩膀上。我们走在前人开辟的道路上,不但有了路,而且是高速;还有了维修师和 98 号汽油。

有道是,前人栽树,后人乘凉。当我们也成为前人的时候,多栽树,栽好树,该是我们这一代的责任和使命。

为更多更美的神话诞生,提供坚实有力的肩膀。

出生年月：1973 年　　　　籍　　贯：浙江宁波
创业年代：1992 年　　　　创建企业：分众传媒

分众传媒集团董事长
寻找属于自己的那辆马车 ｜ 江南春

1973 年　出生于上海，祖籍浙江宁波；1995 年毕业于华东师范大学。

1992 年　在校期间便加入广告业。

1994 年　大三成立了永怡广告公司，自任总经理。到了 2001 年，永怡收入达到了 1.5 亿，在上海广告界声名鹊起。

2003 年　5 月，创立了分众传媒，担任董事局主席和首席执行官。决定绕开竞争惨烈的传统媒体，走"分众"之路，专攻楼宇液晶媒体。

2005 年　7 月 13 日，分众传媒成功登陆美国纳斯达克股市，成为海外上市的中国纯广告传媒第一股，并以 1.72 亿美元募资额创造了当时的 IPO 纪录。

……　　上市之后，马不停蹄地在国内泛广告领域跑马圈地：四天之内，分众传媒收购框架媒介，合并当时中国楼宇视频媒体第二大运营商聚众传媒，进一步巩固其在楼宇电视、社区、电视、户外大屏幕等领域的霸主地位。

2006 年　3 月 7 日，分众传媒全资收购北京凯威点告网络技术有限公司，启动"分众无线"手机广告媒体品牌，突入手机广告领域。

2006 年　8 月 31 日，分众传媒收购影院广告公司 ACL，收购完成以后，ACL 更名为分众"影院网络"，进入了影院广告领域。

2007 年　3 月 1 日，分众传媒宣布，将以 7000 万美元现金和 1.55 亿美元分众传媒普通股收购国内最大网络广告服务商好耶，进军网络广告领域。

一个不安分的青年学生

叶　蓉：我们现在都知道江南春是个财富青年,可是很少有人知道十年前的江南春是一个文学青年。

江南春：差不多吧,我的梦想一直是去做一个文艺青年。

叶　蓉：我知道你爱好文学后就在想,江南春是不是一个笔名。

江南春：真名,生出来就是这个名字,是一个宋词词牌名。但是我爸爸告诉我因为姓江,朝南春天生,所以你叫江南春。后来我一般都解释为词牌名,这个解释比较优雅一点,显得比较有文化。

叶　蓉：你喜欢文学吗?

江南春：不知道是不是因为这个名字,我中学的时候就非常喜欢文学。我喜欢写诗歌还有文艺评论。

叶　蓉：我们知道你大二的时候就当上华东师大的学生会主席,应该说这个难度还蛮高的。

江南春：这是因为我在细节控制方面做得非常好。我印象非常深,当时去大系组演讲之前写了一个稿子,写完后还找了无数个中文系的老师帮我修改,改完后我念了200遍以上。我那天去的时候脑海一片空白,但是人家依然觉得我讲得很精彩。因为我讲的每一个话每一个手势都不需要大脑思考的。就是像被机械操作的木偶一样讲完的。讲完了之后开始提问,三个人都是我安排好的,所以之后就顺势讲了很多施政纲领,都是把我的演讲稿里面可能会被挑到的问题事先埋藏好,这下我就完全发挥的。好像很顺利地就赢得这个东西。

叶　蓉：给我的感觉你是一个必须达到目标的人

江南春：是这样的。在达到一个目标的过程中,我讲究的第一是态度。我在公司一直讲态度决定你的命运,就是你取得这个东西的欲望有多强烈。是不是认为取得成功是人生的一个重要组成部分,是生活的一个重要的勇气所在。第二个部分我觉得是细节控制,要对可能影响达成目的的执行过程中的每一个细节进行控制,确保最后不偏不倚地达成目的。否则,缺乏细节控制的能力,或者缺乏基本的态度,都没有机会了。

大学三年级的小老板

叶　蓉：当时是在大学三年级的时候自己就开始办公司了

江南春：对,永怡。

叶　蓉：当时办永怡的时候目标是什么,有没有想到在美国上市?

江南春：完全没想过,目标还是挣钱吧。原来对钱没有特别强烈的印象,1993年一年赚了五万块。在那个年代这个钱还是很多的,让我有一夜暴富的感觉。第二年影视广告、广告销售、媒介投放我都经历过了。我觉得应该自己来玩一玩,我觉得每个过程我都能控制。然后就去做,第四年开始有自己的广告公司,当时的想法只是说毕业之后有一个职业。

叶　蓉：到了什么时候你的观念发了变化,觉得自己在广告这个领域要开拓新的路子?

江南春：十年之后。从1992年底加入这个行业,到2002年开始转型,我专心的,就做一件了这事,这十年对我的人生有巨大的影响。

叶　蓉：想要创新想要改变,当时有方向吗?

江南春：方向是肯定有的。当时我觉得广告行业转媒体,是唯一的选择。我花了十年的时间去做一件必须做的错事,所谓必须就是如果不经历这个过程,原始资本积累、对产业观念的积累和观察这个经验就没了。我说我做的是错事是因为我一直在做这个行业当中价值链最脆弱的一个环节。

叶　蓉：为什么是最脆弱的?

江南春：广告有广告组,有制作公司,有代理公司,有媒体发布公司,有媒体拥有者。在这个环节当中我认为最脆弱的就是卖智力的,也就是是做代理做策划的。本来感觉非常好,很满足于做为一个策划人员,帮助一个品牌做到什么什么。后来发觉这是不对的,我是这个环节当中最薄弱的,最难赚钱的,花心血最多回报最低的。这个对于我来说,是很难复制、回报率很低的一个行业,但是我花了十年在做,这是一件错事。

香樟花园会晤纠正十年的错

叶　蓉：我知道有个香樟花园会晤,对你的分众传媒的发展意义很大。

江南春：是的,跟陈天桥在香樟花园的这个聊天使我开始非常清晰地认识到原来我做的是件错事,十年做了一件错事。

叶　蓉：你跟陈天桥的渊源是怎么开始的。

江南春：在2000年年底到2001年的过程当中,我们永怡是他的广告代理公司,我们帮他策划代理很多广告,所以大家就非常熟。他的转型其实一直给我很多启发。跟他谈了之后我就发现这个产业的最后的回报率是完全不同的,同样花非常多的努力,他所得到的回报率是完全不可想象的。我也很努力,他也认为我整个的投入非常多。

叶　蓉：方法错了?

江南春：肯定是战略错了。从自己的努力来说,未见得天道一定酬勤,天道酬勤是一个句子,最后还是要有一个正确产业。现在只是从战术角度说,我如何做到在代理行业中更有竞争力,但如果换一个更高的层次看,是否可以站在价值面最高的那个地方,并且在这个价值面当中形成一个令人无法竞争的一个环节,是天桥给我的一个最大的启发。所以当时我就决定,无论未来这个企业是输了还是赢了,我也无怨无悔。从大的战略上看是对的,当然不一定就能执行成功。但是我觉得通过十年的这个转折点明白了一个道理,这已经值得了。

叶　蓉：分众传媒为什么会以楼宇广告投放的媒体形式出现呢?

江南春：主要还是思考,我决定做传媒媒体之后,肯定是做一个新的媒体。因为整个市场的媒体很多,不会有太多的空间杀入进去。我一直有个想法,所谓电视广告属于夜晚,而注意力更加集中更加兴奋的白天没有电视广告。所以当时我想出来的第一个概念就是叫白天的户外电视广告,如果这个世界已经存在一个属于家庭的、属于晚上的传统的电视广告市场,就可能会产生一个属于白天,属于家庭以外很多个地点的全新的电视广告市场。由于他是户外的,所以你可以选择不同的地点,使得你的广告传播非常有针对性。现在商品都已经细分化了,很多商品针对中高档人群。从电视角度来说,回家面对几十个完全不同的频道,但是走到电梯口的话,可能只是一个频道很难转台,无可选择。

叶　蓉：在进入楼宇电视广告之前,你都做了哪些安排?

江南春：主要是机器研发。因为如果你在技术上达不到那显然是行不通的,举个例子说,你挂一个电视机在电梯口肯定不行。开始想到 LCD 如何直接组合,类似手持 DVD 一样,做了之后我去做市场调查,问楼宇他们能不能接受。后来又重新去创意设计把它做得更加薄更加美观,设计完了之后,开始楼宇开发,真正跟楼宇去谈判,今天它可能已经成为楼宇的一个标志了。

叶　蓉：能不能给我们透露一下,在上海比较高端的楼宇中现在分众所占有的比例大概多少?

江南春：我看到一份调查报告,比如说 Top 50 的写字楼排行表,它是按照租金排的,这些写字楼分众现在占到了 80%。

叶　蓉：聚众应该是业内现在跟你形成竞争的同行公司,而且你们的名字也很有意思。

江南春：针锋相对,一个要分一个要聚。

叶　蓉：你怎么评价你的这样一个同行?

江南春：我觉得两个公司的发展、互相之间的竞争都促进了这个行业的发展。分众确实是这个行业的创立者,但是分众发展到今天这个规模,很大程度上是有聚众这样一个竞争对手的加入,否则分众肯定又是老思路。总体来说,两年多的时间当中,这两家公司占据全中国的过程给整个的产业带来了好处。就像可口可乐和百事可乐竞争一样,两者竞争提高了可乐的音量,因为引起大家的关注。市场上、媒体也经常把聚众分众放在一起说,引发了很多的关注,抬高了这个媒体的整体的音量和关注度,扩大了这个媒体的 market share。从这一个角度来说,双方都是从这个竞争中获益的。

叶　蓉：现在有人跟你抢了,你要提升自己的速度了。

江南春：如果有人要去分你碗中的饭,跟你抢饭吃,你想要有竞争力,就会突然在全中国开展业务,然后就会想融资,因为会带来所谓资本的介入。一次资本的介入就会有后面的两次三次,到后面你可能就走上资本市场了。我曾经说今天每一走步的过程中都不是事先想好的,尽管总是想控制什么东西,事实上越走越不在控制范围之内,但是确实朝着一个好的方向发展。这是市场竞争所带来的一个最大的推动力,同时也带来我的心理观念的改变,就是聚集资源共同去发展。

神气小子上市纳斯达克

年仅 32 岁的中国小伙子在美国纳斯达克按响了开市的铃声,神奇的资本市场让他公司的市值在一夜之间超过了 8 亿美元,个人身家超过 20 亿元人民币。

叶　蓉：在纳期达克上市的那一瞬间你心里在想什么?

江南春：比较茫然,没有什么特别的兴奋和紧张,跟我想象的差不多。开市按铃后第一件事是说我赶紧要走,明天有英语演讲,回去得赶紧写个稿子,多念几遍,不能最后一刻出丑。

叶　蓉：当众多投资者把眼光投入到你身上时,你是一种什么样的心情?

江南春：我觉得国内的人可能关注得更多,因为像我们这样的市值规模还不足以引起很多国际投资特别大的关注。

叶　蓉：在纳斯达克的成功上市,对于你而言,是意味着自己身家的一个急速膨胀,还是达到了事业的一个目标?

江南春：总算有个阶段性的小结,感觉还不错,评分还不低。然后想赶紧回国,回到工作岗位上,因为还有很多的工作。我觉得这只是刚刚跨了一小步,纳斯达克一个主管跟我说,你后边一个目标是什么? 他说你应该去做纳斯达克 100。那做纳斯达克 100需要多少呢? 他说你大概需要做到 20 亿美金。我一想终于有第二个目标了。

叶　蓉：刚刚在纳斯达克上市,你个人就套现了 2000 万美元,一下拥有了这么一大笔现金,你准备怎么安排这笔钱

江南春：我素来就不花钱。

叶　蓉：不花钱你套现这么多?

江南春：按照原来股东协议规定,必须在这个时候,按照这个市值的同等比例卖掉股票,是规定要卖出的,所以回来之后都没有关心过这个事情。生活中我基本不花钱,我一个月花掉的钱不会超过一万块人民币。

叶　蓉：人们评价说,在今天这个时代,财富的累积可能更多的要靠概念而不是靠做实业。两年半的时间我想分众如果去做实业的话,他一定很难做到八点几个亿美金这样一个市值。是不是在资本市场这样赚钱更容易成就感也来更快。

江南春：资本市场没那么傻,一个公司的市值不是取决于他是实业还是只是一个概念。最

终取决于盈利能力和他未来的持续发展能力。分众今天有这个市值,或者说今天陈天桥、网易、新浪、搜狐等等有了很高的市值或者很高的身价,很大原因是他创造了一个全新的商业模式,这个商业模式在整个执行的过程中被实现,并且体现出高度的成长性,以及盈利能力和未来的可持续盈利的空间,所以资本市场愿意买他的股票,实现他的市值,概念可以理解为商业模式,是有一个很好的想法和创意的商业模式。我觉得概念是基础,从这个角度来说,我一直坚信:你用创意去创造你的生意。

叶　蓉:你认为在分众的发展道路上,还会碰到来自于哪方面的最大的挑战?

江南春:人力资源。分众这么两年多的急剧的发展过程当中,集聚了一批有高度执行能力的来自于各个媒体公司优秀的人才。但是中国的媒体业不是一个很开放的环境,有新媒体经验的人很少,这种志同道合的人不是那么容易找到的。未来公司的快速增长没有一个可匹配的可以选择的人才库会是一个最大的危机。这个危机是根本的。一个货运公司的老板教过我一句话,我就经常贴在我的办公室里:什么是市场占有率,人的占有率就是市场占有率。你把跟这个市场有关的人全部挖完了,这个市场就是你的了。

【点　评】

诗

听到江南春这个名字,再听说读的是中文系,又喜爱写诗,以为这名是笔名,或是因诗而改。其实不然,人家是行不改名,坐不改姓。

江南春说自己是个诗人。

说他是个诗人。他是写诗的,曾经当过大学里诗社的社长。那天在录制节目的现场,他朗诵了自己写的诗。说他不是诗人。倒不是他没有参加作协的缘故,是因为他的主要精力和心思,没有真正放在诗上。他精于策划谋算,一心向往致富,功夫在诗外,成功在诗外。

说来说去,他还是貌似诗人。正是因为江南春不同凡响的创意和灵感,才有了楼宇电视这一传播新平台；正是因为浪漫主义和现实主义的完美结合，才有了分众传媒上市纳斯达克。

正如先哲所言：生活是创作的源泉。对于创业者也好，对于诗人也罢，全是同样的道理。

还有一个理是要记住的：来自生活的诗，才是好诗，才是留得住的诗。

有心写就壮丽诗句的青年，可不要辜负了这大好年华。

出生年月：1957 年　　　　任职企业：渣打银行

渣打银行中国区总裁
渣打女帅 ｜ 曾璟璇

1957 年　生于香港一个普通警察家庭，幼年过着清贫的生活。她的家族在香港赫赫有名，人才济济，大哥曾荫权现任香港特区行政长官，二哥曾荫培任香港警务司司长，其余三个哥哥荫煊、荫藩与荫荃均在加拿大商界和学界享有很高的地位。

1980 年　开始在香港政府工作，在策略制定及员工管理方面表现出色，先后担任九广铁路、香港政府等单位多个管理职位。

1992 年　进入渣打银行任人力资源部总监、亚太区人力资源总监。

1999 年　担任集团组织学习部总监，负责设计一系列银行学习课程并为不同级别的员工提供专业、持续的技能培训和个人发展指导。

2005 年　4 月，出任渣打银行中国区总裁。

2007 年　出任渣打银行(中国)第一任 CEO。上任之后果断出手，曾经同一天开业三家银行，更将渣打的触角伸向广大的内陆地区，速度堪称外资银行之最。

曾家的传奇

　　曾璟璇的大哥是现在的香港特首曾荫权,由于母亲早逝,作为长子的他,从小就肩负起了家庭的重任,为了补贴家用,他不仅放弃了香港大学的录取通知,还一度做起了推销药品的跑街先生。在妹妹的眼中,这个不平凡的大哥,其实,从小就展现出了不同寻常的领导才能。

叶　蓉:您的哥哥曾荫权先生给过您什么样的帮助?

曾璟璇:在我念书的时候,他给我鼓舞,给我提示。我出来做事,我每一次换工作、换公司我都跟他商量,他都会不厌其烦地给我去研究分析,也会给我提示。从来不说没时间,不会敷衍了事。直到今天,我换这个工作也跟他商量,我能不能够做到,应该怎样去做,我都跟他好好地谈。所以他对我有很多的支持,我对他很感激。

叶　蓉:有这样一个大哥,头顶着这样一个光环,是一种幸福呢,还是一种压力?

曾璟璇:是骄傲吧。可能年轻的时候有一点压力,因为他实在是太优秀了,很多地方都做得非常好。尤其是我最初有六年多在政府工作,当时哥哥也在政府,怕他刁难。但是后来就没有这个压力了。

叶　蓉:你们小时候,父亲是警察,家里孩子比较多,有没有觉得条件蛮艰苦的。

曾璟璇:不觉得,小时候还是很开心的。有的晚上全家都在做工补贴家用,一晚上说说笑笑,也蛮开心的。

叶　蓉:您父亲是个什么样的人?

曾璟璇:他是香港的一名普通警察。但是我很佩服我爸爸。那时候不懂英语是黑肩章,要懂英语通过考试才能变成红肩章。他从不懂英语到懂英语通过考试。而且父亲做事很认真,很有毅力,这对我们有很大的影响。我爸爸常常教我们,做人要勇敢要有信心。每一样事情要计划好也要做到最好,要做到有承担。

叶　蓉:你们兄妹,五个哥哥一个妹妹都接受了很好的教育。一个普通的警察家庭怎么能够保证孩子接受很好的教育呢?

曾璟璇:他们花很多功夫,我们家里从来不喜欢求人,再穷的时候都不会求人,尽量不向人家借钱。但是爸爸妈妈唯一去求人的就是为了子女们的教育,晓得谁跟哪一个学校的人认识,就尽量去争取。有时候也是机遇,好像我大哥进华仁书院那也是一个机遇,他进去以后,其他的哥哥就比较容易进去了。我也是妈妈那边有朋友介绍。这是我最大的感受,家里从不为事情求别人,唯独子女的教育例外。

叶　蓉:看到父亲母亲为了自己的学业去求人,孩子就会知道得来不容易,学习就会很努力。

曾璟璇:我很惭愧,真的很珍惜读书的机会,对父母也很感激,我的学业可以念得更好的。我大哥和二哥学业成绩是非常好的,他们都可以念大学,尤其大哥已经考上了香港大学,但是家境不好,爸爸要他们出来做事。他们二话不说就出来做事了,要不是他们牺牲自己的大学出来做事,我们不会有大学的履历。

叶　蓉:您父亲是一个普通警察,您的二哥曾荫培先生,他是香港警务处的处长,是香港警察的最高官衔。父亲会为他骄傲吗?

曾璟璇:对啊,我哥哥升级做警务局局长的时候,父亲已经过世了。父亲1997年3月过世,那个时候二哥是警务处副处长,父亲已经很开心了,他说他做梦都没有想到可以看到他的儿子可以做到副处长。所以我哥哥升了警务处处长的时候,全家都特别的激动,就是因为我爸爸的原因。

叶　蓉:那您的大哥在做到政务司司长的时候,父亲也没有看到了。

曾璟璇:做政务司司长没有看到,只看到他做财政司司长。对我父亲来说,看到大哥做到财政司司长已经非常高兴了,这不光是哥哥的骄傲,也是我们全家的骄傲。

叶　蓉:你们兄妹几个,在事业上都如此的优秀成功。如果父母没有看到,会不会觉得有点遗憾呢?

曾璟璇:是的。但有时候我也自己觉得人生就是这样子,能够做到最好就好了,有时候回头看也是挺难的。

工作跟生活一样享受

叶　蓉:你觉得你们兄妹几个的个性像吗?

曾璟璇:有一些地方是挺像的,我们都是硬性子。可能是受我们父母的影响,决定做一件事就要好好地做好,中途绝不放弃,这个是我们很大的特点。

叶　蓉:在银行业,女性想要获得成功,一定要付出比男性更多的努力。那您在您的事业发展过程当中也是遵循着这样一个规律吗?

曾璟璇:银行业看起来好像是男的比女的多,全世界的银行都是这样。可能在个人银行那块女性在比例上稍微多一点。现在已经有越来越多女性进入到银行业，这是一个非常好的趋势。有时候也很难讲男女之间的比较，男女的优点和缺点不一样。金融业我觉得应该向未来看，不要往后看。

叶　蓉：作为女性不觉得吃亏吗？

曾璟璇：我不觉得会吃亏。关键是我们可以让管理层多了解一些我们的优点，并给予我们充分的舞台，发挥自己的优点。

叶　蓉：您认为您最大的优点在什么地方？

曾璟璇：我喜欢思考吧，喜欢看一件事情往后看一下。有的时候事情越复杂，越需要冷静，这个我能够做得到的。很多人以为女性很冲动，太感情用事。实际工作中，我看到很多相反的情况，女性在面对困难和挫折的时候更有耐力，更有韧性。

叶　蓉：也许因为您的家庭，让很多人对您个人非常好奇，而且会想是不是因为工作太忙压力太大而把个人生活忽略了。您到现在还是单身贵族，您渴望结束这种状况吗？

曾璟璇：我生活得挺开心的。有人说把工作当成娱乐，我就是这样。我很享受现在的工作，很喜欢我现在自己做的事情，所以我是挺满意的。我的工作状态是每个礼拜都要到处跑，过去六七年50%以上的时间在世界各地跑，这样的状态实际上很难有一个稳定的家庭生活。我自己有很多不同的兴趣，我的生活非常充实，我要做的事情太多了，就感觉到时间太少，不够做我喜欢的事情。

叶　蓉：您有五个那么成功优秀的兄长的呵护，真的是很满足了。如果有体贴的先生，又何尝不是一件人生的美事呢，为此你有过失落吗？

曾璟璇：我已经经历过很多不同的经历了，也经历过想结婚的阶段，不止一次经历过想结婚的阶段。不过有时候事情是不能够刻意的，我觉得每个时间能够做到最好，能够做到自己认为自己舒适的情况就已经算完美了。

叶　蓉：我知道现在您上海这边家里正在装修呢。

曾璟璇：是的，我喜欢装修。我一个朋友说我有很多份工作。一份是银行的工作，另外一份是玩，包括装修，听音乐，好多好多。

叶　蓉：如果碰到压力很大的时候，您一般选择什么样的方式来舒缓自己，释放压力？

曾璟璇：我最喜欢跟我的狗一起，有的时候跟它说话，有时候跟它玩。那个是我减压力的一个方式，另外就是我很喜欢吃。

叶　蓉：您都爱吃什么菜？

曾璟璇：什么都喜欢吃，广东菜、上海菜、日本菜我都喜欢吃。这个也是我减压的一个很好的方式。另外我喜欢看关于音响的东西。

叶　蓉：我觉得有这种爱好的女性还是很少的。

曾璟璇：我看了很多也不大明白。但是对我来说看一大堆名词、牌子和机器的运作，是一个挺好的带我到别的地方的方式。所以看相关的书，或者去买去听都是一个很大的享受。

渣打中国150年历史上第一位女总裁

　　曾璟璇上任后，立即推出了急速扩张的竞争策略。在半年内，渣打在中国开出了三家分行，在积极拓展个人银行业务的同时，入股渤海银行的工作，也在迅速推进之中。其19.99%的入股比例，达到了目前外资银行入股中资银行的最高限定。

叶　蓉：您是渣打中国150年历史上第一位女总裁，当您第一时间知道要任命您为渣打中国区总裁的时候，觉得意外吗？

曾璟璇：有一点意外，但也没有太大的意外。我在渣打差不多13年了，跟很多同事跟很多高层都认识了很久了。渣打很注重员工个人发展，所以对我的发展方向是很了解的。渣打晓得我这个人一向喜欢挑战，喜欢一些新的工作环境，喜欢学习。对我来说无论是做人也好做工作也好，有两样东西对我是有极大的吸引的，第一就是可以不断地学习，第二就是个人修养的提升。一个人只有在一些新的环境不停地挑战，才能够有一个提升。

叶　蓉：渣打中国区业务的开展，需要什么样的人才？

曾璟璇：外资银行能够活动的范围有限。我们真的是一个大饼很小的一块。很大一块是国内银行，而国内银行现在的产品，他们的服务、运作进步很大，越来越好。银行业的竞争很大，我们找的人员都是有不屈不饶精神的、有创新精神的人。这种人才会抓住每天的机会。我跟我的同事交流过自己的看法，我归纳成"四化"，就是我自己给自己的任务，广化、深化、强化和优化。

叶　蓉：作为一个女银行家，个人理财给我们一些建议吧。

曾璟璇：我不大会理财，因为时间不多。我都交给专家去做，我是渣打的理财客户，不会去别的银行。

叶　蓉：就在自己的银行解决？

曾璟璇：当然。我也没有很多的欲望，我也有买房子，也买股票。理财成绩很一般。因为自己时间不多,对于这方面我信任专家。

叶　蓉：有没有什么买楼方面的心得,现在大家都很关心这个话题。

曾璟璇：在香港我有十几年的买楼经验了,但是也不可以说是一个专家。买了,不要很快卖,这样子就比较稳健一点。投资总是有风险的。

叶　蓉：你之前是多年从事人力资源方面的一个主管,现在是渣打中国区的CEO。现在很多年轻人,特别是一些优秀的年轻人都非常希望能够进入这个领域。您在挑选企业的员工的时候最重要的是什么?

曾璟璇：我希望我们找到的人员极具活力、有创意、有团队精神。这个挺难的。现在很多年轻人觉得自己的学历挺好,很能干,但是不喜欢团队作战,不知道合作。渣打认为,一个有团队精神的人是很重要,除此之外沟通能力要很好,会独立思考。这样的年轻人我希望都能成为我们的员工。现在很多年轻人有很远大的目标,也设定了很好的指标自己去迈进,这很好。但是还有很重要的一环就是要掌握每一个工作的机会。每一个工作的机会你都好好地发挥,点滴积累下来才有可能成功。这是一个长远的历程,人不可能不出错,但是要在出错中取得进步,就需要不断地学习。不断地学习,抓住每一个机会,好好地表现自己才是成功的要诀。

【点 评】

我爱我家

家是一个人成长的地方,家也见证了一个人的成长。

在节目录制之前,曾璟璇的助手打过招呼:这位刚走马上任的渣打中国区的新掌门是不谈家庭的。

一个人的成长是与家庭分不开的,它反映了企业家成长一个重要的方面。因而,访谈是回避不了家庭的。特别是像曾璟璇那样,有一个人才辈出的家庭。

一般人家,出一两个优秀子女已经是不错了;而曾家的五男一女,这六个子女是个个出类拔萃:大哥曾荫权是香港特首,二哥曾荫培担任过香港的警务处长……

曾璟璇谈了家教,谈了父母之教。她让我们明白,在这样的家庭里教育出来的孩子,不管环境如何地改变,人是绝对不会变的,包括对他人、对事业。家庭这个课堂,可是要影响一个人一生的。

当然,有了一个好的家固然幸福,但并不意味就进了红色保险箱,可以一切天成,不必自己努力和花费力气。

与渣打新帅、特首小妹一路聊开去。感到她阅历丰富,待人亲近平和;不经意间,也时有一些小女生的情态流露出来。写到这里,也八卦一下:曾小姐,长得还酷似周迅。

此外,还要由衷地感谢改革开放。不然,对面怎么会坐上这样的一位嘉宾,有这样一回难忘的谈话。

| 出生年月：1967 年 | 籍　　贯：上海 |
| 创业年份：1999 年 | 创建企业：携程网,如家快捷,红杉中国基金 |

红杉投资中国基金总裁

永远狩猎的蓝色资本家 ｜ 沈南鹏

1967 年　生于上海,小时候就显示出超出常人的智慧。

……　　获得过全国数学竞赛一等奖、美国中学生数学竞赛海外赛区冠军,第一届全国中学生计算机竞赛奖等等。上海交大数学系毕业后,赴美国耶鲁攻读商学院。

1992 年　获得耶鲁 MBA 后被花旗银行华尔街分行录取。

1994 年　成为美国第三大证券公司雷曼兄弟驻港中国区项目的负责人。

1996 年　转投德意志银行,担任亚太区总裁,是德意志银行历史上最年轻的董事。在三家著名投资银行的八年职业生涯中先后参与了近十家中国企业在海外的上市。

1999 年　与人合资创办了携程网,任携程网总裁兼首席财务官。

2003 年　携程如愿在纳斯达克登陆,并一直被投资者热烈追捧,股价从刚上市时的 10 美元上扬至 30 多美元。

2001 年　创建如家快捷,到 2006 年 10 月如家经营及授权管理的酒店数量已经达到 110 家。由于扩张迅速,如家已经超越历史更长的锦江之星连锁酒店,成为同类市场的第一名。2006 年 10 月 26 日,如家登陆纳斯达克,在首次公开招股(IPO)中,如家共发售了 790 万股美国存托凭证,融资 1.09 亿美元。

2005 年　8 月,和同为海归创投的张帆共同成立了红杉投资中国基金,开始了风投生涯。

从小就是好学生

叶　蓉：读您的履历的时候,真有非常佩服的感觉,您中考600分满分考了594分?

沈南鹏：其实我一直对这件事比较忌讳,因为特别怕别人说我是高分低能的孩子。当时那种教育体系,都鼓励孩子们拿最高的分数,有的时候可能忽视了一些学分以外的东西。我相信别人当时肯定有过这样的担心,这个孩子成绩不错,但是他走上社会以后会不会出现不能适应社会的状况。

叶　蓉：您就是那种传统意义上的好学生,乖孩子。

沈南鹏：我原来社会活动参加得比较少,大学一年级以后,我意识到如果把时间仅仅放在书本上,确实忽视了很多非常有意思的事情。尤其是我大学一年级,我跟随上海市三好学生和优秀干部的考察团去了中国最穷的县定西县和四川的一些边远山区。我发现以前确实花了太多时间精力在书本上,应该用更多的时间去关注我周围的人,周围的事情,用更广的视野了解整个社会。

叶　蓉：大学里面您参加的活动多吗?

沈南鹏：还行,每周大概有一两个晚上参加一些社会活动。这些东西确实给我以后在华尔街工作和创业打下了非常好的基础。

叶　蓉：您一直都很有主见,后来到了美国您选择了换学校,换专业?

沈南鹏：我到了美国以后,刚开始在哥伦比亚大学念数学博士,因为我本科专业是数学。我记得到美国的第一站是纽约,纽约尤其华尔街有非常强烈的商业氛围。当时有一个中国留学生,因为一门考试没有通过,博士生没能去念,但他进了华尔街最好的公司,大家纷纷说,这是大家就业的一个好方向。另外我感觉在数学方面的训练给我造成一种错觉,就是我并没有意识到我的长处在哪里。在哥伦比亚念数学的时候,我开始分析自己有没有能力去做一个很好的数学家,其实有很多事情可以把你的数学能力发挥出来,进商学院,或者去做证券是比较好的方向。今天看来这个选择是正确的。

叶　蓉：当你从耶鲁毕业以后,好像并没有马上找到工作?

沈南鹏：找工作比较辛苦,在美国MBA找工作也不是那么容易。耶鲁的MBA不一定能找到非常好的工作,因为跟我同时毕业的耶鲁MBA有两百个人、哈佛MBA有七百个、斯坦福MBA有四百个,像我这样的中国留学生没有任何商场上的经验,和一般的美国学生对工作的准备相比差得多。所以我感觉非常幸运,最后总算得到青睐,进了花旗银行的投资银行部,做新兴市场的债券和股票工作。

叶　蓉：什么时候属于你的机会真正来了？

沈南鹏：大家都说,中国的强大能够给海外的华人带来机会。1992 年进华尔街非常艰苦,但是到了 1994 年情况一下子就改变了。1994 年,中国的资本市场开始兴起,开始有中国企业到海外上市,我和在华尔街工作的中国人成了市场的宠儿,所有的投资银行都来找你,真的是投资银行在追人。我在美国工作两年多一直在寻找机会,但很难成为行业里的主流。

间隔三年,上市两家完全不同的企业

叶　蓉：2003 年,携程早于国内其他同类型公司在纳斯达克上市,被称为是互联网冬天的破冰之旅。为什么第一家会是携程呢？

沈南鹏：因为携程准备得特别好。2003 年底上市的时候,我们已经连续八个季度盈利,当时新浪、搜狐都没有这样的成绩。

叶　蓉：上市前还经历了"禽流感"和 SARS,这应该很考验团队的内部控制能力。

沈南鹏：SARS 期间,尽管我们营业额不可避免地下滑,但是那个季度,我们整个公司的收支是打平的,在后面的路演中这给很多投资者非常深刻的印象。这说明了我们公司无论顺境或者逆境都能有很好的表现,公司内部的管理和控制能力是很强的。所以 2003 年,我们去路演,那些三年没有接触中国企业的投资者对我们的公司还是非常有印象。

叶　蓉：在携程创业之初,就把上市作为一个目标。但是开始相当长的时间段里你反对企业过早上市,这又是为什么呢？

沈南鹏：对,很多企业希望能够很早上市,这其实不是特别好的想法。因为上市以后,就暴露在整个公众投资者的目光中,必须有非常透明的财务制度和内部审计制度。只有这样,才能在逆境中,业务大规模下滑的时候不会让投资者失去信心。一旦准备好了,可以以最短的时间上市,但是不要在没有做好准备,对自己的商业模式还没有确认,对自己的市场定位还有疑惑的时候就急忙冲出去,这对公司是很不健康的行为。

叶　蓉：携程上市后发展很不错,这时候怎么会想到创建如家呢？

沈南鹏：2001 年底的那时候携程已经实现了盈利,并且有了一定的市场地位,我们几个创始人都希望能够利用携程独特的优势再发展出一块新的业务,我们对这个行业做了很多的考察,发现经济型酒店非常有潜力。因为低端酒店一方面很少有连锁的品牌,另外以前这些连锁的招待所,产品和服务都比较差,没法跟上今天商务人士的要求。大家希望一个舒适的环境,而且价格要适中,市场上并没有这样的产品。看到这样的市场机会,我们就决定开拓一个新领域再创一家企业。

叶　蓉:如家也是在创建之初就准备上市的吗?

沈南鹏:我想上市对于任何企业到了一定的阶段后是水到渠成的事情,上市能够帮助它获取更高的品牌认知度,也可以获取更多的资金。到了一定的规模,一定的市场地位后,上市是件非常自然的事情。

叶　蓉:2006年,如家在纳斯达克上市,您觉得它跟携程上市的意义有什么不同?

沈南鹏:如果说携程是一家互联网公司,那么如家是用新手段操作传统行业满足新需求的公司。在海外上市的中国公司绝大部分还是IT行业里的,我们希望能够看到更多的在传统行业里用新手段解决新需求的企业。

做风险投资是为了扶持更多的创业者

2005年,沈南鹏创建红杉中国投资基金,开始了职业风险投资人的生涯

叶　蓉:您能给我们说说究竟什么是风险投资吗?

沈南鹏:这个词没什么神秘的,风险投资就是让创业者得到第三方的投资,帮助这个企业成长壮大。在美国很多企业,尤其是科技界的企业早期经常走的一条路,就是通过吸纳外界的资本帮助公司很快地壮大。风险投资不仅提供资金的帮助,更多的是提供策略性的,包括管理上的帮助。随着中国创业热潮的兴起,风险投资在中国也会有越来越多的投资实例。

叶　蓉:红杉中国首期募集到的资金就有两亿美金,是这样吗?

沈南鹏:对,我们在去年非常短的一段时间内,就募集到第一期资金两亿美金,以后我们还会有第二、第三期资本募集,随着这个项目的进展不断地进入中国。

叶　蓉:能不能透露一下首期的两亿美金都来自哪些地方?

沈南鹏:红杉在美国有一批很强的投资基金支持,包括美国最顶级的大学基金,比如斯坦福大学、普林斯顿大学;还有一些大家族基金,像洛克菲勒这族、麦克阿瑟家族,同样

我们这个基金主要有这些美国顶级的投资者组成,还有中国的合伙人队伍,我自己也投了相当一部分资本。

叶　蓉：为什么这些有实力的基金会选择跟您搭档呢?

沈南鹏：我感觉有两个原因吧,首先红杉资本在美国确实处于行业领头羊的地位,在过去的30年里,它帮助成长了一批企业,包括Google、雅虎、思科、甲骨文和苹果等等,这些投资者和红杉基金已经建立了一种长期的信任关系,另外一方面我们中国的合伙人,我和张帆先生,在中国创业和投资领域都有很多成功的例子,这更加强了投资者是一个很大的信心。

叶　蓉：还是要回归到您个人的故事啊,我知道之前你是作为一个经济投资人,做过一些投资。您和合伙人,都有着自己成才的路径,你们如何去跟属于红杉的精英有效地结合,让它的血液融入到你们的血管里?

沈南鹏：红杉这样所谓强势的品牌,当它走出美国跟各地合伙人队伍建立新基金的时候,做法是共享共同的品牌和文化,但是所有的决策包括当地的运营全部由当地的合伙人完全掌控。这确实是一个非常具有前瞻性和开放性的心态,和绝大部分跨国的运作很不一样。

叶　蓉：很多的创业者现在开始放下自己的企业,转变成投资者,比如TOM的王欣、e龙的唐越等。你也既是投资人也是创业者,为什么你们会投入vc行业呢?

沈南鹏：这要看每个人的兴趣,我有过六年的创业历史,也因此积累了一些运营和创业的经验,但在这以前我有更长的八年投资银行的经历,所以在我身上有非常有意思的经验的组合,可以把这两个经历结合起来最好地发挥,我喜欢扶持一些年轻的创业者,帮助实现他们的创业梦想。

叶　蓉：有人说像你们这些创过业的人,知道创业者的心态也知道创业的规律,作为投资方可能会干涉投资的企业。

沈南鹏：那他就不是一个真正好的投资者。做一个投资者和做一个创业者是很不一样的,很重要的区别,就是必须搞清楚自己的定位,风险投资者确实会介入公司发展上的细节,但是你应该明白,如果公司是一辆车,那么CEO就是那个开车的,那投资者是坐在车旁边的,帮司机看地图、找方向,但是自己绝不是开车的人,这个是非常明确的界定。

叶　蓉：会不会有时候会一瞬间角色混乱?

沈南鹏：这个界限是很难完全把捏好的,但是作为一个好的投资者应该清楚自己是站在帮助这个创业者做判断,这样一种辅助作用的位置。

叶　蓉：您会选择什么样的企业投资?

沈南鹏：第一是有很好的职业道德水准。这是必须的，我们一般都会做些"背景调查"，以前企业做成没做成咱们不管，有没有不好的记录，这是非常重要的。第二，必须有热情，如果连自己都不相信这事能成功，没有比别人更多的倾注或者热情是不可能成功的。第三投入，创业是非常辛苦的，对创业者来说没有所谓工作时间，就得全身心投入。最后一点，你应该有这个行业相应的知识和能力，因为在商场上，尤其在竞争的环境里没有时间给你学习的，所以专业知识和能力储备也是非常重要的。

【点 评】

上海掮客

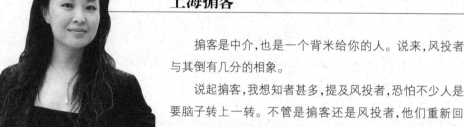

掮客是中介，也是一个背米给你的人。说来，风投者与其倒有几分的相象。

说起掮客，我想知者甚多，提及风投者，恐怕不少人是要脑子转上一转。不管是掮客还是风投者，他们重新回归，在经济建设、市场发展，以至日常生活中发挥作用，影响也在日益增大。它是我们实事求是，尊重客观的结果；是我们30年的重要的收获。

沈南鹏这个风投者，原先可是个需要资本、需要风险投资的人。从创办携程网到红杉中国基金，他的行当连同他的社会角色一并发生了变化，但他的质却未曾有多少的改变。这是否就是因为他守住了自己梦想的缘故，从而守住了自己的核心竞争力，守住了自己的未来。

虽然他现在身处香港，给人的感觉，还是一个典型的上海男人。那么的文质彬彬，对社会的判断很独立……

作为三大私募基金之一的红杉基金，在国外的名气很大。沈南鹏能与之牵手，自然不是个等闲之人。从交大到耶鲁，再到华尔街……这一路走来，脚印就是证明。

时常听到这样的一个说法，上海人做企业，能够做大的不多。我看，做投行蛮适合上海人的，而且做得也是蛮大的。

早年的上海滩，不也是个掮客活跃，大显身手的地方么。

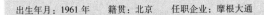

出生年月：1961 年　　籍贯：北京　　任职企业：摩根大通

摩根大通中国区主席
投行界的中国标杆 ｜ 李小加

1977 年　16 岁那年作为中海油前身企业的一名钻井工人，参加了中国最早的海上石油钻塔工作。

1980 年　"跑"进厦门大学，攻读文学。大学毕业后，回到自己的出生地北京，在《中国日报》社做记者。后留学美国获得哥伦比亚大学法学博士学位。

……　　博士毕业后，成为美国 Davis Polk & Wardwell 和 Brown & Wood 律师事务所纽约总部的律师，主要业务集中于证券及兼并与收购。

1994 年　加入美林证券。

1999 年　担任美林中国区董事总经理兼总裁，全面负责中国业务的发展，牵头多项重大交易，包括价值 10 亿美元的中国国债全球发售，第一太平洋、天津发展、吉林化工、江西铜业、庆铃汽车、凤凰卫视、中国移动、中海油、中国电信等多笔股票的首次公开发行及债券融资项目，参与项目累计融资额达 126.4 亿美元。其中参与的中国移动的大股东转售工作，成为一项颇具里程碑意义的交易。

2002 年　协助中海油管理层初步考察了收购加州联合石油的交易。

2003 年　跳槽进入摩根大通，任中国区主席兼行政总裁，主导运作招商银行、中国中铁 H 股上市等。

16 岁的石油工人

叶　蓉：听说您跟石油有着不解之缘。

李小加：对，我做过中海油项目，另外我曾经有过一段中海油的海油人的经历。我16岁的时候，就招工到了中海油。也在平台上面做过工人。

叶　蓉：是那个钻井平台吗？

李小加：采油平台，现在大家看到的平台都是非常现代化的，当时整个渤海湾油田刚开始开采，采油平台就是很简陋的平台，和今天的比那就像一个小破铁皮搭起来的架子一样。现在我在做上市的时候去过几次，那和我们那会儿是天壤之别。

叶　蓉：您那会儿具体是做什么呢？

李小加：在海上的时候，采油工就是盯班采油、刮蜡，冬天的时候，油管是冷的，一冷里面就有蜡，蜡一结住油就出不来了，得刮蜡。各种各样的工作都做过。

叶　蓉：16岁算童工吧？

李小加：16岁当学徒工在我们那个年代比比皆是。而且我认为当时我是非常幸运的，我之所以没去上高中，直接招工去技校，就是因为可以不下乡。招工当时对我们来说是非常非常好的，待遇又非常好，在海上吃饭又不要钱，一年有两双皮鞋，皮靴就是工靴，这与当时的生活水准是有重大区别的，所以我当时有非常强烈的幸福感。

叶　蓉：工作之余都干什么？

李小加：那个时候大家生活都很简单，没有很多其他的追求。那个时候连录像机都没有，所以无聊的时候抽烟、喝酒、打牌，或者拿着收音机学外文。

叶　蓉：自己会有意识去学英文还是比较少的？

李小加：对，但是我们那个时候都很盲目，并没有任何强烈的目的性。那时候非常简单、单纯，就感觉特别幸运和感恩，好多事情都赶上了。

叶　蓉：我知道，其实刚刚跨出国门的时候，您跟您太太选择的那所学校并不是特别有名，我知道您的成绩是能够选择一个更好的学校的。

李小加：谁给奖学金变成了一个比其他更重要的因素，因为没有奖学金我们根本连考虑都不考虑。我给人家写申请信的时候，第一封信就写得很清楚，你们这个学校如果要我交申请费的话，就请不要回答了。阿拉巴马是美国南部一个非常非常偏僻的小镇，小地方，它不到海外来招学生。它突然发现这个人申请材料的信写得有点牛，意思是要是要钱就别给我回答了。他们说这个人要看看。当初我们两个申请了好几个学校,但是这个学校是唯一给我们两个一人一份奖学金的,当然去了之后根本就没有任何问题。

叶　蓉：1986 年当时国内物质还相对比较匮乏,一下子来到美国,这种反差强烈吗?

李小加：非常强烈。我认为我们这代人特别幸运的就是,留学的时候我们的祖国还是刚开始恢复建设,物质生活各个方面都非常贫乏,所以一下跨入美国,物质如此丰富、选择如此之多,第一次开上了车,有自己的房子,总之,你能想到的中国人当时定义幸福的一切,我们都在转眼之间下了飞机就拿到了。

痛苦之中海油收购尤尼科

叶　蓉：我知道在一个公开的场合,您曾经回归了做生意的一种最原始的状态,就是公开地吆喝招股,是不是有这么一件事?

李小加：我们在北京召开第三届的全球投资论坛大会,大概有一千多位投资者代表了八百多个基金,全球一万七千亿美元的基金经理云集北京。就在当天中海油决定要配售,而且当时做闪电配售,我们后来索性就直接在这个投资研讨会上发布:中海油正在卖股票,如果大家有兴趣的话可以到几几房间开始登记。在那个会上大概不到一个半小时基本上就卖光了。当然我们别的地方也都在卖了,只是说我们在这个会上的订单就远远地超过认购了。

叶　蓉：我想投资银行的日常工作中,这种互动性很强的环节并不是很多见的。我知道中海油在收购尤尼科的当中好像进行得比较艰难。从中海油萌发收购尤尼科的念头,到最后谈判结束,这件事情本身进行了多长的时间?

李小加：从开始秘密地做准备到最后公开地宣布,差不多有十个月的样子,但是最激烈的工作,差不多有五个多月,要解决国内的审批,要解决美国政府的审批,而美国政府的审批里面要解决真正管审批的专业人员和不管审批的政客,又要盯着不明事理的老百姓,又要拉着比较明智的意见领袖。

叶　蓉：现在谣传中海油中途杀出去抢婚。

李小加：我们没有能够先订婚,结果让人家给订了,到最后我们完成了内部的程序以后,再去的时候被认为是去抢婚了,而实际上这个事情,是别人抢了我们,但是有苦说不出。

李小加：几乎所有要出现的问题都出现了，我们都做了很好的应对，都做了很好的跟踪，但回过头来看可能是我们还没有做好准备，世界还没有做好准备，准备迎接中国真正地走出国门。如果今天再做中海油这样的事情，大家都不会见怪了。

叶　蓉：提案给他们的时候您有没有意识到这件生意操作起来会有这么难，或者有这么多的麻烦？

李小加：后来出的事我们几乎都想到了，但是我们没有想到美国的政客以及美国人，对这件事情心理上的反应程度会这么强烈。因为我是从美国的系统成长出来的，认为自由经济，自由竞争是最基本的商业理念，居然在美国最高层面的领导者身上看到如此非理智的，非完全政治化的一种民族保护主义的心态，而且如此强烈的表述，我个人没有完全想到。

叶　蓉：我们知道中海油并购尤尼科是一波三折，最后雪佛兰的出价还是远低于中海油185亿美金这样一个价格，所以很多人也质疑，都说美国的经济环境比较开放，实际上它的贸易、政治还是壁垒森严的。

李小加：全球化对于美国来说也是一个洪水猛兽。全球化大家都认为属于势不可挡的趋势，但是美国这么先进的国家，它照样经历了非常痛苦的阵痛，而且这个阵痛在美国现在的政治环境下面，伊拉克战争的阴影之下，大选的背景之上，综合起来看就不奇怪了。实际上美国的一些有识之士本身是很羞愧的，但是各个国家都有它自己本身的政治背景和政治环境，美国明年只会在这个方面越来越困难，不会是越来越好，从这个角度上来看，我觉得我们的国际环境可能会越来越宽松。

叶　蓉：您亲身体验了这样一个过程，现在对这个项目有什么看法吗？

李小加：这个项目实际上是为中国的企业、中国的发展在世界范围做了一个不可能再好的大大的广告，让世界真正意识到中国要走出来了，这个是挡不住的。从这个意义上讲，我曾经是制造历史的一部分，已经非常非常的幸运了。尽管中海油在收购尤尼科这样的案例上失败了，但是中海油本身并不是失败者。

投资是个残酷的行业

叶　蓉：投资银行家是让人非常艳羡的一个职业，我们关于投资银行家的很多概念都来源于想象，投资银行家的真实生活是一个什么样的状态？

李小加：这是一个竞争极度激烈，极其残酷的行业。业绩好的时候大家坐着头等舱住着五星级酒店，天天都跟一把手开会，动辄就是几亿美金；业绩一不好的时候，让你走路也是没有任何商量的。并不是说它无情，而是工作性质的要求与市场保密性等原因，一旦让你走，那你基本上跟上面谈完话的当场就走，秘书把你的包都拿出去，你都不能再进办公室。等到星期六可以专门在警卫保安的陪伴之下收拾东西，所以它那个反差是别的人看不到的。

叶　蓉：大家常看到银行家非常光鲜的表面，其实由于工作压力他们不得不非常的勤勉。

李小加：这是机会成本为零的行业，但又是一个加速折旧的行业。在投资银行待了两三年的人，你的精力、健康各个方面的折旧可能是五年六年的，所以说这个行业是年轻人的行业。

叶　蓉：华尔街的历史几乎跟美国的历史一样长，如果要选一个代表美国文化的标志，我想除了自由女神像可能就会选华尔街。您对华尔街这个地方怎么看？

李小加：从基本上看，这是最原始的资本主义的、完全是自由竞争的、靠自己的本事拼杀的、适者生存的残酷环境，在机构上面是非常科学的，非常信息化的。再往上一个层面看，宏观上华尔街到了全球化信息泛滥的程度以后，又回归到了人的羊群效益的时代了。今天的资本市场已经像大海一样了，所有的沟沟坎坎，小坝，隔栏，全部都被全球化，信息化给去除了，没有无效的水渠、水沟、水塘，水都在一个平面了，全部都是最高效率的。可是跟大海一样，它能平面如镜的，让大家在里面充分地享受，但是它也可能转眼间变成惊涛骇浪，没有人能够控制。比如今天的次贷问题，银行把这个钱给了次贷人，次贷人不还钱，但银行马上转手就给它证券化了，证券化又衍生产品化，又这个化那个化，总之最后把一个很简单的你欠我的钱的一张纸变成了极其复杂的东西。单独看都是极有科学性的各种各样的产品，就好比一大堆的水果，把它分成维生素，甚至分成维生素 A，维生素 C，维生素 B，然后需要维生素 A 给点 A，你需要维生素 C 给点 C。在每一件事情都很科学的情况下，等于把一个风险全面地散发到了一个集体的各个部分。现在呢，哪个地方一发炎都会引起全面的不舒服。实际上病也不是大病，可是这一感冒是头也疼浑身也酸，又要发烧，整个血液里面都有这个问题，因为已经把这些问题全部释放到了整个的金融体系里面。政府现在不需要来买单了，老百姓不需要买单了，谁来买单？花旗买单了，美林买单了，然后他们的投资者买单了。

叶　蓉：哪些素质是作为一个成功的投资银行家非常重要的条件？

李小加：投资银行家应该最具备这么几条，第一，才智过人，IQ 非常好。第二，你得有很强的表达能力。第三呢，你要有一定的亲和力，毕竟是和人打交道很多的一个工作。第

四要有热情,你的能量得很高,你不能每天都是很疲惫的状态,你要给人家一种
　　激情。

叶　蓉:那种强悍的个性是不是不需要的?

李小加:我觉得强悍的个性里面,自信的部分是非常重要的,一定要比人强。但是又不能过
　　　　分,毕竟它是一个服务性的行业,是一个客户型的行业,你要让客户觉得你足够的
　　　　热情,足够的激昂,有充分的信心,但是你不会大包大揽。

【点 评】

心　界

　　说起来,李小加的经历与刘二飞是有些相同的。

　　高考恢复上大学之前,都来自社会。李小加当过工
人,刘二飞是个知青。他们皆为改革开放前几届的大学
生,又是走出国门较早的留学生,并先后来到全球的金融
中心,进入世界著名的投行。

　　他们在上个世纪90年代回国,帮助发展中国资本市
场,帮助中国企业走向世界,也让世界进入中国。

　　一路走来的他们,与当代中国的命运,特别是30年的中国改革开放密切
相连。

　　无论身处多么艰难困苦的境地,他们都没有忘记读书,相信知识是能改变
命运的。逆境不但磨练了他们,也奠定了他们性格的基色。

　　说到性格,智商情商同高的李小加,不但善于与人沟通,自我的修复能力
也很强。这样的人,才能在激烈的竞争和复杂的环境中生存。

　　或许是见到太多失败的缘故。他身上比较突出的是:包容性强,不计较一
时一事。有道是,风物长宜放眼量。说到底,还是心界决定了眼界。

见证产生力量

30 这个数字。对于中国人来说,可算是个重要的节点。而且,这样的看法,已经延绵了数千年。

今年,席卷中国大地的改革开放,已经走过了 30 个年头。我们每一个人同国家一样,发生了翻天覆地的变化。可以说,这 30 年的收获与成长,超过了以往。我们是它的受益者,也是其中的一个实践者。

回望这一路走来的日子,就如柳传志先生特为本书作的序里所说:"回头看看我所走过的路,感慨很深。中国的企业家需要鼓励鞭策,也需要批评和引导。"

无论是鼓励鞭策,还是批评引导;现实早已显示,中国的企业家在 30 年里已经成为中国的一支重要的力量,对于经济如此,对于社会也是这样。

这 30 年可谓是硕果累累。期间,突出的一个方面是史无前例地涌现出一大批优秀的企业家;有民营的也有国企的,有可畏的后生也有沙场的老将。他们领导着各自的企业,披荆斩棘,爬山涉水,攀上一个又一个的高峰。为中国经济的发展呕心沥血,为中国的改革开放竭尽全力,为中华民族屹立世界民族之林而不倦奋斗。

以"见证中国企业和企业家的成长"为己任的《财富人生》,在这样的时刻,编辑了这本《财富人生》系列图书的特辑,献给中国改革开放 30 年。

2002 年开播的《财富人生》,虽为上海地区创办最早的大型财经人物电视访谈节目,至今也不过只有七年。但是,我们亲历了这 30 年波澜壮阔、深入人心的中国改革开放;特别是来到我们节目的三百多位嘉宾,他们叱咤风云、中流击水,在中国改革开放的宏伟画卷上写下自己浓墨重彩的一笔。我们选取了其中最为出众的、最具影响力的和最有时代特色的,以一滴水来映照这 30 年的辉煌和壮丽,当然也包括其中的坎坷和艰难。

我们的选取,当然反映了我们的立场、我们的观点。我们毫不隐讳:我们始终关注着推动中国经济发展和社会进步的企业家,以及他们彰显的人性力量。我们坚信,我们的见证是会产生力量的。

人有"三十而立"。到了这个时候,一个人是要立起来的。这不但是他人对你的期望,更是你自己的要求。所谓的"立",就是要有自己的一席之地,就是夯实了自己立身和进一步发展的基础,最好还有自己独领风骚的优势。

上海是中国最大的商业城市,正在加快建设国际经济、金融、贸易、航运中心这"四个中心",正在大力推进实现"四个率先"。这对电视财经类节目的发展,开拓了一个更为广阔的天地。做出与这个城市地位相匹配的节目,做中国最好的电视财经访谈节目;这是我们的责任,这是我们的目标。

新的征程,就在脚下。

《财富人生》制作人、容通传媒总经理

陆 炯

2008 年 10 月 28 日

图书在版编目(CIP)数据

财富风云 30 年/陆炯编著. —上海:上海文化出版社,
2009.1
ISBN 978 - 7 - 80740 - 385 - 2
Ⅰ.财 … Ⅱ.陆… Ⅲ.经济建设 - 成就 - 中国 - 1978 ~
2008 Ⅳ. F124
中国版本图书馆 CIP 数据核字(2008)第 199780 号

出 版 人
陈鸣华
责任编辑
赵光敏
助理编辑
王 珺
装帧设计
叶 珺

书名
财富风云 30 年
著者
陆 炯
出版、发行
上海文化出版社
地址:上海绍兴路 74 号
电子信箱:cslcm@public1.sta.net.cn
网址:www.slcm.com
印刷
上海文艺大一印刷有限公司
开本
787×1092 1/16
印张
16.25
版次
2009 年 1 月第 1 版 2009 年 1 月第 1 次印刷
印数
1 - 5100 册
国际书号
ISBN 978 - 7 - 80740 - 385 - 2/K·208
定价
39.80 元

告读者 本书如有质量问题请联系印刷厂质量科
T:021 -64511411